AF152183

 **Vincent Maillard**, geboren 1962 im französischen Meulan, ist Dokumentarfilmregisseur, preisgekrönter Drehbuchautor und Romancier. Er studierte Wirtschafts- und Sozialwissenschaften und ist ausgebildeter Journalist. *Lebowskis Knochen* ist sein dritter Roman nach *Springsteen-sur-Seine* (2019) und *Méthanic* (2021). Vincent Maillard lebt in Hardricourt bei Paris.

Cornelia Wend, geboren 1965, studierte Französisch und Germanistik in Hannover, Hamburg und Rouen. Seit 1994 arbeitet sie als freie Übersetzerin, u.a. von Élisabeth Filhol, Patrick Pécherot, Chloé Mehdi und Jérôme Leroy. Für ihre Übertragung von Élisabeth Filhols Roman *Doggerland* wurde sie mit dem Hamburger Übersetzerpreis 2020 ausgezeichnet.

Vincent Maillard

Lebowskis Knochen

Kriminalroman

Aus dem Französischen
von Cornelia Wend

Edition Nautilus

Die Originalausgabe des vorliegenden Buches erschien unter dem Titel
L'os de Lebowski bei Éditions Philippe Rey, Paris
© 2021, Éditions Philippe Rey
Diese Ausgabe wird im Einvernehmen mit Éditions Philippe Rey und
der Agentur Books And More #BAM, Paris, Frankreich, publiziert.

Die Arbeit der Übersetzerin wurde durch ein Stipendium des
Deutschen Übersetzerfonds gefördert.

Dieses Buch erscheint im Rahmen des Förderprogramms des französischen Außenministeriums, vertreten durch die Kulturabteilung der
französischen Botschaft in Berlin.

Edition Nautilus GmbH
Schützenstraße 49 a
D-22761 Hamburg
www.edition-nautilus.de
© Edition Nautilus GmbH 2023
Deutsche Erstausgabe März 2024
Umschlaggestaltung: Maja Bechert
www.majabechert.de
Satz: Corinna Theis-Hammad
www.cth-buchdesign.de
Autorenporträt auf S. 2: © DR

Druck und Bindung:
CPI – Clausen & Bosse, Leck
1. Auflage
ISBN 978-3-96054-342-8

Lebowskis
Knochen

Erster Teil

(Das blaue Schreibheft)

Erster Tag

Wenn man schreiben will, muss man auf irgendeine Art in Klausur sein, um Zeit zum Schreiben zu haben. Das ist bei mir der Fall. Und eine Idee haben. Ich hatte keine Idee. Keine Geschichte. Außer meiner.

Und die von meinem Hund, an den ich andauernd dachte.

Also unsere Geschichte, und zwar vom ersten Tag an, an dem ich ihn sah.

Es war nicht so, dass ich in den Laden reinspaziert wäre und gefragt hätte: »Was kostet der kleine Hund da im Schaufenster?« Mal abgesehen davon hätte er meine Frage auch nicht mit einem »Wuff, Wuff« kommentieren können, wie in dem Chanson von Line Renaud. Er döste nämlich gerade vor sich hin. Das sollte seine einzige Aktivität bleiben. Die anderen Welpen sprangen hoch, bellten, schnappten nach einander und wälzten sich in den Sägespänen. Er nicht. Vermutlich hat gerade das mich so angezogen. Er ruhte in sich, praktizierte eine Art von Ataraxie, die nur Tiere beherrschen.

Der Verkäufer pries mir sämtliche Vorzüge des Golden Retrievers an, dieses wahren Kinderfreunds. Ich erwiderte nicht, dass ich keine Kinder habe, noch dass ich, wenn ich welche hätte, mir keinen Hund kaufen müsste. Noch dass ich, wenn ich Hunde wirklich mögen würde, einen aus dem Tierheim befreien würde. Noch dass ich, wenn ich Golden Retriever wirklich mögen würde, mir direkt bei einem Züchter einen holen würde, der diesen Namen verdient hatte, und nicht in einem Einkaufszentrum, in dem man sich einen Hund kaufte wie eine Packung Küchenpapierrollen. Das waren so die Gedanken, die mir durch den Kopf gingen, und am Ende dachte ich, dass ich immerhin ein kleines Wesen aus seinem gläsernen Gefängnis befreien würde, einem Konsumtempel, in dem lebendige Wesen wie Waren angeboten wurden.

Das ist jetzt vier Jahre her. Ich habe diesen Spontankauf nie bereut. Der Hund entpuppte sich als echter Schatz. Vielleicht ein bisschen dämlich? Das war nicht gesagt. Zuerst habe ich ihn Dumby genannt. In Erinnerung an *My Dog Stupid* von John Fante, eines der wenigen Bücher, die ich in meiner Jugend gelesen habe. Aber dann hat er sich nach und nach in ein dickes, träges, blondes Etwas verwandelt, lag ständig schlapp in der Gegend herum, so wie Jeff Bridges in dem Film der Coen-Brüder, also fand ich es witzig, ihm den Spitznamen Lebowski zu verpassen, und irgendwann habe ich ihn nur noch so genannt. Seit vier Jahren schläft er im Wesentlichen. Er rennt keinem Ball, keinem Stöckchen nach. Wenn ich mit ihm rausgehe, dann läuft er mit gesenktem Kopf hinter mir her. Wir begegnen einer Menge Hunde, die an ihrer Leine ziehen oder hin- und herrennen. Er wirft ihnen nur mitleidige Blicke zu. Ich gebe ihm Trockenfutter und er schaut mich dafür mit diesem zertifizierten Hundeblick an, aus dem bedingungslose Treue spricht. Ab und an streichele ich ihn, dann seufzt er zufrieden. Oder fühlt er sich überlastet? Schwer zu sagen. Jedenfalls gestaltet sich unser Zusammenleben friedlich.

Ich nehme Lebowski zu meinen Garten-Baustellen mit. Mein Job ist *Landschaftsgärtner/Anlage und Pflege*, so steht es auf meiner Visitenkarte. In der Regel finden die Kunden das gut. Es gibt Leute, die keine Hunde mögen, aber nur wenige, die keine Kuscheltiere mögen. Es gibt keine Anti-Kuscheltier-Liga. Und dieses Tier hat unbestreitbar mehr Ähnlichkeit mit einem Kuscheltier als mit einem Hofhund.

Doch dieses Mal konnte ich noch so sehr eine Lanze für Lebowski brechen, es war nichts zu machen. »Meine Tochter hat eine Hundephobie«, sagte der Kunde. Er meinte, ich solle den Hund im Auto lassen. Ich erwiderte, das sei bei dieser Hitze unmöglich. Wir verhandelten. Schließlich akzeptierte er, dass ich den Hund an den Rand seines Grundstücks bringe, unter der ausdrücklichen Bedingung, dass wir einen großen Bogen um sein Haus machen und ich ihn an einem Baum oder etwas Vergleichbarem festbinde. Ich besitze keine Leine, also funktionierte ich einen Strick zur Leine um. Das schien mein Tier nicht sonderlich zu traumatisieren, da es so oder so nicht geplant hatte, den ganzen Tag an der Mauer des parkähnlichen Grundstücks auf- und abzulaufen, um dort eine Hunderennbahn anzulegen, und erst recht nicht, Kaninchen oder Enten vom nahegelegenen Tümpel zu jagen. Wie gesagt, er war ein unangefochtener Meister der Philosophie der Stoa. Ich band ihn am Stamm einer großen Eiche fest und lieferte ihm so den idealen Vorwand, seine ganze Kunstfertigkeit in Sachen chronischer Lethargie unter Beweis zu stellen.

Auf dem vorderen Teil des Grundstücks thronte anstelle des alten Herrenhauses Prés Poleux, von dem nur noch ein paar Mauern standen, ein riesiges, weißes Haus, eine moderne Trutzburg, ein Klotz von Architektenvilla, der über zahlreiche große Fensterfronten verfügte, die auf mehrere Terrassen hinausgingen. Auf der Südterrasse wurde man von einem leise vor sich hin gluckernden Pool mit türkisfarbenem Wasser empfangen. Der Mann, Vater des jungen Mädchens mit der Hundephobie, begleitete mich in den südöstlichen Winkel seines drei Hektar großen Grundstücks und erläuterte mir dabei sein Projekt. Man merkte im Übrigen gleich, dass der Mann viele Projekte hatte. Er hieß Arnaud Loubet, war zu diesem Zeitpunkt einundfünfzig Jahre alt, größer als ich, also über 1,80 m. Sein Gesicht war widersprüchlich: Stirn, Augen und Nase zeugten von Entschlossenheit, aber die Wangen waren etwas schlaff und das Kinn ein wenig fliehend. Das fiel einem nicht sofort auf, weil dieser Eindruck verwischt und abgemildert wurde durch sein dichtes, weißes Patriarchen- oder Chef-Haar. Sein Haarschnitt changierte irgendwo zwischen Linienflugpilot und Literaturpapst. Kurzum, der Mann hatte ein Projekt. Er wollte in dieser Ecke seines Anwesens einen Gemüsegarten einrichten. »Ich habe lange darüber nachgedacht«, sagte er zu mir. Er war ein gut organisierter Mensch, einer, der nachdenkt, der analysiert, der sich eine Meinung bildet, und der dann eine Entscheidung trifft.

»Ich finde, hier wäre der ideale Ort«, fuhr er fort, und deutete dabei mit den Händen auf den entsprechenden Bereich.

»Aber … durch die Mauer und die Bäume liegt der Platz im Schatten.«

»Ja und?«

»Wenn Sie möchten, dass etwas wächst, ist es in der Sonne besser.«

Der Mann kniff leicht die Augen zusammen und sah mich an. Er hatte sich an mich gewandt, weil ich spezialisiert bin auf Öko-Bio-Permakultur-garantiert-pestizidfrei-und-so-weiter-und-so-fort-Gemüsegärten. Also das genaue Gegenteil von dem, was auf diesen drei Hektar seit den Zeiten von Louis-Philippe praktiziert wurde. Aber der Mann war, so wie alle, gerade dabei seine große Kehrtwende zu vollziehen, in Richtung Bio, Nachhaltigkeit und glücklicher Genügsamkeit à la Pierre Rabhi und allem, was sich an ökologisch bewusstem Konsum gut vermarkten ließ. Es war noch ein weiter Weg zurückzulegen, bis bei dieser Kehrtwende das Ende der Kurve in Sicht käme. Aber, um zu der laufenden Unterhaltung zurückzukommen, momentan beschäftigte ihn vor allem eins: War es denkbar, dass ein einfacher Gärtner richtig lag, und er falsch? Offensichtlich ja. Das war zwar ein bisschen schwer zu schlucken, aber letztlich würde er es schlucken, denn der Mann hatte noch einen Trumpf im Ärmel, ein echtes Ass: Er war mit einem »ausgeprägten Sinn für Humor« ausgestattet, wie man mir später sagte. Also legte er einen Zeigefinger an den Mund und den Kopf in den Nacken, als dächte er intensiv nach, dann nickte er leicht, als bahnte sich gerade eine Eingebung mühsam ihren Weg durch seine Gehirnwindungen. Dann sagte er ironisch: »Hm! Hm! … Nicht schlecht …, man merkt, dass Sie was von der Sache verstehen!«, und schenkte mir ein breites, anerkennendes Lächeln. Ich ließ meinen Blick über das Gelände schweifen und schlug ihm vor, seinen Gemüsegarten im Südwesten anzulegen.

»Ich habe gesehen, dass es da hinten einen Wasseranschluss gibt.«

»Nein.«

Nun schaute ich ihn mit leicht zusammengekniffenen Augen an, auf genau die gleiche Art wie er mich kurz zuvor. Ich weiß nicht genau warum, vermutlich amüsierte es mich. Dann zog ich die Augenbrauen hoch und schob den Unterkiefer vor, um mein Unverständnis auszudrücken.

»Nein, da drüben nicht. Wir haben … Wir haben für diesen Bereich bereits andere Projekte.«

Ja, der Mann war zweifellos ein Mann mit vielen Projekten. Ich wiegte ironisch den Kopf hin und her, wieder genauso wie er. Machte ich mich über ihn lustig? Oder übte er irgendeine Art von geheimnisvollem Einfluss auf mich aus, war seine Mimik ansteckend? Keine Ahnung. Ich lief ein paar Schritte, stieg auf einen kleinen Hügel und stellte fest, dass Lebowski, der schlapp am Fuß der großen Eiche lag, seinen Tag in Angriff genommen hatte. Ich ließ das Gelände eine Weile auf mich wirken und bot ihm eine andere Lösung an: eine Fläche an der Nordmauer. Das wäre zwar weniger unauffällig, aber hätte sicher auch seinen Charme. Er sagte: »O. K., grünes Licht«, ich vermute, er konnte sich nur knapp ein *green light* verkneifen.

Ich rammte also unterhalb der Nordmauer ein paar Mal meinen Spaten in den Boden. Es war bereits sehr heiß und der Spaten wirbelte kleine Staubwolken auf, doch die Erde war weich und gut geeignet für den Gemüseanbau. Sie war marmoriert, leicht sandig und lehmhaltig – das war dem Fluss zu verdanken, der heute dreihundert Meter entfernt ist, aber diese Ebene im Lauf der vergangenen Jahrtausende regelmäßig überschwemmt hat – und organisch, hier gab es mal Wälder, deren Humus den Boden verbessert hat. Locker wie ein Kuchen, oder zumindest fast. Als der Spaten auf einen Stein in der Größe eines Pariser Pflastersteins traf, klang das so, als würden zwei mittelalterliche Schwerter die Klingen kreuzen. Ein paar Spatenstiche später wurde mir klar, dass es hier früher nicht nur Wasser und Bäume gegeben hatte, sondern auch von Menschen errichtete Gebäude, die eingestürzt waren, oder die man abgerissen hatte. So hatten sich jede

Menge Steine in der Gegend verteilt und waren im Laufe der Zeit mit Erde bedeckt worden, wie die Überbleibsel einer aus Kieseln erbauten Burg am Strand. Ich würde mich ganz schön abrackern müssen, um die oberen Schichten des zukünftigen Gemüsegartens von Steinen zu befreien. Dieser Faulpelz von Lebowski wäre mir dabei sicherlich keine große Hilfe. Der Hundetrainer, dem es gelänge, diesem Hund beizubringen, dass man graben musste, wenn man etwas finden wollte, und sei es auch nur einen Trüffel, hätte den Titel »bester Hundetrainer des Jahres« verdient. Dabei war dieser Köter ein echtes Schwergewicht, hatte eher den Körperbau eines Pyrenäenhundes als den eines Golden Retrievers. Ich hätte ihm ein Geschirr anlegen und ihn vor einen Karren spannen können, wie einen Ochsen, um die Steine abzutransportieren. Ich dachte: »Träum weiter!« Da hätte ich genauso gut versuchen können, ihm beizubringen auf den Hinterpfoten zu laufen und dabei die Schubkarre zu schieben. Ich steckte für den Gemüsegarten mit Pflöcken eine Parzelle von ungefähr hundertfünfzig Quadratmetern ab. Der Himmel war von einem solch strahlenden Blau, dass ich mir gern in die Hände gespuckt und voller Tatendrang nach dem Spaten gegriffen hätte, nach dem Motto »aufgewacht, an die Arbeit!«, aber das war absurd. Angesichts der Menge von Steinen war das ein Fall für die Gartenfräse, auch wenn es mir widerstrebte, darauf zurückzugreifen. Denn sonst würde ich drei Tage damit verschwenden und mir am Ende noch einen Bandscheibenvorfall holen. Oder sollte ich meinen Kumpel Juri und seinen Trupp von Ukrainern um Hilfe bitten? Die bräuchten dafür gerade mal zwei Stunden, kaum länger als eine Wildschweinrotte braucht, um die Erde am Fuß einer Kastanie umzugraben. Nein, ich würde mit der Gartenfräse drübergehen, ich sollte mir nur eine Erklärung zurechtlegen für den unwahrscheinlichen Fall, dass Arnaud Rechenschaft für diesen Verstoß gegen die Permakultur-Regeln verlangen würde.

Aber bevor ich mich an die Arbeit machte, schaute ich nochmal nach dem Hund. Ich rief seinen Namen, er öffnete ein Auge. Ich klatschte in die Hände, damit er sich in Bewegung setzte. Er erhob sich schwerfällig, wie ein Dickhäuter, der gerade aus einer Vollnarkose erwacht. Ich löste die improvisierte Leine und ging mit ihm zu dem Wasserhahn im Süden des Parks an der Mauer der früheren Pferdeställe, dorthin, wo Arnaud keinen Gemüsegarten haben wollte. Lebowski lief unter einer Hainbuche hindurch und auf einen Stamm zu, um sein Hinterbein zu heben, die einzige körperliche Betätigung, die er regelmäßig ausübte. Ich füllte einen Tonuntersetzer, der dort herumstand, mit Wasser, und er trank so bedächtig wie ein Warzenschwein aus einer entlegenen Savanne an einer Wasserstelle. Ich nahm auch ein paar Schlucke und benetzte mir den Nacken. Es war noch nicht mal zehn, aber die Sonne knallte bereits so unbarmherzig auf uns nieder wie die Schläge eines Boxers auf einen Boxsack. In eben diesem Moment hörte ich auf einmal ein Kratzen hinter mir, und aus dem Augenwinkel glaubte ich zu sehen, wie Lebowski aufgeregt herumsprang. Das war absolut anormal. Ein epileptischer Anfall oder so etwas in der Art? Ich drehte mich um: Er buddelte in der Erde! Das hatte mir noch gefehlt! Er machte sich an einer Rabatte mit Hortensien zu schaffen. Dabei stand er fest auf den Hinterbeinen und setzte die Vorderpfoten wie die Schaufelräder eines Baggers ein, wie ein Hund aus einem Cartoon, der einen Tunnel gräbt. Erst dachte ich, er hätte einen Sonnenstich, aber das war unmöglich, er war die ganze Zeit im Schatten gewesen. Er hielt eine Sekunde inne, schaute mich mit einem Ausdruck des Entzückens an und nahm dann wieder voller Begeisterung seine Aushubarbeiten auf. Guter Gott! Dieser Hund schaffte es tatsächlich, mich zu überraschen. Vier Jahre hatte ich auf diesen Moment warten müssen. Dabei gab es hier mit Sicherheit keine Trüffel. Vielleicht einen Goldbarren? Der hatte keinen Geruch. Erdöl? Immer mit der Ruhe. Vermutlich war es nur ein Knochen, den einer seiner Artgenossen dort verbuddelt hatte, oder – das konnte man bei ihm auch nicht ausschließen – da war gar nichts. Da sich das Ganze ziemlich hinzog, sagte ich zu ihm: »Das genügt jetzt, komm, wir gehen!« Da legte er sich erst recht ins Zeug, verschwand mit Kopf und Schultern in seinem Loch. Dann richtete er sich triumphierend auf und hatte irgendetwas in der Schnauze. Einen Stein? Hatte er mein Problem verstanden und wollte mir helfen, nach dem Motto: »Ich hole für dich die Steine aus dem Boden!«? Wollte er mir die Schmähungen und Spötteleien heimzahlen, mit denen ich ihn insgeheim regelmäßig bedachte? Nein. Auch wenn das Ding durch die anhaftende Erde dunkler aussah, ließ sich unschwer erahnen, dass es sich dabei um einen Knochen handelte. Ein Knochenfragment. Das wollte ich mir aus der Nähe ansehen. Lebowski knurrte. Ich musste lachen. Er hatte also wirklich gerade sein Coming-out: Ich bin ein Hund, verflixt nochmal! Ich nahm es ihm trotzdem weg, warf einen Blick drauf und wollte es gerade in die Büsche werfen, da schaute mich der Arme mit seinem treuherzigen Blick eines hungrigen Welpen an, also gab ich ihm seinen Knochen zurück. Ich hatte bereits genug Zeit verloren und wollte umkehren. Lebowski folgte mir und wedelte dabei leicht mit dem Schwanz, das zumindest war so wie immer.

Ich kehrte also zum Lieferwagen zurück, um ihn näher an der Baustelle zu parken, da kam Arnaud, ganz entspannt, wie es seine Art war, auf mich zugeschlendert: Er hatte sich im Griff, hatte seine Ländereien im Griff, hatte das gesamte Universum im Griff. Er rief mir zu: »Kommen Sie, trinken Sie einen Kaffee mit uns, ich stelle Ihnen meine Frau vor.« Hatte ich die Wahl? Ich hätte sagen können: »Danke, nein, das ist nett, aber die halbe Stunde, die ich mit Ihnen verplempere, werde ich später nacharbeiten müssen und dabei noch mehr ins Schwitzen kommen als jetzt; außerdem, fürchte ich, kenne ich Sie bereits sehr gut. Das wird so bar jeder Überraschung sein, Ihre Gesellschaft verspricht deutlich langweiliger zu werden als die der Bäume.« Aber das wäre natürlich beleidigend gewesen. Lebowski trottete immer noch hinter mir her, ganz gechillt, der alte Rantanplan, ich achtete gar nicht weiter darauf. In dem Moment deutete Arnaud mit dem Kinn auf meinen Hund und zog dabei die Augenbrauen hoch. Das sollte wohl pikiert wirken. Er sagte: »Ich vermute, es ist Ihnen nur entfallen, aber ich möchte Sie noch einmal daran erinnern, dass der Hund sich nicht dem Haus nähern darf.« Im Grunde ließ er mir damit eine diskrete Ermahnung zukommen, wie ein Erwachsener, der ein Kind auffordert, eine Münze aufzuheben, die einer alten Dame in der Schlange vor dem Bäcker aus dem Portemonnaie gefallen ist. Der Mann gab Befehle und war gewohnt, dass man ihm gehorchte. Ich brachte Lebowski in den hinteren Teil des Parks und band ihn wieder an seinem Baum fest. Dann ging ich zu der gepflasterten Terrasse herüber, die durch eine mit Wein berankte Laube vor der Sonne geschützt war. So wie alles hier war auch dieser Ort so harmonisch, so entspannt und so falsch wie eine Fotografie in einem Interior-Magazin. Auf einer kleinen Trockenmauer stand ein ockerfarbener Krug aus Keramik, vermutlich enthielt er frisches Wasser, das Perrette, wie in der Fabel von Lafontaine, direkt an der Quelle geholt hatte.

Laure stand auf, um mir die Hand zu geben, oder vielmehr, damit ich ihr die Hand gab. Ich hätte ebenso gut den Zopf drücken können, der ihr über die rechte Schulter hing, der hatte vermutlich genauso viel Spannkraft. Sie lächelte freundlich und bat mich, auf einem Korbsessel Platz zu nehmen, auf dem ein paar gestreifte Kissen drapiert waren. »Na dann wollen wir mal einen Espresso trinken!« Arnaud wandte sich der Sommerküche am Rande der Terrasse zu. »Wir sind ja unter uns, also machen wir keine großen Umstände, machen uns den Espresso einfach selbst.«

Jean-Luc hat mir vor einiger Zeit mal eine Beschreibung dieses illustren Paars gegeben. Jean-Luc war ein Kumpel und Kollege von mir aus der Gegend, der früher für sie gearbeitet hat. Sie wussten nicht, dass ich ihn kannte, und ahnten nicht, wie viel ich über sie wusste. So auch, dass Arnaud Chefredakteur einer Wochenend-Magazin-Sendung bei einem großen Fernsehsender war.

Alle Jahre wieder verkündete man den Tod der Institution Fernsehen, aber die alte Dame war zäh wie ein Blauwal, der kann über hundert werden, und sie war schließlich erst siebzig. Klar, sie wurde von aufdringlichen Haien umlagert, von den Sozialen Netzwerken, den YouTube-Kanälen und sogar von neuen Bezahl-Plattformen. Ein paar halbstarke Orcas hatten Oberwasser, aber der alte Wal folgte unbeirrt seinem Weg durch den Ozean. Die Alten vor ihm hielten die Reihen geschlossen (dabei werden alle mal alt), und Arnaud strich weiterhin die Boni für seine Sendung ein, zusätzlich zu seinem bereits sehr üppigen Gehalt.

Laure gab Wirtschaftsseminare an der Universität Paris-Dauphine und an der Elite-Business-School ESSEC. Ihre beiden Gehälter zusammen ermöglichten ihnen, sich italienisch zu kleiden, ein deutsches Auto zu fahren und *kosmopolitisch* zu reisen, aber nicht, ein solches Anwesen zu erwerben. Nein, das kam von ihren Eltern, die selbst geerbt hatten etc. Große Vermögen sind in der Regel nicht das Ergebnis lebenslanger harter Arbeit auf dem Feld oder in der Fabrik.

Arnaud kam zurück mit einem Tablett mit drei Espressi. »Ich habe *firenze arpeggio* gemacht, ich habe vorher gar nicht gefragt, pardon, ich hoffe, das ist allen recht«, sagte er (und achtete dabei auf die korrekte italienische Aussprache). Das war eigentlich an seine Frau gerichtet, aber beide lauerten sie aus dem Augenwinkel auf meine Reaktion. Ob dieser Hinterwäldler Nespresso-Kapseln kannte? Ich nickte leicht. »*Firenze* ist schon okay.«

Ich wusste auch, dass Arnaud und Laure zwei Töchter hatten. Die jüngere, Amandine, die, die Angst vor Hunden hatte, war inzwischen sechzehn, die andere war älter, über zwanzig auf jeden Fall. Sie wohnte nicht mehr zu Hause.

Der Kaffee hatte es in sich. Auch wenn man es nur ungern zugibt, diesem verfluchten multinationalen Schweizer Konzern war es gelungen, eine ganze peruanische Bergkette in einer Kapsel von einem Kubikzentimeter einzuschließen. Der Genuss wurde leider dadurch geschmälert, dass ich Arnaud vor Augen hatte: Er saß breitbeinig da, trug eine beige Hose mit hochgekrempelten Hosenbeinen und seine gepflegten Füße steckten in teuren Markensandalen, das sprach für eine nachhaltige Schädigung durch zu viele George-Clooney-Werbespots. Sie saß indessen kerzengerade und hielt ihre Tasse so geziert, als wäre ich Elisabeth II., zugleich vermied sie es, mich anzuschauen, so als wäre ich Pablo Escobar. Ich wandte den Kopf in Richtung Park. Lebowski war nicht zu sehen. Der scherte sich jedenfalls nicht um die richtige Haltung, hatte sich vermutlich irgendwo hingelümmelt, wie das so ein Hunde-Dude eben macht. Der Park war picobello, strahlte mit dem Chrom des alten Citroën DS, den ich im Carport neben dem Eingang gesehen hatte, um die Wette. Ich trank meinen Kaffee aus, der nach dem Äquatorwald des nördlichen Peru schmeckte, jener Hochebene, über der die Höhenkette der Cordillera Blanca thront, eine der letzten ursprünglichen Landschaften des Planeten. Also das genaue Gegenteil von diesem von Mauern eingefassten, streng zurechtgestutzten Stück Natur, mit seinem auf englische Art getrimmten Rasen und auf französische Art in Form gehaltenen Pflanzen, die in Reih und Glied Spalier standen, wie bei einer Parade im Dritten Reich. »Wissen Sie, für uns ist dieser Gemüsegarten der erste Schritt eines ›Umdenkens‹, eine Form, dem allgemeinen *Kollaps* zu begegnen. Wir haben viel nachgedacht, insbesondere während des Lockdowns.« Laures Stimme klang sehr sanft, während sie das sagte. Sie umschloss ihre Tasse mit den Händen, sog den Duft ein und schaute auf der Suche nach Inspiration in den blauen Himmel.

Ich nickte, während ich verzweifelt überlegte, was ich entgegnen könnte, aber mir wollte einfach nichts einfallen. Diese leidenschaftlichen Plädoyers dafür, dass man »unsere Welt neu denken müsse«, hatte ich bereits ein Dutzend Mal gehört und das, was jetzt folgte, auch: »Nicht nur die Erde leidet …«, fügte Laure hinzu, und sah mir dabei dieses Mal in die Augen, auf eine seltsam traurige Art. Sie legte eine Kunstpause ein, offenbar um zu signalisieren, dass sie nachdachte, dann fuhr sie fort: »Wenn es zur Katastrophe kommt, dann wird entscheidend sein, welche sozialen Kontakte man hat.« Damit meinte sie »insbesondere zu den Bauern«, auch wenn sie es nicht aussprach. Dabei hatte sie vermutlich keine Vorstellung davon, was der Bauer von heute so tat. Der verwendete keine Kupferkalkbrühe mehr zum Düngen wie annodazumal, sondern kippte tonnenweise Glyphosat auf seine gigantisch großen Felder. Seine Traktoren hatten mehr Ähnlichkeit mit einem mit Napalm beladenen B-52-Bomber als mit dem »Angelusläuten« oder den »Ährenleserinnen« von Jean-François Millet. Doch während der eine Krieg mit dem Pariser Abkommen von 1973 endete, ging der andere immer weiter. Im Übrigen wählten diese Tölpel in der Regel eher Rassemblement National – »die Linie, die man nicht überschreiten durfte«, wenn man mit Arnaud und Laure diskutieren wollte. Kurzum, ich schwieg weiterhin und nickte zustimmend. Meine Charakterdarstellung als der schweigsame naturnahe Typ schien ihnen zu gefallen. Ich war in ihren Augen vermutlich das ideale Bindeglied zu jenen, die in der Lage waren, etwas aus der Erde sprießen zu lassen, in Anbetracht der nicht mehr zu leugnenden Tatsache, dass uns schwierige Zeiten bevorstanden.

»Uns ist bewusst, dass wir mit diesem Stück Land nicht zu reinen Selbstversorgern werden, aber … es ist wichtig, dass jeder seinen Teil zum Ganzen beiträgt, nicht?«

Ich war Pierre Rabhis *Colibri* also nur haarscharf entgangen, den man mir in letzter Zeit so oft um die Ohren gehauen hatte, dass ich ihn zu gern wie eine Fettammer am Schnabel gepackt und mit einer .22 Winchester-Magnum abgeknallt hätte. Laure wünschte sich, dass ich etwas mehr ins Detail ginge: Was käme bei diesem Gemüsegar-

ten am Ende für sie raus, also, wie sähe die »Rendite« aus?
Da sprach wohl die Wirtschaftsprofessorin aus ihr.

»Ein paar Salate im Sommer und ein paar Suppen im
Winter.«

Sie sahen mich enttäuscht an. Ich dachte derweil an die
Minuten, die verstrichen, und dass ich noch nicht mal
einen Quadratmeter Erde bearbeitet hatte. Ich spürte,
dass sie auf weitere Erläuterungen warteten, dabei hatte
ich das mit Arnaud, als ich ihm den Kostenvoranschlag
vorlegte, bereits alles lang und breit durchgekaut. Ich ließ
meinen Blick über die lindgrüne Rasenfläche wandern,
die gestutzt und gewässert war wie ein Golfplatz.

»Sie könnten von dieser Fläche zu dritt leben, aber
dann müssten Sie die gesamte Fläche nutzen, müssten Ge-
treide anbauen, Ihren DS verkaufen und dafür einen alten
Traktor aus der gleichen Zeit anschaffen, einen Stall mit
ein oder zwei Kühen, einen Koben mit einem Schwein.
Sie müssten Ihr Anwesen in einen Bauernhof umwan-
deln.«

Dieses Mal war es an ihnen zu nicken. Sie malten sich
das Ganze aus, stellten sich die Umwandlung ihres Anwesens vor wie auf den Abbildungen in einem alten Schul-
buch: »Die Tiere auf dem Bauernhof«. Ich dankte ihnen
für den Kaffee und stand auf, um zu meinem Lieferwagen
zurückzukehren, nicht um eine Kuh zu entladen, sondern
eine Gartenfräse.

Lebowski, das war keine Überraschung, schlief. Das Knochenfragment hielt er eingeklemmt zwischen seinen Vorderpfoten. Mit sehr viel Fantasie hätte jemand, also zum
Beispiel ein prähistorischer Mensch, der vor der Domestizierung der Wölfe lebte, denken können, das Tier hätte einen Hirsch erlegt und sich diesen einen Knochen für die

Zahnreinigung aufgehoben (wie ein Genießer, der sich nach einem üppigen Mahl eine kleine Siesta gönnt und noch seinen Zahnstocher in der Hand hält). Ich stellte mich also hinter meine Gartenfräse, um den Boden umzugraben. Zum Glück war kein radikaler Umweltschützer in der Nähe und beobachtete mich dabei, wie ich gegen eines der zehn Gebote der sanften Landwirtschaft verstieß. Das härteste Stück Arbeit stand mir noch bevor. Ich habe mitgezählt, ich musste zweiundneunzig Schubkarrenladungen mit Steinen bis zum ehemaligen, inzwischen zugeschütteten Graben ganz im Süden des Anwesens transportieren. Genug Steine, um eine Kapelle zu bauen, wenn nicht mehr. Ich war vollkommen am Ende. Seit meiner Rückenoperation hatte ich keine Erdarbeiten mehr gemacht. Er hatte gehalten, das war das Wichtigste. Das umgegrabene Stück Land war schön. Diese Erde war nicht devitalisiert worden, und es gab eine Menge Würmer, meine treuesten Arbeiter.

Der Tag neigte sich dem Ende zu, die Sonne versprühte ihr gelbes Licht in tausend Strahlen durch das Geäst der großen Bäume hindurch: Eichen, die sich ihrer althergebrachten Überlegenheit bewusst waren, ein paar aristokratische Buchen, vier gewaltige Platanen, zahllose Linden, in sich ruhende Kastanien und dann noch der ganze Plebs der kleinen Laubbäume mit weichem Holz. Lebowski hatte sich nicht von der Stelle gerührt, aber ein Auge geöffnet. Das Raubtier wurde langsam hungrig. Es war an der Zeit, aufzustehen und das Karibu zu jagen, oder vielleicht eher, sich zu Hause auf das Einzige zu stürzen, auf das er sich je gestürzt hat: seinen Napf mit Trockenfutter.

Dennoch ließ er seinen Knochen, bis wir zu Hause waren, nicht fallen. Er hatte ihn im Winkel seiner Schnauze klemmen wie ein Arbeiter alter Schule eine dieser unverwüstlichen Gitanes-Maïs-Kippen zwischen den Lippen. Ich hielt ihn fest. Es dauerte einen Moment, bis er seinen Kiefer öffnete und mir den Knochen überließ. Er schaute mich mit seinem Kumpelblick an: »Okay, ich leihe ihn dir, mein Freund, ich verstehe, dass du ihn auch mal haben möchtest.« Ich sah mir das Ding genauer an. Es war körnig, eher braun als weiß und porös wie ein Schwamm. Das erinnerte mich dunkel an meine Ausbildung zum Ingenieur für Hoch- und Tiefbau und daran, was ich über die Stabilität von leichten Schaumbetonen gelernt hatte. Da kam mir eine komische Frage in den Sinn: Von wem stammte dieser Knochen? Ein Hühnerknochen war es nicht, das stand mal fest. Aber er war Teil eines Tierskeletts gewesen, hatte seine Rolle im Fortbewegungsapparat gespielt, einem Lebewesen gehört, einem Individuum. Aber von welcher Art? Ich begutachtete ihn erneut. Dabei konnte ich nur feststellen, dass ich von Anatomie keinen blassen Schimmer hatte. Er war groß. Ein Oberschenkelknochen? Ein Oberschenkelhalsknochen? Ein Oberschenkelhalsknochen von was? Ich überlegte, wer mir da weiterhelfen könnte. Gilbert, der Metzger? Ich legte ihn ins Küchenregal. Lebowski blickte vom Knochen zu mir und wieder zurück. »Äh … das ist meiner, das solltest du nicht vergessen, Kumpel, ja?« Er jaulte wie Chewbacca, er hatte das gleiche Fell wie ein Wookie, aber nicht die gleiche Kampfkraft. Ich gab ihm also sein Futter. Dann aß ich selbst etwas. Zu dem Tiefkühlgericht bereitete ich mir einen Salat aus meinem Garten zu, auf die Art balancierte ich die Vergiftung durch den Industriefraß mit veganer Tristesse aus. Ich überflog die Zeitungen, hörte mit einem Ohr einer inhaltsleeren Sendung zu, aber dieser Knochen ließ mir keine Ruhe. Das war eine dieser kleinen Nebensächlichkeiten, die man gerne ignorieren würde, aber die einem ständig im Kopf herumspuken, immer und immer wieder, bis man sich irgendwann darum kümmert, Schluss, aus, basta.

Wir sitzen auf der Terrasse eines guten Restaurants am Meer. Ein Tisch für zwei. Links versinkt die Sonne gerade hinterm Horizont und überzieht die Wolken mit einem orangefarbenen Puder. Der Weißwein hat ein blumiges Bouquet und ist frisch am Gaumen. Ich höre, wie die Frau, die ich liebe, über Mysterien der Inspiration spricht. Sie erzählt mitreißend. Aber. Aber der Angestellte, der den Tisch gedeckt hat, sicherlich ein Praktikant, hat den Salzstreuer an die Außenkante des Tisches gestellt. An den äußersten Rand! Es besteht zwar kein Risiko, dass er herunterfällt, selbst wenn man mit beiden Händen auf den Tisch schlägt. Aber ein Salzstreuer sollte nicht so nah am Abgrund stehen. Was, wenn es doch passiert? Eine ungeschickte Geste, und er fällt. Daran denke ich, statt diesen erhabenen Moment zu feiern! Das ist absolut idiotisch. Das ist absurd. Der Salzstreuer ist völlig unwichtig. Ich sollte in der Lage sein, über eine solche Belanglosigkeit hinwegzusehen. Sonst komme ich aus der Nummer nicht mehr raus. Ich denke: »Ich will ja!« Doch je öfter ich mir das sage, desto mehr wird der Salzstreuer zum bedeutendsten Objekt des Universums. Die Harmonie des Augenblicks, der Blick der über alles geliebten Frau, das Sonnensystem, all das ist nichts gegen diesen verdammten Salzstreuer. Ich habe einfach keine Chance gegen dieses kleine, unwichtige, mit Meersalz gefüllte Gefäß. Das Ding ist teuflisch, der Satan in Person. Zu nah an der Kante. *Das stresst.* Zu Tode. Die Mücke des Löwen in der Fabel von La Fontaine. Am besten wäre, gleich die Segel zu streichen – »Respekt, kleiner Salzstreuer, ich gebe mich geschlagen« – nach dem Salzstreuer zu greifen, ihn etwas weiter in die Mitte zu rücken und ins normale Leben zurückzukehren. Der Knochen war dieser Salzstreuer.

Aber was sollte ich tun? Es genügte nicht, die Hand auszustrecken, um ihn beiseite zu tun wie beim Salzstreuer. Man müsste ihn wie 007 unters Spektroskop legen, um eine wasserdichte DNA-Analyse davon zu machen. Ich legte eine Schallplatte auf, um mit den MP3-Dateien das Gleiche zu tun wie mit dem TK-Junkfood, oder wie Laure und Arnaud mit ihrem Gemüsegarten in ihrem parkähnlichen Anwesen: ausbalancieren, die Welt wieder ins Lot bringen. Das innere Ohr in diesem Fall. Ich legte The National auf. Aktuell die besten. Das Album *Trouble Will Find Me* und das Stück »I Need My Girl« verschaffte mir Erleichterung. Der Knochen ließ sich aus der Mitte des Rings verdrängen. Lebowski, der Diogenes unter den Hunden, machte nicht so einen Zirkus darum. Er legte den Kopf auf die Vorderpfoten, man hätte meinen können, er schmollte, aber ich wusste, dass dem nicht so war, er hatte das Ding längst vergessen.

Ich lebe allein mit dem Hund. Ich bin nicht unglücklich. Meine Herzallerliebste, Claire, ist in die Bretagne gezogen, eine einvernehmliche Trennung. Wir sehen uns ab und zu. Ich habe keine Kinder. Claire hat eine Tochter Anfang zwanzig, Maëlle, die ich nur selten sehe. Ich habe, als sie in der Pubertät war, den Ersatzvater für sie spielen müssen, und das ist mir nicht besonders gut gelungen. Das ist schon alles. So. Den Knochen werde ich jedenfalls Gilbert zeigen, dem Metzger. Schluss, aus, basta.

Zweiter Tag

Den ganzen Vormittag brachte ich damit zu, ein paar Quadratmeter Erde mit Hacke und Spaten zu bearbeiten und Schubkarre um Schubkarre voller Steine abzutransportieren. Bei jeder neuen Schubkarre verfluchte ich mich innerlich dafür, nicht Christophe gebeten zu haben, mit dem Löffelbagger vorbeizukommen. Der wäre da zweimal drübergegangen und die Sache wäre erledigt gewesen. Was soll's. Dann eben auf die altmodische Art. Um meine Bandscheiben zu schonen, ging ich beim Arbeiten in die Knie. Die Folge war, dass die Muskeln in meinen Beinen innerhalb kurzer Zeit genauso brannten wie die in meinen Armen. Aber der Schmerz war noch nicht mal das eigentliche Problem, sondern die mentale Stärke aufzubringen, ihm nicht nachzugeben, weiterzumachen, die nötige Opferbereitschaft an den Tag zu legen. Meine Grabegabel unterschied sich nicht großartig von der Grabegabel, die bereits ein Bauer im Mittelalter für diesen Zweck benutzt hätte. Ich war also das letzte Glied in einer nie endenden Kette menschlicher Mühsal.

Gegen elf Uhr schnellte die Temperatur auf einmal in die Höhe. Ich spritzte mir mit dem Gartenschlauch Wasser ins Gesicht, so wie man in einer Tierklinik einen auf dem Trockenen liegenden Delfin abspritzt. Komischerweise habe ich mich dem Wasser immer verbundener gefühlt als der Erde. Wer weiß, ob nicht ein Seemann an mir verloren gegangen ist, auch wenn ich keinen blassen Schimmer vom Segeln habe. Ich dachte an den Pool von Arnaud und

Laure, an dieses türkisfarbene, verlockende Rechteck da drüben, keine zweihundertfünfzig Meter entfernt.

Ich könnte in einer Minute da sein, mir auf dem Weg das T-Shirt ausziehen, Arbeitsschuhe und Hose von mir werfen, auf keinen Fall vorher duschen, mich an den Rand des Pools setzen, der sicherlich so heiß war, dass ich mir fast die Schenkel daran verbrennen würde, meine Füße ins Wasser tauchen und spüren, wie nach und nach die erlösende Kühle meine Waden hochsteigt. Dann könnte ich mich in das blaue Wasser gleiten lassen, um das eucharistische Erlebnis einer wahren Renaissance zu erleben. Der Delfin, den man in das kristallklare Wasser der Lagune entlässt.

Zurück zur Realität. Ich hatte noch eine Fläche in der Größe mehrerer Planschbecken umzugraben, zwischen dreißig und vierzig Zentimeter tief, mit Hochbeetlinern aus Pappe auszukleiden und diese mit einer Mischung aus Holzscheiten, Zweigen, welken Blättern zu bedecken – das wäre die erste, sich später in Kohlenstoff umwandelnde Schicht der vielschichtigen Permagarten-Hügelbeete, die dort entstehen sollten. Im Anschluss würde ich alles wässern, bis es triefte, so wie ich. Wasser und seine Magie.

Lebowski lag unter derselben Eiche wie gestern, neben seinem Napf mit lauwarmem Wasser, schön im Schatten, ganz relaxed. Das vorsichtige Tier hielt sich streng an die Verhaltensregeln bei Hitze – große Anstrengungen vermeiden, im Schatten bleiben, viele Pausen einlegen. Möglicherweise hatte er Bernhardiner oder Alaskan Malamute unter seinen Vorfahren, und deshalb war ihm schnell zu warm? Wie auch immer, der Vierbeiner rührte sich nicht, zeigte in etwa genauso viele Lebenszeichen wie ein Baumstumpf, oder fast, denn er hechelte laut. Bei jedem Einatmen hoben sich seine Flanken langsam, und bei jedem Ausatmen ließ er die Luft ganz ungeniert raus. Ein Tierfilmer, der ihn für eine Hundedoku gecastet hätte, hätte damit ungefähr so viel Gespür bewiesen wie ein Regisseur, der während des Winterschlafs einen Film über Bären hätte machen wollen. Aber vielleicht einen Experimentalfilm? So im Stil von *Sleep* von Andy Warhol.

Ich ging zu den großen Bäumen herüber, holte mir dort Reisig, welke Blätter, die obere Humusschicht. Ich lud ganze Stöße davon auf eine große grüne Plane, bis ich feststellte, dass es in der bewaldeten Ecke des Parks einen richtigen kleinen Teich gab, kreisrund, mit grünem Wasser. An den Ufern wuchsen massenhaft Schachtelhalm, Seerosen, Iris, Kresse, Kalmus, auf der Wasseroberfläche wimmelte es nur so von Wasserlinsen und Insekten. Gerris lacustris, die berühmten Wasserläufer, glitten in langen, stoßartigen Gleitbewegungen übers Wasser, unter Beobachtung der sie gleich Helikoptern überfliegenden Libellen, deren intensives Blau den Eindruck erweckte, als wären sie elektrisch aufgeladen. Ein paar Trauerweiden tunkten ihre langen Zweige ins Wasser, während sich auf dem Geäst der Kastanien und der Ahornbäume die sich permanent ändernden Lichtreflexe des bewegten Wassers spiegelten. Irgendwann hatten irgendwelche Menschen diesen Teich ausgehoben und ihn mit ziemlicher Sicherheit mit Fischbrut besetzt. Aber dieser Bereich wurde von keinem Gärtner gepflegt. Hier demonstrierte die Natur ihre erbarmungslose ästhetische Überlegenheit. Das gesamte Anwesen war wie mit dem Lineal gezogen, mit Baum- und Heckenschere zurechtgestutzt, im Bemühen, diese Harmonie nachzuahmen, aber vergeblich. Ein paar Entenküken waren übers Wasser verteilt, wie kleine Federknäuel, die ein flämischer Maler dort hingetupft hatte. Ich dachte an den Faulpelz dort drüben. Dieser Hund war also ein Golden Retriever. Golden wegen seiner goldenen Farbe, Retriever als Hinweis auf seine ursprüngliche Bestimmung: Diese Rasse war über Generationen hinweg dazu selektioniert und abgerichtet worden, ihren schottischen Jägern die erlegten Enten zu apportieren. Er sollte sich eigentlich auf Befehl ins Wasser stürzen, es durchqueren wie ein Neufundländer einen eisigen schottischen *Loch*, und mit einer schönen Wildente im Maul zurückkehren können, ohne sie dabei zu zerfleddern. Heute war es nicht eiskalt, sondern heiß, aber Lebowski würde sich hier höchstens in den flachen Uferbereich vorwagen, ein wenig im Sand herumtapsen und die Pfoten benetzen, ganz nach dem Vorbild der Frauen, die man von Retro-Postkarten kennt, die mit gerafften Röcken im Brandungssaum stehen. Um sich ein wenig weiter vorzuwagen, bräuchte er mindestens einen Shorty aus zwei Millimeter dickem Neopren, so wie diese Leute, die heute »Longe Côte« betreiben, also entlang der Küste durchs Wasser wandern.

Ich fügte zum Humus etwas frischen Rasenschnitt hinzu, den ich fernab des Hauses gemäht hatte, dann begann ich meine fünf je zehn Meter langen Hügelbeete aufzuhäufen, indem ich sie mit einer Mischung aus Erde und selbst hergestelltem Kompost aus Pferdeäpfeln bedeckte. Ich hatte gerade mal ein Drittel geschafft, da kam Arnaud und sagte, sie nähmen jetzt auf der Südterrasse ihr Mittagessen ein, und ich könne mich gerne zu ihnen gesellen, wenn ich wolle. Den gleichen Vorschlag hatte er mir bereits am Vortag gemacht und ich hatte dankend abgelehnt. Ich bedankte mich erneut und sagte, ich hätte ein Sandwich dabei und käme schon zurecht, so verlöre ich keine Zeit. Als ich mich gerade wieder zu meiner vor Dreck und Schweiß starrenden Hose herunterbeugte, meinte er insistieren zu müssen: »Keine Sorge, es ist absolut ungezwungen, wir würden uns freuen.« Also gab ich nach. Das war sicherlich nicht die beste Idee, die ich je hatte. Jedenfalls gab ich Lebowski frisches Wasser und machte mich ungefähr mit der gleichen Vorfreude zu ihrer Terrasse auf, als wäre ich auf dem Weg in den OP.

Nachdem ich mich etwas frisch gemacht und mir die Hände gewaschen hatte, saß ich nun also an ihrem Tisch, unter einer ausfahrbaren Pergola-Markise aus naturfarbenem Stoff. Der Pool war gerade mal einen Meter fünfzig von mir entfernt. Die Wasseroberfläche projizierte ein Ballett aus Sonnenstrahlen auf den türkisfarbenen Grund, abgelenkt und gebrochen vom Wasser, eine permanente, pulsierende Verlockung. Kurz schoss mir der Gedanke durch den Kopf, ob ihre Einladung nicht etwas Perverses hatte, eine heimtückische Art der Folter darstellte, indem sie einen Delfin wie mich in sengender Sonne nur wenige Schritte vom Wasser entfernt festketteten. Aber woher sollten sie das wissen. Für sie war ich der Hinterwäldler mit der sonnengegerbten Haut, ausgedörrt wie eine Weinranke, der grobe Klotz mit den ungehobelten Manieren, einer, der sich mit Bier zuschüttet und sich maximal einmal die Woche wäscht. Im Übrigen war ich nicht hier, um im Pool meine Bahnen zu ziehen oder mich auf einem Gummikrokodil treiben zu lassen. Ich hatte mein Sandwich mitgebracht und wollte gerade, trotz ihrer Proteste, reinbeißen: »Aber nein, ich bitte Sie, bedienen Sie sich, nehmen Sie sich, worauf Sie Lust haben!« Also probierte ich ihre vegetarischen Dips, Guacamole, Hummus, so Sachen in der Art, aber mein Sandwich aß ich trotzdem, man soll schließlich nichts verschwenden. Außerdem passte das perfekt zu dem Etikett, das sie mir aufgeklebt hatten. Dann fragten sie mich, wie die Arbeiten vorangingen, um ein bisschen Smalltalk zu machen. Ich antwortete, es liefe alles nach Plan. Sie leiteten geschickt zum nächsten Thema über. Laure erzählte von einem Artikel, den sie kürzlich in einer Zeitschrift gelesen hatte, über einen revolutionären Gärtner, der ein neues Gartenkonzept entwickelt hatte, den »Punk-Garten«. Dabei überließ man die Natur sich selbst, griff so wenig wie möglich ein, mähte nur hier und da, um ein paar Schneisen durch das Brachland und das hohe Gras freizuhalten. »Das ist faszinierend, hat eine ganz eigene Schönheit.« Ich dachte, ganz schön gerissen der Typ, denn in unserem Metier war eigentlich kein Platz für Faulpelze. Er hatte sich seine Nische geschaffen. Vielleicht war das Ganze auch nur ein Scherz und die Leute hatten das für bare Münze genommen, aber ich sagte lieber nichts. Arnaud merkte an, dass es der ungezähmten Natur immer wieder gelinge, neue, ausbalancierte, autarke Ökosysteme zu schaffen. Da ich wohl ab und zu auch mal etwas sagen musste, wandte ich ohne großen Elan ein, dass es dafür aber bestimmte zeitliche und räumliche Voraussetzungen brauche. »Ein Wald muss eine gewisse Größe erreichen, um ein kohärentes System zu bilden.«

Ich weiß nicht wieso, aber die Leute langweilen mich immer öfter, vor allem intelligente Leute. Ihre Konversation hält ungefähr genauso viele Überraschungen bereit wie ein Ei, das man aufschlägt. Ich habe den Eindruck, ich langweile mich weniger, wenn ich eine vorbeifliegende Libelle oder meinen schlafenden Hund betrachte. Arnaud begab sich auf einen dieser gedanklichen Höhenflüge, für die er vermutlich bekannt war. Er legte uns eine regelrechte Theorie dar, die angeblich auf Montaigne zurückging, zu den Lektionen, die uns die Natur erteile. So erlaube sie uns zu verstehen, wie es einer Zivilisation gelingen könne, die Balance zwischen liberalem Laisser-faire – also alles von Efeu und Unkraut überwuchern zu lassen – und totalitärem, sowjetischem oder chinesischem Kontrollwahn zu finden, der in einen strengen Barockgarten französischer Prägung münde. Der erinnere letztlich mehr an einen Nazi-Aufmarsch (endlich mal ein Kunde, der meine Gedanken lesen kann), als an eine Ode an die Natur. »Die Asiaten, insbesondere die Japaner, haben das besser verstanden als wir«, erläuterte er als vorläufiges Resümee.

In der Theorie hatte er Recht, klar, die Balance, die Mitte, die Harmonie, das Maß, die Genügsamkeit, die epikureische Weisheit. Aber er überzeugte mich nicht, und zwar so gar nicht. Aus dem Wohnzimmer säuselte aus Boxen, die vermutlich unbezahlbar waren, raffinierte elektronische Musik, in genau der gleichen vernünftigen, abwägenden Tonlage. Am liebsten hätte ich diesem Mist kurzerhand den Saft abgedreht, eine LP der Sex Pistols aufgelegt und bis zum Anschlag aufgedreht, um zu sehen, was die Boxen so hergaben. Dann wäre ich, während ich *God save the queen, the fascist regime* gebrüllt hätte, in Klamotten in ihren aseptischen Pool gesprungen. Scheiße, ich hatte noch so einiges an Arbeit vor mir. Also tat ich nichts von alledem, sondern das, was jeder in meiner Situation getan hätte, und nickte zustimmend zu Arnauds Binsenweisheiten.

Während sie lustlos in ihrem Essen herumstocherten und ihre Limonade schlürften, begannen sie, die aktuelle Lage zu erörtern. Das war schließlich sein, Arnauds, Job. Für Hacke und Gießkanne war ich zuständig, aber wenn es um den Lauf der Welt ging, sollte ich doch bitte schön ihm das Feld überlassen. Er ließ wirklich nichts aus: die sozialen und internationalen Spannungen, das Klima und die Biodiversität, und dann, um den Kanal voll zu machen, das Wichtigste überhaupt, ihre Tochter, Amandine. Man brauchte keinen Doktor in Familienpsychologie, um zu verstehen, dass diese Kleine das galaktische Zentrum ihres Universums bildete. »Oh, Sie werden sie bald kennenlernen, heute ist sie im Reitclub … man könnte auch sagen, das ist ihr zweites Zuhause«, fügte Laure mit einem kleinen Kichern hinzu. Ein rätselhaftes Kichern, ich verstand nicht, was daran lustig war.

»Sie möchte später Finanzinspektorin werden …«, warf Arnaud aus heiterem Himmel ein. Es klang so, als amüsiere er sich über diesen Wunsch (immerhin lautet ihr Berufswunsch nicht mehr »Staatspräsidentin«, wie mit fünf), zugleich konnte er nur schwer verhehlen, wie stolz er war, eine unserer zukünftigen Führungsfiguren hervorgebracht zu haben, die imstande wäre, das große Ganze zum Wohle aller zu verbessern, angefangen vom Funktionieren unserer Institutionen bis hin zur Rotation der Erde.

»Hat sie noch Geschwister?«, fragte ich unschuldig.

»…«

(Lang anhaltendes Schweigen.)

»Sie hat eine ältere Schwester«, antwortete Laure schließlich. Es klang einerseits schroff, so als hätte ich einen schweren Fauxpas begangen – was soll man von diesem Stoffel auch anderes erwarten – und sie zum Beispiel gefragt, was ihre italienischen Treter gekostet hatten oder ihr original Paris-Rive-gauche-Haarschnitt, und andererseits leicht verzweifelt, so als müsste sie ihrer vergötterten Tochter mitteilen, dass das kleine Fohlen, das man ihr gerade geschenkt hatte, überraschend verstorben war. Es war äußerst merkwürdig.

Wie gesagt, durch Jean-Luc wusste ich von der Existenz dieser anderen Tochter, die komischerweise nie da war. »Sie ist unser Steinchen im Schuh«, fuhr Laure fort, als wäre ihr das herausgerutscht. Eine überraschend unverblümte Formulierung. Ich hätte das zum Beispiel mit gutem Recht behaupten können, denn wenn man umgräbt, hat man schnell mal ein Steinchen im Schuh. Aber irgendwie auch lächerlich. Doch das waren ihre Worte. Dieses große Mädchen war also nur ein kleiner Stein. Arnaud wechselte das Thema, ich erinnere mich nicht mehr, worüber er dann geredet hat, vielleicht über die Zukunft des Lufttransports, oder er erzählte eine Klatschgeschichte über eine Nachrichtensprecherin, ich habe es vergessen. Ich trank ein großes Glas Wasser, lehnte den Kaffee dankend ab und kehrte zurück an meine Arbeit.

Abends dann ließ ich Lebowski auf den Beifahrersitz des Lieferwagens springen und fuhr zu Gilbert, dem Metzger. Ausnahmsweise saß der Hund mal aufrecht da, wie es sich gehörte, und schaute hochkonzentriert durch die Windschutzscheibe, wie ein General in einem Kommandowagen, der vor den bevorstehenden Kampfhandlungen die Topologie des Schlachtfelds inspiziert.

Im Laden tat ich so, als würde ich noch überlegen, um einen Kunden vorzulassen, der mir an den Hacken klebte, denn ich wollte gerne ungestört mit Gilbert reden. Das sollte sich rächen, der Typ kaufte so ungefähr den halben Laden auf: »Und dann noch drei Tournedos, und ein doppeltes Entrecôte, und zwei Steaks aus der Araignée, ach ja, und ein Stück Roastbeef. Dann nehme ich zur Abwechslung mal eine Terrine de Campagne, und ein Stück von der Morceau-Wurst, da kann ich nicht widerstehen«, und und und, der Kerl fand einfach kein Ende. Während

Gilbert alles abwog und einpackte, stülpte er den Mund vor und schnüffelte, und sobald sein Blick an irgendetwas hängen blieb, auf das er Appetit hatte, kaufte er es. Entweder er hatte in seinem Keller ein Gehege voller Raubtiere, oder er war Koch in einem Restaurant namens *Le Carnivore*, oder er hatte sich gerade von seiner veganen Frau getrennt, die ihn seit zehn Jahren schikanierte, und um dieses Ereignis zu feiern, hatte er beschlossen, seinen Monatslohn auf den Kopf zu hauen. Gilbert zwinkerte mir zu, der arme Teufel bescherte ihm den Umsatz des Tages oder sogar der Woche. Der Kerl räumte sein Konto leer und zog zufrieden mit zwei riesigen Tüten von dannen, die in etwa das Gewicht eines halben Rinds hatten.

Gilbert rieb sich die Hände und rief, ganz der Metzger: »So mein Freund, du bist an der Reihe!« Er deutete mit dem Kopf in Richtung des Kunden, der gerade vor der Tür aus unserem Blickfeld verschwand: »Und, versuchst du ihn zu toppen? Oder begnügst du dich mit einem Hühnerbeinchen?« – »Wenn man bedenkt, wie du gerade abgesahnt hast, könntest du mir eigentlich ein ganzes Huhn spendieren!« Die Klingel machte auf altmodische Art *Dingdong* und zwei alte Damen kamen herein. Das nervte mich irgendwie, aber ich riss mich zusammen und während sie sich nach vorne beugten und die Auslage musterten, um sicherzugehen, dass nicht zufällig eine Fliege irgendwo ihre Eier abgelegt hatte, holte ich meine Papiertüte mit dem Knochen hervor.

Gilbert nahm das Fragment, das einst einem Lebewesen gehört hatte, in Augenschein. Dabei hatte er ein vielsagendes Lächeln im Mundwinkel. Die Szenerie mit den beiden Omis hinter mir erinnerte tatsächlich an eine schlechte Szene aus einem Vorkriegskrimi: Ein Mann geht zu einem Metzger, um einen Knochen bestimmen zu lassen, den er in seinem Garten gefunden hat ... »Für ein Schwein ist er zu lang, für ein Rind ist er zu kurz, er könnte von einem Kalb sein. Vielleicht. Wo hast du ihn gefunden?« – »Mein Hund hat ihn gefunden.« – »In deinem Garten? Es ist nicht zufällig deine Schwiegermutter?« Den Spruch konnte er sich wohl nicht verkneifen. Die beiden Frauen zogen die Köpfe ein, taten so, als hätten sie nichts gehört, man steckte seine Nase nicht in fremde Angelegenheiten. Aber Gilbert war in Form und legte noch einen drauf: »Vor dem sollten Sie sich in Acht nehmen, meine Damen, der hat so manche Leiche in seinem Garten vergraben!« Die beiden Kundinnen zogen beim Versuch, sich zu den flauen Witzen des Metzgers ein Lächeln abzuringen, ohne dabei ihren pikierten Gesichtsausdruck abzulegen, eine seltsame Grimasse. Ich kaufte Beefsteakhack, »danke, das ist alles«.

Als ich zurück zum Lieferwagen kam, hatte Lebowski seine martialische, statuenhafte Haltung derweil aufgegeben und sich der Länge nach ausgebreitet. Der Churchill mit dem goldgelben Fell war wohl doch nur eine aufblasbare Gummipuppe, aus der jemand die Luft gelassen hatte. Ich musste ihn mit beiden Händen beiseiteschieben, um mich ans Steuer setzen zu können.

Ich briet das Hack, machte mir Reis dazu und setzte mich mit dem gefüllten Teller an den Tisch. Für einen Hund entsprach das einem Festessen in einem mit zwei Michelin-Sternen ausgezeichneten Restaurant. Das war dem blonden schlappen Hausbären nicht entgangen. Er ließ mich beim Essen nicht aus den Augen, setzte einen deprimierten Gesichtsausdruck auf, gab ab und an ein Seufzen von sich: So hab doch Mitleid, ich habe seit zwei Tagen nichts zu beißen bekommen ... und mein Herrchen quält mich.

Ich machte den Abwasch und rief in der Bretagne an. Es war nur der Anrufbeantworter dran. Ich hinterließ eine Nachricht.

Ich weiß, wenn man lesen möchte, sollte man keinen Monitor einschalten, ein fataler Fehler, der mir immer mal wieder unterläuft, so auch an diesem Abend. Ich steckte meine Nase also in die *free-base* der Sozialen Netzwerke. Ich wusste, dass ihre *user* davon abhängig wurden wie von Schnee, darum hielt ich mich davon normalerweise fern.

Ich hatte die Fans von Tweets und Posts hinter mir gelassen, die man in drei Fraktionen unterteilen konnte: Die »Diese Regierung ist eine Schande für unser Land«-Fraktion – sie gaben ihren Senf zu jedem aktuellen politischen Ereignis ab, wie Kommentatoren eines Nachrichtensenders und bildeten zugleich ihr einziges Publikum –, dann die »Das musste ja so kommen«-Fraktion – sie lieferten, wie Arbeiter, die eine Kette bilden, um einen Lastwagen mit Leichtbausteinen zu entladen, einen allseits bekannten Witz und Meme nach dem anderen ab –, und zu guter Letzt die »Ganz liebe Grüße«-Fraktion –, sie posteten Fotos von Geburtstagskuchen oder Selfies aus ihrem Sizilien-Urlaub. Aber, das ist genau wie mit den Fliegen im Sommer, am Ende kommt immer eine ins Zimmer und fliegt dann permanent gegen die Scheibe. An diesem Tag war das ein gewisser Thierry Cosse, ein *unbekannter Freund* – diese beiden Worte allein bringen die ganze ultimative Aporie von Facebook auf den Punkt. »Tom Cruise zu Gast bei der Gendarmerie-Spezialeinheit zur Terrorismusbekämpfung in Versailles.« Da hast du zielsicher die richtige Adresse erwischt, Thierry Cosse, diese Information interessiert mich nicht die Bohne, aber auf mir unerklärliche Art und Weise zog diese Nachricht mich in ihren

Bann. Vielleicht auch, weil alles besser als nichts ist, besser als ins Leere zu starren und auf den Tod zu warten, die einzige Gewissheit, die wir haben. Kurzum, aus lauter guten Gründen, Thierry, beschloss ich mich eingehender mit deinem Fall zu beschäftigen. Zunächst interessierte mich: Woher weißt du das eigentlich? Erzähl mal, Cosse! Woher weißt du, dass Tom Cruise in Versailles ist? Warst du vor Ort? Hm? Wie der Zufall so wollte … Das war offenbar der Fall, denn da war ein Foto abgebildet. Aha! Na also! Jetzt verstand ich das Ganze besser. Das Foto stammte von einem Blog, war natürlich nicht von ihm. Thierry war also nur ein Typ, der Leichtbausteine weiterreichte. Diese Typen waren in sämtlichen Sozialen Netzwerken aktiv, die man sich nur vorstellen kann, und verbrachten ihr Leben damit, wie Exegeten der neuen weltweiten elektronischen Thora, Zeichen zu entschlüsseln. Sie interpretierten Informationen, versorgten das nicht abreißende Gebet der Gemeinde der Gläubigen, von denen jeder in seiner Wabenzelle der Matrix war, mit immer neuer Nahrung, und alle knieten sie vor ihren Bildschirmen. Gut, also Tom Cruise war wegen seines neuen Films zu einem »technischen Besuch« bei der Antiterroreinheit: Erstens war das nicht sonderlich überraschend und zweitens *ging mir das am Arsch vorbei*, wie Maëlle zu sagen pflegte. Aber man braucht immer so einige Minuten, um sich darüber klar zu werden. Minuten, die sich in Luft auflösen, und die eine noch größere Zeitverschwendung darstellen als die Zeit, die man mit schlafen oder träumen verbringt, oder als ein Tag von Lebowski.

In der ersten Kategorie, jener der »Denker«, gab es einen Post von Aurélien Pelletier, der sich über die neuen Fälle von Polizeigewalt bei einer Demonstration in Toulouse empörte. Ich weiß auch nicht warum, aber wenn ich diese elektronischen Protestbekundungen lese, dann muss ich daran denken, wie ich auf Druck meiner Mutter bis zur Kommunion regelmäßig die Messe besuchen musste. Und ich denke an die Gläubigen, die wie aus einem Mund dem Pfarrer das »Amen« nachsprachen. Man betete für die Kranken, die Toten, die Armen und die *pécheurs* (Sünder). Ich verstand als Kind *pêcheurs* (Fischer), und war überzeugt davon, dass der Pfarrer ein fanatischer Angler war. Anschließend ging man zum Konditor und kaufte Éclairs und Paris-Brest zum Dessert. Kurzum, Aurélien war wütend und schrieb, er sorge sich um die Demokratie. Zum Glück hatten wir Aurélien und Seinesgleichen, die uns Unwissende aufklärten. Letztlich schien die Welt doch eine Art von Kohärenz zu besitzen. Auf der einen Seite gab es die Demonstranten (von denen man sich insgeheim fragte, was sie dazu trieb, sich massenhaft zusammenschlagen zu lassen wie die Legionäre bei Asterix), und auf der anderen Seite die Polizisten, die systematisch auf sie einprügelten. Und dann gab es noch die große Gruppe der selbsternannten Whistleblower, die ihren Protest äußerten, indem sie auf ihre Tastatur einhämmerten. Neulich habe ich ein Foto von Mark Zuckerberg gesehen, zusammen mit unserem Präsidenten. Sie lächelten sich an. Und dieses Lächeln, so fand ich, erklärte alles, die ganze Kohärenz dieses Systems. Ich klappte meinen Rechner zu. Als Lebowski das *Klack* hörte, öffnete er ein Auge. Man konnte ja nie wissen: Womöglich würde ich aufstehen, um ihm ein Stück Brot oder irgendeinen Essensrest zuzuwerfen. Aber ich blieb sitzen.

Ich dachte an Jean-Luc. Er war seit den Devaquet-Gesetzen bei allen Demos dabei gewesen, bis hin zur weltweiten Mobilisierung im Zuge der *Indignados* von Madrid und *Occupy Wall Street*, über die großen Streikbewegungen von 1995 und die unzähligen Prozessionen gegen die unzähligen Rentenreformen. Kurz bevor er verschwand, eine Gelbweste der ersten Stunde, hatte er ein Hartgummigeschoss abbekommen, das ein Bulle kaltblütig direkt auf ihn abgefeuert hatte. Das Geschoss traf ihn an der Augenbraue. Seine Mitstreiter fotografierten sein blutüberströmtes Gesicht und die klaffende Wunde an seiner Schläfe. Er behielt eine Narbe zurück und eine Einbuchtung auf der Stirnseite. Bei Frauen galt Jean-Luc sein Leben lang als »Beau« oder »hübscher Typ«. Das Geschoss hatte die Harmonie seines Gesichts zerstört. War er etwa deshalb abgehauen? Neues Gesicht, neues Leben? Eine seltsame Vorstellung, aber konnte man's wissen?

Lebowski knurrte, er träumte. Vermutete ich. Hoffte ich. Sollte er sein Leben in seinen Träumen ausleben. Ein anderes Leben hatte er schließlich nicht.

Dritter Tag

Als sie kam, hatte ich meinen ersten Hügel fertig und war gerade dabei, ihn mit Stroh abzudecken. Sie blieb in etwa zehn Metern Entfernung stehen, beobachtete mich einen Moment, ohne ein Wort zu sagen, ohne mir zuzunicken. Ich stellte meinen Sack mit dem Leinenstroh ab und ging auf sie zu.

»Guten Tag.«

»Guten Tag.«

Eine glockenhelle Stimme, ein liebenswürdiger Ton. Sie war genauso blond wie ihre Mutter und genauso selbstsicher wie ihr Vater, weder hübsch noch hässlich, ein Allerweltsgesicht, aber ihr Blick war hart wie Feuerstein. Sie sagte, sie habe ein besonderes Anliegen. »Ich höre«, sagte ich. Sie schaute zu Lebowski herüber, der ein ganzes Stück entfernt wie hingegossen unter seinem Baum lag. Dann erklärte sie mir in ausgesuchten Worten, dass die Gegenwart des Hundes auf dem Anwesen sie störe. Sie legte eine Kunstpause ein und fügte hinzu, sie verlange, dass der Hund ab sofort zu Hause bleibe. Sie »verlangte« also. Ich ging ein paar Schritte auf sie zu, um sie zu fragen, ohne schreien zu müssen, ob sie mit ihrem Vater darüber gesprochen habe. Da sie daraufhin nichts sagte, erklärte ich ihr, dass ich mit ihrem Vater bezüglich des Hundes eine Absprache getroffen hätte, und dass sie, sofern sie diese infrage stellen wolle, das bitte mit ihm klären solle, da er mein Auftraggeber sei und insofern mein einziger Ansprechpartner. Abgesehen davon, so ergänzte ich, würde ich für den Fall, dass mein Hund mich nicht mehr begleiten dürfte, die Arbeit auf der Stelle einstellen. Dann müssten sie sich jemand anderen suchen, der das für sie zu Ende führte, es sei denn, sie wolle das selbst übernehmen. Sie musterte mich interessiert, ohne mit der Wimper zu zucken, ein bisschen so wie ein Zoologe eine ihm unbekannte Primatenart mustert: Ein sprechender Gärtner. Diese Entdeckung schien sie zu erfreuen, denn schließlich lächelte sie fein und fragte mich unvermittelt und ausgesucht liebenswürdig, ob ich ihnen später beim Mittagessen Gesellschaft leisten wolle. »Meine Mutter ist nicht da, wir sind nur zu zweit, mein Vater und ich. Er meinte, ich würde Sie vielleicht gerne kennenlernen.« Diese freche Göre hatte mein Interesse geweckt, darum nahm ich die Einladung an.

Ich ging zurück zum Lieferwagen, um den Staketenzaun aus hellem Holz abzuladen, der zur Einfassung des Gemüsegartens gedacht war. Mir war ein Rätsel, wozu der gut sein sollte: Sie planten mit Sicherheit nicht, sich einen Hund anzuschaffen, und Vögel, Katzen, Füchse, Igel und sonstige Schnüffelnasen konnten dieses Hindernis mühelos überwinden. Im Übrigen stellten diese Tiere keine Gefahr für Tomaten, Salate, Zucchini & Co. dar, die hatten eher mit Insekten und Schnecken zu kämpfen, und die scherten sich erst recht nicht um so ein Zäunchen, das einem Märchen entsprungen zu sein schien. Aber genau das schwebte ihnen vor, es diente allein der Dekoration, erinnerte entfernt an den Hameau der Königin im Park von Petit Trianon in Versailles. Doch der hatte eine Funktion, er sollte den tierischen Hofstaat, das blütenrein geschrubbte Federvieh und das auf Hochglanz gewichste Schwein, in seine Schranken weisen. Lebowski rollte sich, um sich am Rücken zu kratzen, von einer Seite auf die andere und bewegte zur Verstärkung dabei träge seine

Pfoten. Er wirkte sehr stolz, so als hätte er eine gymnastische Meisterleistung vollbracht.

Ich löste seine Leine, damit er ein bisschen herumstreunen konnte. Er schnüffelte hier und da. Ich wusste auch nicht so genau, warum ich das eigentlich tat, bis mir in den Sinn kam, dass mir der Gedanke gefiel, die zukünftige Inspektorin der öffentlichen Finanzen zu ärgern, selbst wenn sie davon gar nichts mitbekam. Nicht genug damit, dass ich meinen Hund mitbrachte, ich ließ ihn auch noch frei auf dem Anwesen herumlaufen, entließ also ein Raubtier in die Freiheit. Ich hatte meinen Spaß daran, dem unförmigen gelben Riesen – sein Fell war tatsächlich löwengelb – dabei zuzuschauen, wie er im Unterholz seine ungezähmte Natur auslebte … Okay, er hatte nicht gerade einen geschmeidigen, wiegenden Gang, bewegte sich nicht nahezu geräuschlos und schleichend wie eine Wildkatze, sondern latschte über das halb zersetzte Laub und die am Boden liegenden zerbrochenen Zweige eher wie ein Nilpferd durch den Matsch. Er hob seinen schönen Hundekopf, nahm die Fährte von irgendeinem Geruch auf, der aus der Ferne zu ihm herübergeweht kam. Der Ruf des Waldes? Sollte der womöglich sogar Lebowski ereilen? Kaum zu glauben, ich traute der Sache nicht. Aber vielleicht lag es auch an mir, dass er sich so benahm. Es heißt ja, Verhaltensauffälligkeiten von Hunden wären in der Regel die Folge einer nicht artgerechten Behandlung durch ihr Herrchen. War ich ein Helikopter-Herrchen? Die Antwort auf diese Frage verlangte keine langwierige Hunde-Therapie-Sitzung, sie lautete schlicht: nein.

Ich schaute zu den Baumwipfeln hoch, die durch eine kräftige Brise hin- und herschwankten, eine Brise, die über das Land zu fegen schien und in Böen frische Luft herantrug, alles kräftig durchpustete, wie ein leistungsstarker, himmlischer Ventilator. Alles war in bester Ordnung.

Ich band den Salonlöwen wieder an seinem Baumstamm fest und begann mit dem Aufbau des Zauns, den ich nicht in einem Hobbit-Dorf, sondern im Gartencenter gefunden hatte.

Auf der Südterrasse war niemand zu sehen, ich klingelte an der Tür und hörte Arnaud von innen rufen: »Kommen Sie herein, kommen Sie herein.« Ich betrat also den Klotz von Haus. Es hätte ein architektonischer Albtraum sein können, ein Pseudoschloss, halb mittelalterliches Herrenhaus, halb Talmi-Getty-Villa, aber – wie Maëlle sagen würde, »vergiss es« – es war ein Traumhaus. Auf der Terrasse sei es jetzt bereits zu heiß, erklärten sie mir später. Innen hingegen war es kühl wie in einer Kirche. So überschritt ich also das erste Mal die Schwelle zum Haus der Herrschaft. Die Wände des geräumigen Vestibüls waren mit einer gekonnten Mischung aus Alt und Neu geschmückt: Neben einem ausgestopften Hirschkopf hing ein modernes Kunstwerk, alte Gemälde neben neuen Fotografien. Kurz dachte ich an all die armen Schlucker der vergangenen Jahrhunderte, die, so wie ich jetzt, die Schwelle zum früheren Herrenhaus übertreten hatten, alle diese Gärtner, Bauern, Arbeiter oder Kunsthandwerker, die man höflich bat einzutreten und zu warten, sei es auf eine Unterredung, eine Lohnauszahlung oder einen Arbeitsauftrag. Da standen sie, mit der Schirmmütze unterm Arm, bis man sich dazu herabließ, ihnen ein paar Minuten Zeit zu schenken. Das gehörte der Vergangenheit an, zumindest was die Umgangsformen betraf. Nachdem meine Augen sich an die Dunkelheit gewöhnt hatten, ließ ich meinen Blick über die Fotografien schweifen: Landschaften, Porträts, Aufnahmen von Dreharbeiten, Reisen. Die meisten waren schwarzweiß, die meisten waren hübsch anzusehen, aber allen fehlte dieses mysteriöse gewisse Etwas, das große Fotografien ausmacht. Auch Schnappschüsse von Urlauben und Familienfeiern waren darunter. Amandine in allen Lebenslagen: Mal lächelte sie, mal posierte oder thronte sie an vorderster Front, wie die Königin von England persönlich auf einem offiziellen Foto der *royal family*. Ich schritt noch einmal alle Fotos ab, suchte lange vergeblich nach Aufnahmen der abwesenden Schwester. Sie war nur auf einem einzigen Bild vertreten, das zwischen anderen auf einem Sekretär aus Kirschholz stand. Eine kleine Farbfotografie: Arnaud, in der Mitte, hatte seine Arme um die Schultern von Laure und Amandine gelegt. Neben Amandine, die zu dem Zeitpunkt vielleicht sechs oder sieben Jahre alt war, stand ein zartgliedriger Teenager und hielt ihre Hand. Es wirkte so, als wäre das Mädchen am liebsten rechts aus dem Rahmen herausgetreten. Die drei in der Mitte grinsten breit, sie dagegen rang sich nur ein fragendes, halbes Lächeln ab. Die drei schauten direkt in die Kamera, wie die Erste-Reihe-Stürmer beim Rugby, bevor sie sich ins Gedränge stürzen, sie dagegen drehte sich leicht weg, und ihre Füße standen über Kreuz. Ich fand, diese schmale Person, die so aus dem Gleichgewicht zu sein schien – so meine etwas gewagte Interpretation –, war die einzig interessante Person auf all diesen akkurat gerahmten und perfekt ausgeleuchteten Fotografien: Diese Berge, Wüsten, Konzerte, Premieren, die zur Schau gestellte gute Laune, all das wirkte ebenso hochtrabend und verstaubt wie die alten Seestücke aus dem 19. Jahrhundert, denen sich die Bauern von damals gegenübersahen, mit ihrer Mütze in der Hand.

Arnaud tauchte auf mit einem Geschirrtuch über der Schulter und bat mich, ihm in die Küche zu folgen, ein Zeichen dafür, dass sie mich mehr und mehr an ihrem Privatleben teilhaben ließen. Arnaud war ganz der Alte, gab sich tiefenentspannt, machte einen auf Der-Typ-der-sich-durch-nichts-und-niemanden-aus-der-Ruhe-bringen-oder-stressen-oder-aus-dem-Konzept-bringen-lässt, auf Einer-der-so-viel-gesehen-hat-auf-diesem-Planeten-also-du-verstehst-schon-was-ich-meine-oder? Er trug ein Hemd aus feinstem Leinen, dünn wie ein Lindenblatt. Die oberen Knöpfe waren offen und gaben den Blick auf seine Brust frei, die Ärmel aufgekrempelt. Dazu eine XXL-Bermudashorts aus ziegelrotem groben Stoff und knallorangene Flipflops, die quietschten, wenn er damit über die großen, rotbraunen Terracottafliesen latschte. Er nahm extrem viel Platz ein, wenn er sich durch den Raum bewegte, dabei watschelte er leicht. Seine halblangen Haare hatte er mit einer Art hölzerner Haarspange befestigt. Wenn man ihn so sah, dachte man unwillkürlich, »typisch Künstler«, ein Künstler, der Wert darauf legte, dass alle mitbekamen, dass er Künstler war, oder an eine dieser aseptischen Figuren aus einer französischen Vorabendserie aus der großen Zeit des Farbfernsehens. Er bot mir ein Bier an, wie man das unter Männern so machte. Ich lehnte ab. Ich war es leid, zu allem ja zu sagen.

Er bot mir einen Platz auf einem Hocker an der Kücheninsel in der Mitte an, die allein in etwa so groß war wie meine gesamte Küche. Er stellte einen gemischten Salat vor mir ab und schnitt mit einem japanischen Messer Scheiben von einem Schinken mit Knochen ab, dabei erklärte er mir: »Das ist Pata negra Bellota, aus dem Baskenland, so etwas haben Sie noch nicht gegessen!«

Amandine bediente sich und begann zu essen. Also auch

in dieser Hinsicht hatten sich die Codes und Verhaltensregeln von einst im Laufe der Jahrhunderte verändert. Vom Tischgebet und dem Dogma der katholischen Bourgeoisie – Niemand rührt seinen Teller an bevor nicht der Hausherr den Anfang gemacht hat – war man zu lässiger Selbstbedienung übergegangen, wie in einer amerikanischen Serie. Ich vermutete jedoch, dass sie, wenn sie jemand anderen als den einfachen Gärtner bei sich zu Hause empfingen, an ihren aristokratischen Codes festhielten. Amandine begann, über die neuesten Nachrichten zu reden und fragte ihren Vater dann, ob er denn die Erklärung des Ministers für Soziales gehört habe. Sie schaute ihn verschmitzt an und ich verstand, dass es sich dabei offenbar um ein neckisches Spielchen zwischen ihnen handelte: Hatte Papa seine Hausaufgaben als guter Reporter erledigt und Radio gehört und die Tageszeitungen gelesen, auf seinem Tablet oder seinem Smartphone? So begannen sie diverse Themen zu erörtern. Machten sie das jeden Tag so? Oder mussten sie selbst vor dem Gärtner noch brillieren, koste es, was es wolle? Zwischen zwei Kommentaren fragte Amandine mich ganz nebenbei, ob ich denn auch die Nachrichten verfolgte. Ich hätte ihr zu gern eine kleine Ohrfeige verpasst, aber hätte ihr Vater diese tadelnswerte und gesetzlich verbotene Geste (mal angenommen, er verfügte über einen gewissen Sinn für schrägen Humor, was ich bezweifelte) verstanden, oder gar gebilligt? Da ich mir da nicht so sicher war, antwortete ich, mich interessierten nur bestimmte Aspekte der Nachrichten, wie zum Beispiel der Wetterbericht. Sie war clever genug, diese ironische Spitze zu bemerken, aber zog es vor, in mir weiter den Bauern zu sehen, der nur wissen wollte, welches Wetter angesagt war.

Sie bot mir eine Cola an, und zugleich präsentierte Arnaud mir die Käseplatte. Eine Kombination, bei der sich einem der Magen umdrehte, aber die beiden hatten sich offenbar ein gemeinsames Ziel gesetzt: mich vollstopfen. Mit konkreter und mit geistiger Nahrung. Vermutlich war ich ihnen dafür zu Dank verpflichtet. Amandine erwähnte die Demonstrationen in Polen und die Exazerbation (das war das Wort, das sie gebrauchte) der nationalen Spannungen innerhalb der Europäischen Union. Ich schaute ihren Vater an. Er holte Luft, um seine Ideen zu ordnen und ihr eine Antwort zu geben, die eines renommierten Chefredakteurs würdig wäre. Vielleicht empfand er, so wie ich, flüchtig Sehnsucht nach jener Zeit, als die Kinder am Tisch zu schweigen hatten. Aber das war keineswegs sicher. Im Gegenteil, er hatte in seiner Tochter den Sparringspartner gefunden, den wir alle suchen: jemanden, der zuhören kann, der uns herausfordert und dessen Talente wir schätzen, eben weil sie sich in überschaubaren Grenzen halten und uns nie in Bedrängnis bringen. Also setzte er, wie ein Turmspringer, zu einer eloquenten Arabeske an, sprach über die Konfrontation zwischen den Befürwortern eines starken Europas, auf das wir angewiesen waren, insbesondere um China die Stirn zu bieten, und jenen Zynikern, welche die niedersten ausländerfeindlichen Instinkte bedienten. Dann wiederholte er gebetsmühlenartig Sätze, die ich inzwischen in- und auswendig kannte, weil man sie schon in meiner Kindheit oft im Radio hörte: »Der Populismus speist sich aus der Angst vor dem Fremden, die schon sehr lange geschürt wird. Unsere jüdisch-christliche Kultur betrachtet den Islam als Konkurrenz, das ist absurd, aber sie kann nicht anders. Europa droht auseinanderzufallen. Es ist zu befürchten, dass der Brexit Nachahmer findet. Unglaublich, dass ausgerechnet die Engländer diesen Weg beschreiten.« Woher kam nur diese Aversion gegen die Briten? Ich vermutete, dass Arnaud, schon allein um sich vom Pöbel der Fußballfans abzusetzen, Rugbyfan war. Das wäre ein gutes Gesprächsthema für uns beide gewesen, aber egal, ich würde nicht damit anfangen. Stattdessen erlaubte ich mir die Feststellung, dass die englische Arbeiterklasse vor allem deshalb so antieuropäisch eingestellt sei, weil es dort viele billige Arbeitskräfte aus Osteuropa gebe. Hatte mit dem Islam nicht so richtig viel zu tun.

Für einen Moment herrschte Schweigen. So überrascht waren sie. Ich ergänzte: »In Frankreich bekommt man das inzwischen ebenfalls zu spüren, zumindest im Bausektor, oder bei der Pflege von Grünanlagen …« Nun wich das überraschte Schweigen einem verlegenen Schweigen. Um noch einen draufzusetzen, fragte ich, ob er »als Chefredakteur beim Fernsehen« eigentlich auch mit der Konkurrenz durch billige ausländische Arbeitskräfte konfrontiert sei. Das verlegene Schweigen wich einem empörten Schweigen. Ich war von einem Moment auf den anderen in ihren Augen zu einem dieser Faschisten geworden, die nichts kapierten, noch nicht einmal, dass sie Faschisten waren. Ich hatte keine Lust, das Thema zu wechseln, sollten sie zusehen, wie sie da wieder rauskamen. Das Schweigen dauerte an. Ich probierte den Schinken. Er war tatsächlich ausgezeichnet, da hieß es zugreifen, das war sicherlich das letzte Mal, dass ich mit ihnen zusammen aß. Umso besser.

Als gute, wohlerzogene Tochter nahm Amandine die Unterhaltung wieder auf und sprach über Zinssätze. Klar, wenn man Finanzinspektorin werden wollte, hatte man ein größeres Faible für Bankerthemen als für Gartenthemen. Ich verzichtete auf weitere Anmerkungen zur Geopolitik und damit auf eine erneute Diskussion mit einem ähnlich hohen Spannungsfaktor wie ein offizieller Wahlwerbespot der Union der Mitte-Rechts-Parteien.

Höflich bot sie mir ein Eis an. Wenn man Klasse hat, zeigt man seine Wut nicht offen, sondern macht das durch die Blume. Sie sagte: »Aber wir haben nur noch eine Sorte, weiße Schokolade, ich weiß nicht, ob Sie ...« Ich dankte ihr mit ebenso geheuchelter Freundlichkeit. Heuchelei kann man sich viel schneller antrainieren als Aufrichtigkeit. Da sie auch kein Eis nahm, setzte ich noch einen drauf und sagte, sie solle sich bloß nicht von mir davon abhalten lassen, ein Eis zu essen, wenn ihr danach wäre. »Nein, das ist eh zu süß«, unterbrach sie mich schroff. Ich schaute sie leicht perplex an. Da erklärte sie mir, das passe nicht in ihr Konzept. Sie lebe um zu lernen, sich stetig zu verbessern, ihre Leistung kontinuierlich zu steigern ... und nicht, um Spaß zu haben. »Das kommt später«, schloss sie. Ja, aber wann?

Arnauds orangefarbene Flipflops waren der Beweis dafür, dass die Nespresso-Werbung bleibende Schäden bei ihm hinterlassen hatte. Dabei war dieser Spot schon ein paar Jahre alt, es musste sich also um Spätfolgen handeln. Er hielt mir eine Tasse Kaffee hin und pries dabei erneut das unglaubliche Aroma dieser verfluchten kleinen Aluminiumkapseln. »Ökologisch eine Katastrophe, ich weiß, vielleicht ist es der Spaß am Verbotenen ...?«, raunte er mir mit einem Augenzwinkern zu. Vater und Tochter hatten sich scheinbar eine neue Herausforderung gesucht: Sie pflegten ganz offen ihre Widersprüche, denn nachdem Amandine mir ihren kleinen Anti-Zucker-Vortrag gehalten hatte, knabberte sie nun Schokolade. Keine Frage, sie verfügte über einige Eigenschaften, die sie geradezu dafür prädestinierten, in die Politik zu gehen. Sie sah mich halb amüsiert, halb provozierend an. Ich trat absichtlich ins Fettnäpfchen, indem ich das Reizthema ansprach, über das wir bereits aneinandergeraten waren. Ich erklärte ihr, dass Lebowski sich übrigens ideal dazu eigne, eine Hundephobie zu überwinden, das sei die Gelegenheit für sie, diese kleine Schwäche auszumerzen. Das lehnte sie ab und erklärte, wie sie mir bereits gesagt habe, ängstige allein die Gegenwart dieses Tieres auf dem Anwesen sie zutiefst. Vermutlich fand sie, dass diese kleine Schwäche ihrer Perfektion das gewisse Extra verlieh, so wie ein Schönheitsfleck die Harmonie eines Gesichts unterstreichen kann.

Zu guter Letzt fragten sie mich, ob ich Urlaubspläne für den Sommer hätte. Ich antwortete, dass ich vielleicht mal einen Abstecher in die Bretagne machen würde, aber noch stände nichts fest. Auf meine Gegenfrage antworteten sie mir, dass sie im August nach Korsika fahren würden, »wie jeden Sommer«. Ich war noch nie auf Korsika, aber tat so, als wäre ich schon mal da gewesen, keine Ahnung warum, vermutlich eine unbemerkte Ansteckung mit dem Mondänitätsvirus. Sie erklärten mir, dass sie ein Haus an der Küste der Balagne besäßen. Ich nickte und setzte dabei eine Kennermiene auf. Ich nahm mir vor, später nachzuschauen, wo sich diese verfluchte Balagne befand. Da diese lächerliche Lüge mich selbst ärgerte, begann ich mich darüber auszulassen, dass Urlaub für uns, die wir permanent von A nach B hetzten (ich nicht), die Möglichkeit bot, endlich mal wieder mehr Zeit mit der Familie zu verbringen, um gleich darauf zu fragen, ob sie denn alle vier fahren würden. »Alle vier?« Es gab in dieser Küche zwei Abwesende, über die man nicht gerne sprach: Lebowski und die mysteriöse ältere Tochter. Lebowski war jetzt ausnahmsweise mal nicht das Problem. Arnaud schnupperte an seinem letzten Schluck Nespresso, bevor er ihn hinunterkippte. Dann sagte er, sie führen zu dritt. Dieses Mal ließ ich einen Moment verstreichen, bevor ich etwas sagte, und dann beschloss ich, nicht nur ins Fettnäpfchen zu treten, sondern mit meinen dreckigen Arbeitsschuhen darin herumzutrampeln. Was soll's. Selber schuld, wenn man einen Flegel an seinen Tisch bittet. Ich fragte Amandine nach dem Namen ihrer älteren Schwester. Sie kniff die Lippen zusammen, ihre Miene verfinsterte sich. Ich stellte mir vor, dass man früher in manchen korsischen Familien mit diesem Gesichtsausdruck jemandem ein Messer in den Bauch rammte. Sie schluckte ein Stückchen Schokolade herunter und antwortete so kühl, so als gäbe sie einem Polizisten Auskunft: »Jeanne«. Dann ergänzte sie: »Halbschwester.« Das war alles. Ich hakte nochmal nach, wo sie denn eigentlich lebe. Da schaltete Arnaud sich ein und sagte, sie wäre schon vor langer Zeit ausgezogen und sie hätten kaum Kontakt. Ganz gegen seine Gewohnheit war er auf einmal sehr kurz angebunden. Zu kurz angebunden. Ich hätte einen guten Polizisten abgegeben, dachte ich, ich war eine echte Spürnase, hätte mit Lebowski ein gutes Gespann gebildet. Ich setzte nach: »Sie wissen also nicht, wo sie ist?« Arnaud antwortete, sie sei viel unterwegs, reise in der Welt herum. Dann fügte er hinzu: »Gut, genug geplaudert.« Damit signalisierte er, dass die Mittagspause beendet war und ich mich wieder an die Arbeit machen solle, da er mich schließlich nicht dafür bezahlte, dass ich ihm seine horrend teuren kleinen Kapseln wegsoff und dabei eine Familientherapie in Angriff nahm.

Ich stand auf, deckte meinen Teller ab und fragte, ob ich mir irgendwo die Hände waschen könne. Er deutete auf eine Tür neben dem Eingang. Beim Rausgehen fotografierte ich das kleine Farbfoto mit meinem Handy. Der junge Hirsch schien mich mit einer Leidensmiene anzustarren, die sich für immer eingebrannt hatte. Eine Kugel hatte seiner Geweihentwicklung ein vorzeitiges Ende bereitet. Da musste ich an den Knochen in meiner Küche denken. Hatte auch dieser einst einem jungen, noch nicht ausgewachsenen Wesen gehört?

Ich schaute nach Lebowski. Er lag der Länge nach ausgestreckt auf der Seite, im ersten Moment sah es so aus, als wäre er ebenfalls von einer Kugel niedergestreckt worden, aber das täuschte. Er atmete ruhig und gleichmäßig, war warm und voller Vertrauen, weder Jäger noch Gejagter. Das genaue Gegenteil von dem Dobermann, der in den Kneipen der 70er Jahre hinter dem Tresen neben dem Baseballschläger saß, »Platz, Rex!«. Eher der brave Hund Toutou, wie man früher sagte, als man noch »Familie Toutou« im Schwarzweißfernseher schaute. Ich dachte erneut an das Mittagessen zurück, an die Hysterie unter all der aufgesetzten Entspanntheit. Diese Familie war eine fast normale Familie, aber dieses *Fast* sprang einem geradezu entgegen, dieses *Fast* war der echte Horror. Jeanne, Amandine, die Balagne, da war irgendetwas grundsätzlich faul. Noch nicht einmal der Hund war hier an seinem Platz. Dabei hätte dieser gutmütige mollige Golden Retriever bei genauerer Betrachtung viel besser zu diesem Anwesen und dieser bourgeoisen Familie gepasst als zu ihrem Gärtner: Nach dem Kirchgang geht's mit dem Labrador an den Strand. Gut, was soll's, es war wie es war.

Ich ging zurück in meinen Gemüsegarten, der langsam Form annahm. Ich pflanzte die ersten Salate, auch Tomaten, schwarze italienische Cuore di bue und neuseeländische Noire de Crimée, Ambassador-Zucchini, Crookneck-Butternutkürbisse und die späte Erdbeere Mara des bois. Ich lief mit der Gießkanne hin und her, dabei hätte ich genauso gut den Schlauch nehmen können, aber ich hatte Lust, mich zu verausgaben. Am Montag würde ich das Bewässerungssystem installieren. Ich betrachtete die alten, zugemauerten Brunnen. Auf diesem Anwesen gab es eine Menge toter Dinge. Das ist normal, so ist das Leben.

Wochenende

Ich hatte eigentlich tausend andere Dinge zu tun, lauter Lieblingstätigkeiten von mir: staubsaugen, den Lieferwagen ausräumen, meine Meldungen bei der Sozialversicherung auf den neuesten Stand bringen und meine Kostenvoranschläge ins Reine schreiben. Doch stattdessen schaltete ich gleich nach dem Aufstehen am Samstagmorgen den Computer an und gab in die Suchleiste »Jeanne Loubet« ein.

Daraufhin ploppte ein Treffer nach dem anderen auf und informierte mich darüber, dass ein ganzes Regiment von Jeanne Loubets verstorben war. Eine Traueranzeige folgte auf die nächste, es gab Beileidsbekundungen und »Räume des Gedenkens«. Jeanne Loubet, geborene Beysse, verstorben am 22. Juni, Jeanne Loubet, verstorben am 3. Februar. Hier kam jemand wie ich, der dem Geheimnis eines Knochens auf der Spur war, voll auf seine Kosten, aber irgendwie auch wieder nicht. Ich suchte nach einer jungen Frau, und stattdessen traf ich auf uralte Namensvetterinnen, die längst in der Kiste lagen. Ich blieb, ohne genau zu wissen warum, an einer Jeanne-Jacqueline Loubet hängen, auch tot, aber erst seit einem Monat. Sie hatte als Angestellte in der Landwirtschaft gearbeitet, mehr erfuhr man nicht über sie. Das war vermutlich das erste und letzte Mal, dass diese Frau im Internet Erwähnung fand. Ich stellte mir vor, dass sie nie die Gelegenheit hatte, oder sich nicht getraut hatte, sich an einen Computer zu setzen und einen verstohlenen Blick auf das große, digitale Forum zu werfen. Sie existierte nicht in dieser virtuellen

Welt. Sie war voll und ganz mit der realen beschäftigt, hatte auf dem Feld geschuftet und war diesem Netz entkommen, das uns umfängt wie ein Spinnennetz betäubte Fliegen. Bis zum letzten Moment. Man hätte sie, wie es früher in Anzeigen hieß, »ins Himmelreich« aufsteigen lassen können. Aber nein, dem digitalen Riesenkraken war es gelungen, sie, kurz bevor sie die Wolkendecke durchstieß, noch am Knöchel zu packen: Komm zu uns, Jeanne Loubet, tritt ein in dieses digitale Kästchen, das wir dir reserviert haben: »Traueranzeigen«, mehr verdienst du nicht.

Wir sind so verzweifelt, so allein, wir wissen nicht mehr, wer in unserer Straße oder unserem Dorf geboren wird, wer gestorben ist. Es wird so gut wie keine Totenmesse mehr gelesen, noch gibt es Lokalzeitungen, die uns darüber informieren. Also war ich mit den Gedanken bei Jeanne Loubet, auch wenn sie genauso anonym war wie all die anderen Unbekannten Soldaten in Friedenszeiten. Bei der Gelegenheit stellte sich jedenfalls heraus, dass Loubet ein ziemlich gewöhnlicher Name war, und Jeanne ein Vorname für Frauen über siebzig oder achtzig, wenn nicht noch ältere. Er war nach dem Krieg aus der Mode gekommen und zwei Generationen später wieder aus der Versenkung aufgetaucht. Damit gehorchte er dem erwartbaren Zyklus, in dem traditionelle Vornamen sich beim Bürgertum, das stets um Distinktion bemüht war und deshalb geradezu panisch die Flucht vor Kimberleys und Aminas ergriff, neuer Beliebtheit erfreuten.

Ich übertrug das Foto, das ich heimlich aufgenommen hatte, vom Handy auf den Rechner. Das kleine Foto aus dem großen Vestibül von Prés Poleux. Jeanne hatte ein längliches Gesicht, eine schmale Nase und große, dunkle Augen, soweit man das erkennen konnte. Doch es war ein miserabler Abzug und ihr Gesicht war höchstens einen Zentimeter groß, insofern war es schwer, sich eine genauere Vorstellung von ihr zu machen. Ich zoomte das Foto auf dem Bildschirm heran. Da bestand es nur noch aus lauter Pixeln, löste sich mosaikartig auf. Das erinnerte an das Verfahren, mit dem Gesichter von wahlweise manipulativen oder labilen Zeugen in einer bestimmten Art von Dokus unkenntlich gemacht werden, die dann mit Schlagworten wie »nicht freigegeben unter 18 Jahren« beworben werden und Massen von Zuschauern anziehen. Wer bist du, Jeanne? Wo bist du? Ich stellte mir diese Fragen so, wie man ein Puzzle oder eine Runde *Candy Crush* oder *Ruzzle* in Angriff nimmt – weil mir nichts Besseres einfiel, ich mich ein wenig einsam fühlte. Aber meine Neugier war geweckt, ich wollte es wissen, hatte mich festgebissen, wie eine Zecke in der Haut einer Ziege oder wie ein Hund, der seinen Knochen nicht mehr hergab. Also ein normaler Hund, nicht Lebowski. Der hatte seinen längst vergessen. Er war mit anderen Dingen beschäftigt. Er stellte erneut unter Beweis, über welch ambivalentes, zugleich einfältiges und weises Wesen er verfügte.

Ich wusste, dass die jungen Leute (also vermutlich auch Jeanne) Facebook, dieses Netzwerk für Boomer, mieden und ihm andere vorzogen. Ich machte einen Bogen um Snapchat aber schaute mich ein wenig auf Twitter und Instagram um, nachdem ich dort spaßeshalber einen Account auf meinen Namen eröffnet hatte. Dort arbeitete ich mich durch wutentbrannte politische Kommentare in zweihundertachtzig Zeichen, klickte mich durch Selfies von Teenies mit katzenartigen Gesichtern und eine nicht enden wollende Galerie von Kebab- und Burgerfotos. Dazu kamen die Chats, mit Sprüchen, die einem Schlag in die Magenkuhle gleichkamen, wie »Louan, idgaf«, was ich mir übersetzte mit »Louan, *I don't give a fuck*«. Natürlich war mir klar, dass Jeanne sich in diesen Netzwerken unter einem anderen Namen angemeldet haben konnte und nicht als eine weitere omahafte Loubet, aber, ich weiß auch nicht warum, irgendwie glaubte ich nicht daran. Ich fand es nach wie vor seltsam, dass diese junge Frau von der Bildfläche verschwunden war, wenn sogar eine Jeanne-Jacqueline aus dem Limousin eine Spur hinterlassen hatte, wenn auch *in extremis*. Es sei denn, Jeanne war eine internationale Hackerin oder eine VIP, die die Dienste einer Firma in Anspruch genommen hatte, die darauf spezialisiert war, digitale Spuren zu löschen. Wäre dem so, dann hätten Laure und Arnaud sie jedoch nicht vor mir verheimlichen müssen.

Ich beschloss, mit Lebowski Gassi zu gehen. Er wurde langsam unruhig oder hatte sich zumindest erhoben wie ein alter arthritischer Elefant mit Fell, oder vielleicht eher wie ein altes wolliges Mammut, wenn auch ohne Stoßzähne, das schwerfällig seinen Kopf nach oben reckt, um in Schwung zu kommen. Es war an der Zeit rauszugehen. Wir machten die kurze Tour, vorbei an den Haselsträuchern. Ich wohne in einem abgelegenen Haus, am Waldrand vom Fôret du Theuil. Wir sind immerhin bis zur Weide von Jacky gelaufen, dem kleinen gescheckten Pferd und guten Kumpel von Lebowski. Das lief jedes Mal nach dem gleichen Muster ab: Jacky trottete zu uns herüber und schnaubte vor Freude und Lebowski wedelte mit dem Schwanz, wie er es sonst nie tat, noch nicht mal bei mir. Sie waren echte Freunde. Wie immer beschnupperten sie sich, drehten sich im Kreis, liefen mit hoch erhobenem Kopf auf ihrer Seite des hölzernen Gatters entlang und machten *bella figura*. Dann gingen wir auf direktem Weg zurück. Es tröpfelte, und ich hatte meine Recherche noch nicht beendet. Ich ließ den Hund zum Trocknen in der Scheune. Dann setzte ich mich wieder vor meinen Bildschirm. Ich begann nochmal ganz von vorn.

Ich fischte eine geschlagene Stunde im trüben digitalen Brackwasser, bis ich schließlich den einen, entscheidenden Hinweis fand. Eine gewisse Jeanne Loubet hatte eine Petition gegen die Errichtung eines Einkaufszentrums im Süden von Angoulême unterschrieben. »Jeanne Loubet – Doussac«. Bis dahin war das eine Spur wie jede andere gewesen. Aber ich überprüfte, wo genau Doussac war, und Bingo! Doussac war ein kleines 182-Einwohner-Dorf in der Charentes, über das mehrfach in der Presse und im Fernsehen berichtet worden war wegen seines solidarischen ökologischen Engagements. Ein »echtes Vorbild an partizipativer Demokratie und fröhlichem Nullwachstum«, wie es in einem Artikel hieß. Hatte ich den richtigen Riecher, waren das meine ersten Schritte in der Haut von Philip Marlowe? Ich dachte sofort, dass Jeanne dort gelandet sein könnte, das passte irgendwie. Womöglich war die Schnapsidee, auf dem Anwesen von Prés Poleux einen Gemüsegarten aufzuziehen, auf ein unbewusstes Schuldgefühl ihrer Eltern zurückzuführen und der Versuch, zumindest auf symbolische Art und Weise wieder mit der verschwundenen Tochter in Kontakt zu treten. Ich rief im Rathaus von Doussac an, das Klingeln verhallte ungehört. Der digitale Krake hatte nicht nur Zeitungen, sondern auch Telefonbücher geschluckt, so blieb mir nur das Internet, doch dass dort keine Jeanne Loubet in der Charentes aufgeführt war, hieß gar nichts. Ich rief also im Doussac-Café an, dem Café der Kooperative von Doussac. Es war nur der Anrufbeantworter dran. Gerade wollte ich Luft holen, um eine Nachricht zu hinterlassen,

da wurde mir klar, dass ich mich beim Versuch, mein Anliegen zu erklären, ziemlich verheddern würde. Im ersten
Moment wäre man vielleicht nur irritiert, im nächsten
misstrauisch, also legte ich wieder auf. Die Petition war
vor zweieinhalb Monaten gestartet worden. Ich schaute
mir die Route auf Mappy an: 448 km, die Fahrt sollte
4:20 Stunden dauern.

Ich ließ den Hund in den Kangoo springen, und los
ging's! Ein kleiner Ausflug. Absurd? Verwegen? Wenn ich
heute daran zurückdenke, finde ich keine überzeugende
Erklärung für diese plötzliche Obsession, das entsprach so
gar nicht meiner Art.

Ich fuhr auf die Autobahn A10, Orléans, Tours, Poi-
tiers, Bordeaux. Hier erlebt man Frankreich von seiner ruhigen Seite, hat weder mit den primitiven sommerlichen
Horden auf der Autoroute du Soleil zu tun noch mit den
Télérama-Lesern, die auf der Meeresfrüchte-Autobahn
Richtung Rennes oder Nantes unterwegs waren (die Armen, die damit gestraft waren, im Osten des Landes zu
leben, waren eh ein Thema für sich, denn wer fuhr schon
freiwillig nach Lothringen, wenn er nicht zufällig von dort
stammte?).

Lebowski lag ausgestreckt im Laderaum, er sah aus wie
ein Kalb in einem Viehtransporter. Ein erschöpftes Kalb,
das immer auf der Seite lag und gekreuzt war mit einem
wolligen Yak. Ich habe so einiges an diesem Tier auszusetzen, aber eins muss ich ihm lassen: Er pupst nicht. Es
heißt gemeinhin, Hunde würden, vor allem im Auto, regelmäßig Stinkbomben hochgehen lassen, die es in ihrer
Wirkung mit Atombomben aufnehmen könnten, aber auf
ihn traf das nicht zu, außer vielleicht in Ausnahmefällen.
Oder hielt er sich zurück? Das konnte ich mir kaum vorstellen. Allerdings stank er aus der Schnauze, keine Frage,

dieser Sanguiniker hatte den Atem eines Alligators, der gerade das Aas einer Hyäne verschlungen hatte. Wenn er vorne saß, auf dem Beifahrersitz, fürchtete ich sein Hecheln, aber hinten störte er mich genauso wenig wie ein Sandsack.

Es war ein strahlend schöner Tag, nicht zu heiß, der Himmel war blau, der Asphalt silbrig, die Autos fuhren fröhlich vor sich hin, die Laster machten sich rar, ich öffnete das Fenster, um den Luftzug zu spüren und das Pfeifen zu hören, das den Motorenlärm des Kangoo überdeckte, der so laut war wie eine uralte Waschmaschine. Hinter Tours begann ich an meinem Unternehmen zu zweifeln. Was war das für eine bescheuerte Idee? Einfach so aufs Geratewohl loszufahren, wie ein Jugendlicher, der gerade seinen Führerschein gemacht hat. Hauptsache unterwegs sein. Der Rausch der ersten Kilometer. Dann, nach ein paar Stunden, die Langeweile. Wie war eigentlich mein Plan? Angenommen, ich fände die junge Frau, was würde ich dann sagen? »Ach, Sie sind am Leben! Prima. Stellen Sie sich vor, ich richte Ihren Eltern gerade einen Gemüsegarten ein ... tja, also ... Na dann alles Gute weiterhin!« Dann würde ich den Hund noch einmal gegen einen Baum pinkeln lassen und den Rückweg antreten. Was für ein Blödsinn! Aber wie alle Leute ab einem gewissen Alter hatte ich gelernt, mit solchen Stimmungsschwankungen umzugehen, sie gar nicht erst an mich heranzulassen. Auch dieses Tief würde vorübergehen. Ich versuchte, mein Gehirn wieder einzuordnen, indem ich mir ein paar dieser pseudo-philosophischen Mantras vorbetete, die jeder Gymnasiast beherrscht: »Bereue nichts, außer das, was du nicht getan hast. Leb dein Leben, bedaure nie, dass du etwas gewagt hast, dass du gewagt hast zu träumen, etwas Verrücktes zu tun.« Diese Ratschläge wurden komischerweise immer von denen verbreitet, die aus diversen anthropologischen und soziologischen Gründen kein Risiko eingingen, auf die Nase zu fallen, aber was soll's. Auf Facebook reihten einige unbeirrbar solche vorgefertigten Billigheimermaximen aneinander, es war das Netzwerk für Philosophie auf unterstem Niveau und für unermüdliches Geschwätz (ich weiß, es wurde bereits gesagt, aber man kann es nicht oft genug sagen), so als litte der gesamte Planet an Alzheimer.

Ich schloss das Fenster und drehte das Radio auf, da zu dem Waschmaschinengeräusch des Motors nun noch das Staubsaugergeräusch der Pseudoklimaanlage kam. Fünf Minuten France Info reichten mir: Die Moderatoren beteten brav die allgemein abgesegneten politischen Glaubenssätze herunter, hier und da mit einem Augenzwinkern, gleich handverlesenen Musterschülern aus der Volksrepublik China. Dann kam wieder etwas Musik. Die war nur leider nicht zu hören, entweder es lag am schlechten Empfang und den durch die Renault-Waschmaschine erzeugten Disharmonien oder an den albernen Werbe-Einspielern, die jeden Hit verdarben und meinen Wagen in ein Miniatur-Einkaufszentrum verwandelten: »Um Homeself werden Ihre Nachbarn Sie beneiden!« Ich rief »Halt die Klappe« und stellte das Radio wieder aus. Ich hatte es plötzlich eilig, die Hippies aus der Charentes zu treffen.

Am Rastplatz von Poitou-Charentes-Nord hielt ich an, um dem Kangoo Diesel und dem Lebowski Wasser zu geben. Im Anschluss führte ich ihn zu einem trostlosen Rasenstück. Mit stoischer Gelassenheit hob er fröhlich an zwei, drei Stämmen sein Hinterbein. Ein paar Kinder wurden auf ihn aufmerksam. Ihre Mutter sagte, sie sollten erst den Monsieur fragen, ob sie ihn streicheln dürften.

Huldvoll gestattete ich das. Nein, er sei wirklich ungefährlich, versicherte ich ihnen (und das war noch untertrieben). Lebowski spielte also seine Rolle als übergroßer Teddybär, im Grunde die einzige Rolle, die er kannte, aber in
dieser brillierte er, insbesondere dank seiner Fähigkeit, abwechselnd die linke und die rechte Braue hochzuziehen.
Die Mutter merkte an: »Das ist aber ein netter Wauwau!«
»Wauwau«, diesen Ausdruck hörte man vermutlich nur
noch auf Autobahnrastplätzen, ich dachte, der wäre längst
ausgestorben. Doch an diesen Orten änderte sich nur das
Design der Autos. Das Prä-Camping-Gefühl, wenn man
im Sommer auf große Tour ging, änderte sich nie.

Auf der Suche nach der Toilette tauchte ich in die weiträumige, bunte Raststättenmanege ein, mit ihren Lavazza
Kaffeeautomaten, roten Cola- und blauen Red-Bull-Dosen, den Sandwichs von Chez Paul und den Büchern
von *Simon Says*. Scharen von Menschen, die meisten in
Shorts, bewegten sich halb genervt, halb vergnügt durch
diesen Raum, als wären sie dort zu Hause. Ich fühlte mich
wie ein Schauspieler aus einem Schwarzweißfilm, der in
einen Farbfilm geraten war. Vor den Toiletten sah ich einen Mann, der beherzt auf den grünen Button »zufrieden« drückte (der mit dem lächelnden Gesicht drauf)
und den orangefarbenen (mittel) und den roten (wütend)
mit Missachtung strafte. *Smiley-Bewertungsskalen*. Wahnsinn, was man heute alles bewerten sollte! Der Mann ging
zufrieden seiner Wege. Ich dachte, perplex: Okay, vielleicht ist die Schwester oder der Schwager des Typen bei
der zuständigen Reinigungsfirma beschäftigt. Doch seine
7/8-Freizeitshorts und seine demonstrativ gute Laune sprachen dagegen, er war ein typischer Urlauber. Er hatte also,
als pflichtbewusster Bürger der er war, das Für und Wider
abgewogen und seine Meinung kundgetan: »Ja, ich war

zufrieden mit meinem Aufenthalt an diesem Ort.« Ich setzte mich wieder ans Steuer, nichts wie weg hier! Der Kangoo machte nach wie vor Geräusche wie ein Kleinflugzeug mit Propellerantrieb, das sich hartnäckig weigerte abzuheben.

Ich fuhr in einem durch bis Doussac, ein Weiler mit Häusern aus hellem Stein am Fuße eines sanft gewellten bewaldeten Hügels. Die Häuser standen rund um einen großen rechteckigen Platz, der mit Platanen bepflanzt war. Es wirkte insgesamt sehr schmuck, typisch Charentes-Maritimes eben. Sogar die beiden Jurten und der Wohnwagen am Ortseingang schienen eher ordentlich gekämmten Pfadfindern zu gehören als irgendwelchen Woodstock-Nostalgikern. Ich parkte den Wagen im Ortszentrum. Der Kirchturm überragte die Dächer nur knapp. Die Architektur hatte sicher ihren Anteil am engen Zusammenhalt der Bewohner dieser kleinen Gemeinde. Allerdings war niemand zu sehen, abgesehen von zwei Hunden, die Patrouille liefen. Ein großer Hund mit langem Fell, eine Art Anatolischer Hirtenhund, der selbst einen Wolf in die Flucht hätte schlagen können, und ein kleiner schwarzweißer Kläffer. Die Tatsache, dass sie frei herumliefen, sprach dafür, dass sie friedlich waren. Also befreite ich Lebowski aus seiner Gefangenschaft. Er sprang aus dem Heck wie eine Färse vom Anhänger eines Traktors, *schlabum*. Er lief direkt rüber zu den beiden anderen, die kurz erstarrten, dann mit dem Schwanz wedelten, ihn beschnupperten und anschließend ihre sorgfältige Inspektion von Steinen und Pfosten wieder aufnahmen. Lebowski begleitete sie. Die Hunde hier waren garantiert solidarisch und demokratisch.

In Bezug auf die Menschen konnte ich das noch nicht beurteilen. Die Hauptstraße verlief außerhalb des historischen Zentrums. Doch nicht nur Autos waren rar, sondern auch Fußgänger, und das Café war geschlossen. Ich setzte mich also auf eine Bank. Da fiel mir zwischen den Platanen eine Lichterkette aus bunten Glühbirnen auf, außerdem ein Kiosk mit Bänken aus Holz und ein Ofen zum Brotbacken. Das sah ganz nach einem Ort für gesellige Zusammenkünfte und Festivitäten aller Art aus. Aber eben nur zu den Öffnungszeiten. Ich kam mir vor wie jemand, der zu einer Hochzeit eingeladen war, aber sich im Datum geirrt hatte. Die drei mittlerweile unzertrennlichen Hunde legten sich in einiger Entfernung auf den Boden. So warteten wir also.

Endlich ein Auto. Es fuhr vorbei, ohne abzubremsen. Dann hielt ein blauer Lieferwagen hinter dem Brotbackofen. Ein großer, hagerer Typ mit Zopf stieg aus und begann Holz abzuladen. Ich ging zu ihm herüber, schließlich wollte ich nicht auf der Bank sitzen bleiben, bis der in der Zwischenzeit angestiegene Meeresspiegel mein Skelett in seine Einzelteile zerlegen würde.

»Hallo!« Er lächelte und lud weiter sein Holz ab. Ich fragte, ob das Café heute geschlossen hätte. Er sagte, es würde um 17 Uhr öffnen. Ich schaute auf meine Uhr und nickte: »Also in einer knappen Stunde.« Der Mann schleppte weiter seine Holzscheite, warf mir einen Blick von der Seite zu und meinte, ich sähe ganz danach aus, als hätte ich die feste Absicht, in diesem Café und nirgendwo anders einen Kaffee zu trinken. Da ich ihm nun schon eine ganze Weile bei der Arbeit zusah, fragte ich irgendwann, ob ich ihm helfen könne. Er sagte wie aus der Pistole geschossen: »Nein, nicht nötig.« Aber ich denke, er wusste mein Angebot zu schätzen. Ich sah nicht aus wie ein Tourist aus Paris, war nicht so angezogen und hatte auch nicht das entsprechende Auto. Das war ihm vermutlich gleich aufgefallen. Als er fast fertig war, richtete er sich auf und hielt kurz inne. Ich sah, wie er auf meine Hände schaute, typische Gärtnerhände. Als er wieder hochschaute, trafen sich unsere Blicke. Er lächelte leicht ironisch und sagte: »Aber vielleicht kann ich Ihnen helfen?« Ich zögerte einen Moment. »Ja, vielleicht, ich bin auf der Suche nach Jeanne Loubet.« Er reckte das Kinn nach oben, ließ ein paar Sekunden verstreichen, da wusste ich, dass er sie kannte. Ich war erleichtert, ich war also nicht umsonst gekommen. Doch meine Erleichterung hielt nicht lange an, denn er antwortete: »Die wohnt nicht mehr hier.« Auf meine Frage, ob er mir etwas über ihren Verbleib sagen könne, fragte er zurück, warum ich das eigentlich alles wissen wollte, und wer ich sei. Da hatte er mich kalt erwischt. Man muss schon ein echter Idiot sein, um auf eine solche Frage nicht vorbereitet zu sein. Also stammelte ich, ich wäre ein Verwandter. Er nickte. Ich weiß nicht, ob er mir glaubte. Aber so oder so konnte er mir nicht weiterhelfen. Er schloss die quietschenden Türen seines Lieferwagens, sprang hinters Lenkrad, und bevor er seine Tür zuwarf, rief er mir zu: »Am besten fragen Sie Marie-Ange.« – »Wer ist das?« – »Im Café.«

Der blaue Lieferwagen fuhr davon und hinterließ eine kleine weiße Abgaswolke. Ich setzte mich wieder auf meine Bank, mir blieben noch vierzig Minuten. Genug Zeit, um mir eine kleine Geschichte auszudenken. Meine Grundidee war, dass ich meiner ersten Improvisation nicht widersprechen durfte. (Besser auf Nummer sichergehen, denn, so mein cleverer Gedanke, in einem Nest von 182 Einwohnern musste man damit rechnen, dass der große, hagere Typ mit dem Zopf bekannt war wie ein bunter Hund und sich das schnell herumsprechen würde.) Also schmückte ich die Geschichte ein wenig aus: Ich war ein Cousin von Jeanne und hatte ihren Eltern versprochen, mit ihr zu reden, Punkt. Sollte jemand nachfragen, so meine Idee, würde ich sagen, dass Amandine Sehnsucht nach ihrer großen Schwester hatte. Damit hätten sich alle weiteren Fragen erübrigt. Das war kurz und bündig, totaler Nonsens und so trivial wie das echte Leben.

Ich atmete einmal tief durch, warf einen Blick auf mein Handy und verkniff mir, durch meine Apps zu scrollen. Ich beschloss, bewusst ein- und auszuatmen, im Hier und Jetzt zu sein, als würde ich meditieren, und mir ein Beispiel an Lebowski zu nehmen, der sich, erschöpft vom ständigen Hin- und Herrennen seiner beiden Kumpane, vor die Bank gelegt hatte. Ich sollte die *good vibes* dieses Ortes in mich aufnehmen. Die guten Schwingungen einer abwesenden jungen Frau in einem Dorf, das ziemlich verlassen wirkte. Eine Art Pompeji der ersten Ökodörfer. Erneut fuhr ein Auto vorbei, es war grün. Gegen 16:50 Uhr versammelten sich ein paar magere junge Leute mit gefärbten Irokesenschnitten und Rastazöpfen neben dem Café.

Dann kam eine junge Frau auf einem Fahrrad angefahren und schloss das Café auf. Dabei machte sie einen auf hochbeschäftigte Pariserin, warum auch immer. Die Irokesen folgten ihr. Ich band Lebowski an der Bank fest und ging ebenfalls hinein. Das Café wirkte auf den ersten Blick sympathisch, ein bisschen abgerockt, ein bisschen altmodisch, mit einem Kicker und Regalen voller Bücher. An den Wänden hingen lauter Plakate, die Konzerte oder Demonstrationen ankündigten, dabei dominierten eindeutig jene zum heldenhaften Kampf gegen den in Notre-Dames-des-Landes geplanten Flughafen. Ich setzte mich auf einen Hocker an der Bar. Zwei ältere Typen kamen herein und rissen ihre Witze darüber, dass mit der

Barkeeperin nicht gut Kirschen essen wäre. Ich begann mich zu entspannen. Als sie mich fragte, was ich wollte, wirkte sie nicht mehr ganz so rüde. Ich sprach sie lieber nicht direkt auf Jeanne an und bestellte ein kleines Bier vom Fass. Als sie das Bier vor mir abstellte, auf einen Bierdeckel, auf dem zur Abschaffung des Stierkampfs aufgerufen wurde, fragte ich sie, ob sie Marie-Ange sei. Sie schaute überrascht und sagte, nein, Marie-Ange käme in ungefähr zwanzig Minuten, »zumindest hoffe ich das«, fügte sie hinzu. Sie erklärte mir, dass sie nur für sie eingesprungen sei. Neugierig war sie dann aber doch: »Warum? Was wollen Sie denn von ihr?« Ich antwortete ausweichend, ich wolle sie nach jemandem fragen. Sie warf mir einen Blick zu, aus dem ich herauslas: Wir mögen hier weder Bullen noch Journalisten. Mir schien, sie war hin- und hergerissen, hätte einerseits gern mehr erfahren, wollte andererseits nichts damit zu tun haben. Sie zog es vor, nicht weiter nachzufragen, drehte sich um und stellte das Radio an, auf Radio Nova lief gerade eines dieser eingängigen und zugleich ermüdenden jazzigen Rap-Stücke.

Ich erkannte Marie-Ange auf Anhieb. Sie war ungefähr in meinem Alter und betrat das Café etwas außer Atem, schwer beladen mit diversen Paketen. In dem Moment, als ich sie sah, war mir klar, das konnte nur Marie-Ange sein. Insofern war ich nicht überrascht, als sie hinter die Bar ging, um die mürrische junge Frau abzulösen.

Ich trank mein Bier aus, und Marie-Ange fragte mich mit rauchiger Stimme, ob ich noch eins wolle. Ich zögerte, aber da ich gerne mit ihr ins Gespräch kommen wollte, bestellte ich ein zweites. Sie hielt das Glas schräg, um die goldene Flüssigkeit einlaufen zu lassen, und warf mir einen Blick zu. Lächelnd fragte sie, ob ich allein hier sei. Ich bejahte. Dann ergänzte ich, dass mein Hund draußen auf mich warte. »Ein ruhiger Hund?« Ich sagte: »Es gibt keinen ruhigeren Hund, tote Hunde mal ausgeschlossen.« Sie lachte und sagte, ich solle ihn ruhig reinholen. Sie kannte sich mit Hunden aus und wusste, dass sie es hassen, wenn sie irgendwo angebunden werden, während ihr Herrchen in einer Art Höhle verschwindet. Ja, das traf selbst auf ein so gutmütiges Tier wie Lebowski zu. Ich holte ihn also rein, und er legte sich sogleich auf den Dielenboden. Der hatte diesen typischen Kneipengeruch, der sich in Jahrzehnten dort eingebrannt hat, eine Mischung aus verschüttetem Alkohol und fallengelassener Zigarettenasche aus der Zeit, als in Kneipen noch geraucht wurde. Marie-Ange erzählte mir, dass ihr der Laden früher gehört habe und sie das Grundstück an die Kooperative verpachtet habe, worüber sie sehr froh sei. Früher sei es in diesem Ort nicht so nett und lebendig zugegangen. »Im Grunde lässt sich doch alles gemeinschaftlich organisieren … in der Regel sind Kneipiers ja eher keine Hippies.« Kneipiers, so erklärte sie mir, hätten ja lange als ähnlich reaktionär gegolten wie Taxifahrer früher. Heute würde man wahrscheinlich sagen, typische »Trump-Wähler«, auch wenn das nicht wirklich passte. Kurzum, Typen, die nur Unheil übers Land brachten und strohdoof waren.

Marie-Ange redete einfach drauflos, ohne Berechnung, ohne Argwohn. Sie vertraute anderen Menschen, glaubte an das Gute. Das munterte mich mindestens ebenso auf wie mein zweites Bier und erlaubte mir, mich bedeckt zu halten.

Ich stellte ihr ein paar Fragen zur Organisation des Dorflebens. Sie erklärte mir, welche Erfolge sie vorweisen konnten, welche Hoffnungen sie hatten und auch, welche

Schwierigkeiten. Sie erzählte mir, wie sogar an einem Ort wie diesem die menschliche Natur so manche Utopie zunichte mache. Diese Geschichte mit der »menschlichen Natur« interessierte mich, aber ich fragte lieber nicht, auf was sie da genau anspielte. Sie redete mit mir, als würden wir uns ewig kennen. Ob sie wohl zu allen so war?

»Und was machst du hier?«, fragte sie mich unvermittelt. Ich sagte ihr, genau wie dem christusmäßigen Holzfäller mit dem blauen Lieferwagen, dass ich auf der Suche nach Jeanne Loubet sei. »Warum?« Ich tischte ihr meine kleine Geschichte auf. Sie musterte mich. Ich war mir nicht sicher, ob sie mir die Story abkaufte, aber zumindest hielt sie mich nicht für einen Bullen und nahm mir ab, dass mich eine rein persönliche Angelegenheit hierher führte. Das genügte ihr. Wenn man jemandem etwas vom Pferd erzählte, kam man immer mit dem »Cousin« um die Ecke, die Cousins dieser Welt konnten einem leidtun. Vielleicht dachte sie, es ginge um eine geheime komplizierte Familienangelegenheit, dass ich der biologische Vater der jungen Frau war, oder so etwas in der Art. Auf jeden Fall schenkte sie mir weiterhin ihr Vertrauen.

Dann erzählte sie mir, dass Jeanne hier tatsächlich gelebt habe, zusammen mit einer gewissen Mathilde, auf dem so genannten Saint-Laurent-Bauernhof. »Sie war ständig auf Achse, immerzu unterwegs, die konnte einfach nicht an einem Ort bleiben.« Sie erklärte mir, dass Jeanne Mathilde, der Gärtnerin, geholfen und auch gezeichnet habe. Sie halte sie für eine sehr talentierte Zeichnerin: »Das Bild da drüben ist zum Beispiel von ihr.« Ich drehte mich um und schaute auf die entsprechende Stelle an der Wand. Dort hing eine fantastische Kohlezeichnung, der Kopf eines im Gras liegenden Pferdes. Der Blick des Tieres ging seltsam ins Leere. War das Pferd etwa tot?

Naja, kurzum, sie war also nicht mehr da. »Warum?« – »Ach, sie ist irgendwann verschwunden. Es gab Ärger wegen Geld, eine unklare Geschichte, irgendwer hatte irgendwem Geld geliehen ... das ist jetzt ungefähr ein halbes Jahr her.« Eine unklare Geldgeschichte? Das interessierte mich natürlich, aber ich entschied, lieber den Mund zu halten und mich nicht näher mit den Abgründen der »menschlichen Natur« zu befassen. Und wo war sie hingegangen? Marie-Ange zufolge wusste das niemand. »Sie wird sich eines Tages schon wieder melden, das tun die meisten Leute, die mal hier gelebt haben.« – »Und Mathilde?«, fragte ich. – »Die solltest du lieber nicht aufsuchen. Wenn du das tust, wirst du dir erstens eine einfangen und zweitens wird sie dann in Tränen aufgelöst bei mir ankommen und ich darf sie wieder aufrichten.«

Man hörte das klackernde Geräusch des Kickerballs, der gegen die metallene Rückseite des Tors knallte. Ein rauer Aufschrei: »Volltreffer!« Ich sah, wie Lebowski, der seine Schnauze auf dem Boden abgelegt hatte, ein Auge öffnete um festzustellen, welches Tier diesen Schrei ausgestoßen hatte.

Ich schaute, wie der Schaum langsam aus meinem Bier entwich, schaute Marie-Ange an und lächelte.

Sie fragte mich, ob ich im Ort zu Abend essen wolle.

Es war an der Zeit, sich auf den Weg zu machen.

Lebowski sprang in den Kangoo, zufrieden, so wie immer. Zufrieden mit seinem Besuch im Café? Zufrieden, weil es wieder losging und weil er bereits vergessen hatte, dass er auf dem Hinweg da hinten eingezwängt war wie ein Goldfisch in seinem Glas? Zufrieden, diesen Ort verlassen zu können? Jetzt tauchten haufenweise Leute auf und begrüßten einander herzlich. Es war offenbar unmöglich, hier zu leben, ohne seinen Nächsten wie sich selbst zu lieben, das nahm beängstigende Züge an. Aber womöglich dachte Lebowski auch an gar nichts, war einfach nur zufrieden, am Leben zu sein.

Ich fuhr wieder über die Autobahn, in umgekehrter Richtung. Mein Handy sagte mir, ich würde gegen Mitternacht zu Hause sein. Mein Ausflug war nicht vollkommen umsonst gewesen, ich war ruhig, gelassen. Ganz in der Ferne, zu meiner Linken, verschwand die gute alte Sonne gerade hinter dem Horizont und entzündete dabei den Himmel mit ihrem Leuchten. Ich konnte nur Radio Autoroutes und France Culture störungsfrei empfangen. Da meine Ohren bereits zu viel Balavoine und John Legend ertragen mussten, hörte ich mir eine Diskussionssendung auf France Culture an. Dort hieß es, der Begriff der »menschlichen Natur« sei vollkommen obsolet. Zu vage, zu universalistisch, zu vereinfachend, ein »Oxymoron, das den westlichen Suprematismus verdeckt«, erklärte der Interviewte kurz. Ich dachte an Marie-Ange und ihre Bemerkung zum Konflikt zwischen der »menschlichen Natur« und der Utopie. Aber wenn die menschliche Natur gar nicht existierte, bekam die Utopie dann Oberwasser? Lebowski gab ein zufriedenes Grunzen von sich, während er sich auf der Ladefläche umdrehte.

Ich verfolgte den Gedanken nicht weiter und dachte erneut an den Knochen. Er ließ mir einfach keine Ruhe. Ich merkte, wie sich ein Schleier der Müdigkeit über mich legte. Ich dachte, ganz der ungebildete Bauer, der ich war: Okay, von mir aus existierte die menschliche Natur im Bewusstsein der intelligenten Menschen nicht mehr, aber mal angenommen, dieser Knochen stammte von einem Menschen, dann gab es doch noch ein paar Überbleibsel davon, wie zum Beispiel auf meinem Kühlschrank.

Meine Gedanken reihten sich aneinander wie die Kilometer, die wir fuhren. Aber die Kette dieser Ideen bildete eine Spirale, die sich mehr und mehr um eine einzige Frage drehte: War Jeanne noch am Leben? Ich traute mich nicht, mir diese Frage direkt zu stellen, weil sie mir lächerlich vorkam, ans Absurde grenzte, mich noch ein wenig mehr aus dem psychischen Gleichgewicht brachte. Aber sie war ohne Frage der Dreh- und Angelpunkt all meiner neuronalen Prozesse. Angenommen, sie war tot (ich unterstrich das in Gedanken mit einem neonfarbenen Textmarker, um zu markieren, dass es sich nur um eine Hypothese handelte), konnte mein Knochen dann von ihr sein? Wie lang dauert es wohl, bis ein Leichnam zu einem Skelett wird? Ich war auf diesem Gebiet sicherlich kein Spezialist, aber aufgrund meiner Erfahrungen mit Kompost und verwesenden Tieren kam ich zu dem Schluss, dass sechs Monate (so lange war es her, dass Jeanne Doussac verlassen hatte) ein plausibler zeitlicher Abstand waren. »Spezialist.« Ich dachte an den Nachbarn am Ende des Chemin des Aubettes, der in dem großen Backsteinhaus lebte. Der Typ, der da wohnte, war Rechtsmediziner. Ich kannte ihn kaum, aber … ja, ihm müsste ich meinen Knochen zeigen. Nicht Gilbert, der mir mit seinen Schlachteranalysen kam. Dieses Vorhaben half mir, die verbleibenden 200 km zu schaffen. Denn in puncto Konversation war der große, haarige Faulpelz ein Totalausfall.

Montag

Als ich an diesem Morgen um 8:30 Uhr in Prés Poleux ankam, war die Luft so klar wie ein Bergsee. Der Himmel war nicht so knallblau wie an den vorhergehenden Tagen, an denen man schon morgens wusste, dass es wieder ein heißer Tag werden würde. Wattige Quellwolken zogen langsam und gemächlich vorbei, engelsgleiche weiße Wale, die wie schwerelos durch das Blau des Himmels schwammen. In einem Moment verhüllten sie die Sonne, im nächsten ließen sie sie wieder zum Vorschein kommen, so, als versuchten sie ein Sonnenthermostat einzustellen.

Ich hatte einen schmalen Graben ausgehoben, um das Wasser durch einen festen Schlauch zu leiten, und überlegt, wie ich meine Tröpfchenbewässerung installieren könnte. Vier vergrabene, abgeleitete Kreisläufe und vierundzwanzig flexible Schläuche, um die dreihundertfünfzig Tropfer zu versorgen, das war bei dem Wasserdruck das Maximum. Ich machte mich an die Arbeit, um den ganzen Kram zu installieren.

Der Golden Retriever hatte wieder seinen Platz unter der großen Eiche eingenommen und verausgabte sich seinerseits bei einer seiner völlig unnützen Tätigkeiten: Der Herstellung kleiner Holzscheite aus allen Holzstücken, die er mit Hilfe seiner langen Leine erreichen konnte. Er schnappte sich ein Stöckchen, legte sich wieder hin und hielt es eingeklemmt zwischen seinen Vorderpfoten. Dann begann er daran herumzubeißen, zu knabbern, es auseinanderzureißen, in schmale Scheite zu zerlegen und dabei einen nicht unbeträchtlichen Anteil herunterzuschlucken. Mit der ganzen Zellulose, die er sich einverleibte, schloss er seine Entwicklung vom Tier zur Pflanze ab, und da er sich so gut wie gar nicht bewegte, hätte man ihn so oder so eher dem Pflanzenreich zugeordnet.

Direkt im Anschluss an seine Mountainbiketour stattete Arnaud mir am späten Vormittag einen kleinen Besuch auf der Baustelle ab. Er erinnerte mich an eine Schaufensterpuppe aus einem Sportgeschäft. Einmal, weil er sehr athletisch war, gut proportioniert, trotz des beginnenden kleinen Bauchansatzes, aber vor allem, weil er in puncto Neoklamotten, Hochtechnologie-Equipment und diversen Accessoires nichts ausgelassen hatte. Mir fiel der Trinkschlauch mit Saugaufsatz auf, der aus seinem Commando-Rucksack herausragte. Damit konnte er trinken, ohne anhalten zu müssen. Er fragte mich, was es Neues gebe, dann tippte er auf einem Handy herum, das er am Lenker befestigt hatte, und verkündete: »77,8 km, 949 m Gefälle, wir waren jedenfalls nicht untätig.« Fast hätte ich erwidert, dass er diese überschüssige Energie ebenso gut dafür hätte aufwenden können, meinen Graben auszuheben, aber wieder einmal biss ich mir auf die Zunge. Er tippte weiter auf seinem Handy herum – Streckenverlauf, Durchschnittsgeschwindigkeit, Herzfrequenz und Trittfrequenz, alles wurde registriert, berechnet, kontrolliert, verwaltet, eingespeist. Dann erklärte er, da ja heute mein letzter Tag sei, fände er es nett, wenn ich mich ihnen anschließen und mit ihnen einen Aperitif auf der Terrasse am Pool trinken würde. Wieder einmal ließ ich mich von den Ereignissen überrollen. Ich wagte nicht, die Einladung abzulehnen, und erst recht wagte ich nicht, ihn zu fragen, ob er mir vielleicht eine Badehose leihen könne. Also nahm ich sie an, vor allem aus Feigheit.

Es war zwölf, die Luft hatte sich erneut schlagartig aufgeheizt. Nachdem ich mein Gesicht notdürftig mit einem muffigen alten Handtuch aus dem Lieferwagen abgewischt hatte, ging ich zu Arnaud und Laure herüber. Ich war immer noch dreckig und fühlte mich so ausgetrocknet wie der Stiel einer Harke. Da stellte ich fest, dass ein Typ so um die dreißig im Wasser herumplanschte und damit die wunderbare Harmonie der Lichtreflexe im Becken zerstörte. Der Pool war zu der übergroßen Badewanne eines Radfahrers geworden, der offenbar ein bisschen zu viele Amphetamine durch sein Trinkfläschchen eingesogen hatte. Der Mann hatte seine Mountainbike-Profi-Kluft gegen eine Badehose eingetauscht und machte jetzt einen auf aquatische Stimmungskanone. Er hatte keine Ahnung vom Wasser. Statt darin zu gleiten, kämpfte er dagegen an. Er ließ nichts aus, stürzte sich kopfüber hinein und hieb auf die Wasseroberfläche ein wie ein Bär in einem kanadischen Gebirgsbach auf Lachsjagd. Er prustete und schnaufte wie ein Seelöwe, spuckte einen Wasserstrahl aus wie ein Wal, dann hievte er sich auf eine Luftmatratze und tat so, als würde er eine Zigarre rauchen. Im Anschluss – da gingen ihm wohl langsam die Ideen aus – begann er uns nass zu spritzen, insbesondere Laure. Zu guter Letzt forderte er uns auf, zu ihm in den Pool zu kommen, ich bezweifelte allerdings, dass diese Einladung auch mir galt. Irgendwie kam mir der Typ bekannt vor. Ein Schauspieler? Oder ein Politiker? Jedenfalls jemand, den man aus dem Fernsehen kannte. »Bei den Loubets wird dir so mancher Promi über den Weg laufen«, hatte Gilbert gemeint, als ich ihm erzählte, dass ich für sie arbeitete. Hätte ich Kinder, hätte ich zu Hause triumphierend verkünden können: »Wisst ihr, wen ich heute bei der Arbeit gesehen habe?«, aber ich hatte keine.

Der Mann riss einen Witz nach dem anderen, zog Arnaud damit auf, dass sein Pool viel zu winzig sei für einen Schwimmer wie ihn, der sich gerade auf einen Ironman-Triathlon vorbereite. Dann machte er ein paar plumpe sexuelle Anspielungen in Bezug auf den Begriff Iron Man und versuchte das Niveau von Jean-Louis Bigard zu unterbieten, indem er feststellte, dass hier drei Männer auf eine Frau kämen. Um diese geschmacklose Bemerkung etwas auszubügeln, fügte er hinzu: »Das ist ein Verstoß gegen die Parität!« Er tat zwar so, als sei seine Vulgarität nur gespielt, doch er war in seiner Rolle so überzeugend, dass es irritierend authentisch wirkte. Aber warum zog er diese Show eigentlich ab?

Arnaud drehte sich um und flüsterte mir zu, dass ich sicher Ludovic Bowers erkannt hätte, den »berühmten Anwalt«. Da fiel mir unwillkürlich der Witz über die jüdische Mutter ein, die in Panik über den Strand rennt und ruft: »Hilfe! Mein Sohn, der Anwalt, ertrinkt!« Arnaud merkte an, dass das Verhalten seines Mountainbikepartners zeige, dass Distinktion und Eleganz heutzutage offenbar keine Frage des sozialen Status mehr seien, womit er mir zu verstehen gab, dass ich, ein einfacher Gärtner und ungehobelter alter weißer Mann, eleganter und distinguierter war als dieser millionenschwere Typ, der da gerade neben uns im Pool herumpaddelte und einen auf Ferienclub-Animateur machte. Das war auch kein Kunststück. Ich sagte dazu nichts. Jetzt betätigte Arnaud sich also auch noch als Schiedsrichter in Sachen Eleganz. *Fuck* den Schiedsrichter.

Aber da ich mich nun einmal, wie im Übrigen immer in ihrer Gesellschaft, in einem permanenten *bella figura*-Wettbewerb befand, musste ich einräumen, dass Laure ein entzückendes mauve- und lavendelfarbenes Blüm-

chenkleid trug, vermutlich aus Seide. Dann gesellte sich
Amandine in Begleitung einer jungen Frau zu uns. Einen
kurzen Moment lang dachte ich, das könnte Jeanne sein,
aber nein. Amandine brachte ein paar Schalen mit »etwas
Knabberzeug«, wie sie erklärte, und die junge Frau trug
ein schweres Tablett, das mit Gläsern und Getränken beladen war. Die Unbekannte hatte ihre dunklen Haare zum
Zopf zusammengebunden, trug Jeans und ein Fünf-Euro-
T-Shirt und war eine Hausangestellte. Sie stellte das Tablett auf dem Tisch ab und zog sich diskret zurück, ohne
irgendjemanden anzuschauen. Laure dankte ihr höflich.

Denn Laure war immer höflich. Laure Loubet war eine
geborene Laure Thibault de Dallembert, sie hatte also einen Bürgerlichen geheiratet. Zum Zeitpunkt ihrer Heirat
war Arnaud Moderator einer täglich ausgestrahlten Nachrichtensendung, und man erkannte ihn auf der Straße
wieder. Als Promi war er so eine Art Leichtbaron der Neu-
zeit, und als solcher erhielt er den Ritterschlag und wurde
in den geschlossenen Adelsklüngel aufgenommen, einem
Verein von lauter Zombies. Laures Vorfahren hatten ihr
nicht nur dieses Anwesen vermacht (ich vermute, sie besaß weitere Liegenschaften), sondern auch diese raffinierte
Höflichkeit, von der die Aristokraten gerne sagen, sie sei
das Markenzeichen von Leuten mit »guter Erziehung«,
während sie eigentlich meinen »aus gutem Hause«. Sie
hatte ihre blonden Haare zu einem Knoten zusammengebunden, und fast permanent umspielte ein leises Lächeln
ihre Lippen. Nur einmal sah ich, wie sich für einen kurzen Moment ihr Gesicht verdüsterte, da lief mir ein kalter
Schauer über den Rücken. Es war, als wäre das entflamm-
te Auge des Sauron auf ihrer so sorgfältig gebotoxten Stirn
erschienen. Aber die meiste Zeit war sie charmant und
hübsch anzusehen. Ein Typ wie Bowers hätte gesagt: nicht

wirklich schön, eher hübsch. Sie bot mir einen Spritz an, ich lehnte ab und nahm einen Bio-Zitrusfrüchtesaft. Ich war hier, um zu arbeiten, auch wenn sie sich bemühten, das zu ignorieren.

Da man Laure und Arnaud so oft gesagt hatte, was für »ein schönes Paar« sie seien, glaubten sie inzwischen selbst daran. Dabei stimmte das nur zum Teil. Bei genauerer Betrachtung wirkte Arnauds Gesicht, genau wie das von Laure, undurchsichtig. Etwas störte die Harmonie, es wirkte irgendwie unausgewogen. Auf den ersten Blick fand man ihn gutaussehend: regelmäßige Züge, helle, offene Augen, eine hohe Stirn, aber eine gewisse Schwere im unteren Teil des Gesichtes verdarb diesen Gesamteindruck. Seine Wangen hingen leicht herunter, sein Mund war ein wenig klein geraten, und die herabgezogenen Mundwinkel konterkarierten die Härte, die er in seinen Blick zu legen versuchte. Verriet sich hier, in diesem kaum wahrnehmbaren bitteren Zug um seinen Mund, ungewollt seine bescheidene Herkunft?

Aber er war ein Mann mit Esprit. Er erhob sein Glas und sagte: »Ich trinke auf die Gesundheit von Emmanuel Todd, den Mann, der vor allen anderen verstanden hat, dass das Niveau unserer Eliten tief gesunken ist und wir von Idioten regiert werden! Ein Exemplar dieser Gattung in unserem Pool ist der beste Beweis dafür!« *Ludo*, wie er ihn nannte, lachte herzlich. Arnaud beobachtete mich aus dem Augenwinkel. Er wollte sich vergewissern, ob seine Verbalattacke mich amüsierte, ich war schließlich der einzige Zuschauer, der von außen kam, und er wollte mich erobern, wie die anderen, wie alle anderen, sei es durch seinen Charme oder durch seine Charakterstärke. Ich lächelte freundlich. Eines war sicher, seine Herkunft – sein Vater war Kesselbauer, und seine Mutter hatte-ihr-Lebenlang-auf-die-Kinder-anderer-Leute-aufgepasst, wie er mir bei unserem Mittagessen in der Küche erläutert hatte – erklärte sein unbedingtes Streben nach Erfolg. Es war wie aus dem Psychologielehrbuch. Jemand, der permanent unter sozialen Komplexen gegenüber höheren Schichten leidet, wird unweigerlich zum radikalisierten Fanatiker im Kampf um soziale Anerkennung.

Besagter Ludovic kam tropfnass aus dem Wasser. Er warf seine blonde Haartolle nach hinten. Die Blonden waren eindeutig in der Überzahl, nur die Hausangestellte und ich waren dunkelhaarig, man wähnte sich in einem dieser Nazifilme made in Hollywood. Erste Szene: »Auf der Kommandantur«. Ludovic deutete mit dem Kinn fragend Richtung Pool. Damit wollte er wohl fragen, ob ich baden wolle. Ich schüttelte leicht den Kopf. Ein Domestik zweifelhafter Abstammung und ein Wehrmachtsoffizier im selben Pool? Er sagte: »Falls doch, denken Sie daran, immer erst den Nacken benetzen, bevor man reingeht!«, und zwinkerte dabei Arnaud und Laure zu. Die fanden das scheinbar nicht witzig, aber so gar nicht, und ich kapierte nicht, worauf er anspielte. Vermutlich ein abgedroschener *privat joke*.

Ludovic griff nach einem Handtuch und rubbelte sich energisch ab, Muskel um Muskel. Durch dieses ostentative Zurschaustellen seiner Männlichkeit bekam das Ganze eine erotische Note. Er gab jetzt den vor Potenz nur so strotzenden Hengst. Ich sah, wie Laure und Arnaud sich »vielsagende Blicke« zuwarfen, wie es immer heißt, dabei wirkten diese Blicke von außen betrachtet einfach nur lächerlich.

Ludo, der Animateur, animierte die Unterhaltung. Es war der 27. Juli, und, wie sollte es anders sein, es ging um Urlaub. Seit diesem Wochenende hatte nun auch Arnaud frei. Laure hatte schon länger frei, wegen der Semesterferien. Als unser Mittdreißiger-Ironman das Wort »Ferien« hörte, begann er den Kopf hin- und herzuwiegen. Dann spulte er die üblichen Sprüche ab, angefangen vom Lamento über »diese Faulpelze von Beamten« bis hin zu »Die 35-Stunden-Woche hat das Land ruiniert«. Er jedenfalls fuhr in die Pyrenäen, zu einer »mörderischen Trekkingtour«. (Eigentlich hätte sie in Nepal stattfinden sollen, aber die Pandemie hatte ihm einen Strich durch die Rechnung gemacht.) Der Tesla von irgendjemandem war »ein echtes Geschoss«, ein Couscous in einem marokkanischen Restaurant in Paris »mörderisch« – dieser Abenteurer schrammte mit jedem Satz nur knapp am Tod vorbei. Der Mann verbrachte sein Leben vor dem Computerbildschirm, aufgestützt auf das Lenkrad seines Mountainbikes oder damit, grundlos um sein Leben zu schwimmen oder zu laufen und sich von Coronavirus-Clustern fernzuhalten. Dabei hielt er sich zugleich für einen Nachfahr von Jack London und Hemingway, oder – um in seiner Welt zu bleiben – für Ethan Hunt in *Mission impossible*. Mission impossible – da war doch was … Für den Vorspann von Arnauds Magazinsendung hatte man die berühmte Filmmusik der amerikanischen Serie »In geheimer Mission« aus den 1960er Jahren geklaut. Pam-pam-palam-pam-pam-pam! Super Idee! Die gleiche Idee hatte so ungefähr jeder zweite Amateurcutter in einem Videoclub. Aber daher kannte ich Ludovic Bowers! Er war dort nämlich regelmäßig zu Gast. Als Experte, als Diskussionsteilnehmer, als Provokateur. Ich hatte nur nicht gleich eine Verbindung herstellen können zwischen dem Kerl, der geschminkt und mit Krawatte um den Hals in meinem Fernseher saß und immer in wohlgesetzten Worten sprach, und dem protzenden Schmierenkomödianten in

Badehose. Endlich konnte ich ihn einordnen! Der Anwalt hatte es vor ein paar Jahren zu einiger Bekanntheit gebracht, weil er eine NGO verteidigt hatte, die Bootsflüchtlingen auf dem Mittelmeer half. Heute verteidigte er einen Minister, der in eine Korruptionsaffäre mit einem Pharmalabor verstrickt war. Der Typ hatte mir noch gefehlt. Mal angenommen, ich würde per Anhalter fahren, und der würde anhalten, das wäre das Worst-Case-Szenario, selbst bei Regen. Nur Trump wäre noch schlimmer. Aber selbst das war nicht gesagt … Oder sagen wir, Michel Barnier wäre noch schlimmer. Den hatte ich heute Morgen im Radio gehört, der Typ langweilte einen echt zu Tode.

»Nach Korsika fahren wir nach Milos«, verkündete Amandine und reckte ihr Kinn in meine Richtung, so wie ihr Vater das auch immer tat, um sich davon zu überzeugen, dass mir das nichts sagte. »Das ist eine Kykladeninsel, die erste, die siebentausend vor Christus besiedelt wurde«, erklärte sie mir. Ich betrachtete das glitzernde Wasser des Pools. Wenn ich die Augen zusammenkniff, konnte ich mir, ohne mich von der Stelle zu rühren, eine kleine griechische Felsenbucht vorstellen. Einen Moment herrschte Stille, endlich. In dem Moment setzte Laure an zu erzählen, dass sie letztes Jahr eine große Reise in den amerikanischen Westen unternommen hätten. Ein einmaliges Erlebnis, aber nun müsse man vernünftig sein, wolle so kurz nach der Pandemie kein Risiko eingehen, und für die CO_2-Bilanz sei es auch besser. Laure war perfekt, ohne jeden Makel, wie das Wasser des Pools, das jetzt wieder seidenglatt dalag.

»In Milos gibt es keine Touristenhorden, keine selfieverrückten Touries, die alles auf Instagram posten. Wisst ihr, eine Menge Leute suchen ihren Urlaubsort danach aus, wie viele Klicks er auf Instagram hat«, sagte Arnaud und wirkte ehrlich bestürzt. Dann fügte er hinzu: »Immerhin scheint das Phänomen langsam abzuflauen, die Leute sehnen sich wieder nach Authentizität fernab solcher Selbstinszenierungen.« Später dachte ich, dass seine Argumentation ziemlich hinkte. Letztlich macht es keinen Unterschied, ob man sich mit Hilfe der sozialen Medien für alle sichtbar inszeniert oder ob man seine Diskretion und seine Andersartigkeit inszeniert. In beiden Fällen ging es darum, sich abzusetzen, und sei es dadurch, dass man nicht da war, wo alle waren. Hauptsache, man wurde wahrgenommen. Ich stellte mir vor, die Wasseroberfläche des Pools wäre der Ozean und Milliarden winziger Wesen würden die Arme in die Luft recken, um auf sich aufmerksam zu machen. Sie alle, wir alle, wollen gerettet werden vor dem Ertrinken, sprich vor der Anonymität.

Amandine war gleich verschwunden, nachdem sie ihr Glas geleert hatte. Jetzt tauchte sie wieder auf um ihrem Vater zu sagen, dass sie zum Harfenunterricht müsse. Harfe, sieh mal einer an. Ich sah Amandine nicht wirklich in der Rolle einer ätherischen Elfe vor mir, die mit ihrer Harfe irgendwo in der Heide saß, während ihre auf dem Instrument hinauf- und hinabwandernden Finger einen betörenden Klang erzeugten. Ich weiß nicht, ob sie Gedanken lesen konnte, jedenfalls warf sie mir einen kurzen, giftigen Blick zu. Vielleicht wollte sie mir aber auch nur signalisieren, dass die Unterhaltung über Urlaube damit abgeschlossen war, wie ein Manager, der eine Gruppe von Angestellten aufforderte, ihre Pause zu beenden: »Wir sind nicht zum Faulenzen hier ...«

Je länger ich in der Gesellschaft der Loubets war, desto unwohler fühlte ich mich; ich war zwar dabei, aber gehörte nicht dazu. Sie versuchten, sich mir gegenüber locker zu geben, aber ich war ihr Angestellter, gehörte zum Personal, genau wie die junge Frau mit dem Billig-T-Shirt aus Pakistan, ich hatte da nichts verloren. All das war unglaublich eitel, krank, »tödlich«, wie Ludo gesagt hätte, und damit hätte er in diesem Fall ausnahmsweise mal richtig gelegen. Amandine lag auch richtig: Ich musste mein Tropfbewässerungssystem fertigstellen, mit dem jede der frisch pikierten Pflanzen bewässert wurde, mehrere Sorten Zucchini, Gurken, Kürbis, Mangold, Salat, Tomaten, Erbsen. Das war eine Wissenschaft für sich, denn eigentlich war der optimale Zeitpunkt zum Pflanzen längst vorbei, aber ich kannte die kosmischen Geheimnisse und die Alchemie der Bestäubung. Außerdem wusste ich, dass Mutter Natur es gut meinte und oft nachsichtig auf mein Herumdilettieren reagierte. Ich überließ sie also ihren Bonmots und ihrem künstlichen Lächeln und kehrte zu meinen Hügeln zurück.

Jede Pflanze, die in der Erde steckte, hatte etwas von einem kleinen Soldaten, der sich verpflichtet hatte, sich in den Dienst der Vitalität der Natur zu stellen. Als ich das Hauptventil der Tropfbewässerung aufdrehte, war es so, als würde ich eine Startpistole abfeuern und das Signal zum Lauf des Lebens geben. Die Hitze wurde immer drückender, die Sonne versengte den Rasen, die Blätter der Bäume rollten sich auf, aber jeder meiner kleinen Schützlinge würde mehrmals pro Minute umgerechnet einen großen Eimer Wasser auf die Füße bekommen, ich beneidete sie.

Ich ging zu Lebowski herüber, der immer noch unter seinem Baum lag und alle viere von sich streckte. Ich war mir ziemlich sicher, dass er sich auch ohne Seil nicht von der Stelle bewegt hätte. Ich machte ihn los und brachte ihn zu dem grünen Teich, in dem es nur so wimmelte vor Leben. Der Unterschied zwischen diesem Wasser und dem Wasser im Pool entsprach in etwa dem zwischen einer zerlesenen Sportzeitung und dem *Singapore Airlines Magazine*: Man konnte sie gar nicht miteinander vergleichen. Ich zog meine schweren Arbeitsschuhe aus und ging mit den Füßen ins Wasser. Sogleich spürte ich, wie sich in meinem Körper von der Sohle bis zum Scheitel ein wohliges Gefühl ausbreitete. Lebowski sah mich an und tat es mir in aller Ruhe nach. Er ging bis zu den Ellbogen ins Wasser. Es heißt ja, wenn ein Hund Abkühlung braucht, soll man seine Ballen befeuchten. Das war damit erledigt. Er warf mir einen Blick zu und ohne auf eine Ermutigung von mir zu warten, und zu meiner großen Überraschung, wagte er sich weiter ins Wasser vor und begann zu paddeln. Ich war richtig stolz auf ihn, so etwas Idiotisches. Ein echter Retriever, Wahnsinn! Nur sein großer Kopf schaute noch aus dem Wasser. Er schwamm! Wenig elegant, aber er schwamm! Ich konnte nicht widerstehen, zog mein T-Shirt und meine Hose aus und sprang ebenfalls hinein. Wie frisch, wie grün! Ich glitt bis zu meinem Hund und legte erst eine, dann beide Hände auf seine Schultern, ich war verblüfft von seinem Auftrieb. Das alte Dickerchen trieb wie ein Korken auf dem Wasser. Es fehlte nicht viel und er hätte als Wasserrettungshund anfangen können, schließlich war er genauso groß wie ein Neufundländer. Na gut, an seinem Kraulstil musste er noch ein wenig arbeiten … Lebowski bewegte sich durchs Wasser wie ein Dichter durch ein Mohnblumenfeld. Er war glücklich, und ich war es auch.

Wir schwammen zurück ans Ufer. Lebowski schüttelte sich, weil man das als Hund, wenn man aus dem Wasser kommt, nun einmal so macht. Doch bei ihm wirkte selbst das lethargisch, er schien diese Praxis nicht sonderlich zu schätzen. Ich legte mich an eine sonnige Stelle und breitete die Arme aus wie ein Kormoran, der sich trocknen lässt. Die Zweigspitze einer Trauerweide strich über meine Schulter. Ich hatte das Gefühl, in der glühend heißen Luft gleich ganz mit zu verdunsten. Ich versuchte an nichts zu denken. Vergeblich (wie immer, oder fast immer). Zwar trieb Jeanne nicht als flüssiges Phantom unter der Wasseroberfläche dieses kleinen Teichs, und ihr Hologramm erschien auch nicht zwischen den beiden Zitterpappeln mit ihren weißen Stämmen, aber das kleine Foto mit den verblassten Farben ging mir einfach nicht aus dem Kopf.

Ich überschlug kurz, dass die kleine Jeanne etwa sechs war, als Amandine geboren wurde. Sie wird das Baby geliebt und es bemuttert haben. Das war nur eine Hypothese, aber doch wahrscheinlich. Ob sie wohl noch miteinander sprachen? Wenn Jeanne den Kontakt zu jemandem ihrer Familie gehalten hatte, dann sicher zu Amandine. Doch das half mir auch nicht weiter.

Ermittlungsrichterin Carole Tomasi

Carole Tomasi hielt beim Lesen inne. Sie nahm ihre Brille ab und legte sie auf das große, geöffnete Heft. Ein blaues Heft der Marke Oxford mit sechsundneunzig Seiten. Darin stand ein Text, den ein gewisser Jim Toni Carlos in kleiner Schrift verfasst hatte. Der gelernte Gärtner war seit zwei Monaten verschwunden. Sie rieb sich die Augen und blätterte zurück zu einem Absatz auf der Seite davor:

»Letztlich macht es keinen Unterschied, ob man sich mit Hilfe der sozialen Medien für alle sichtbar inszeniert, oder ob man seine Diskretion und seine Andersartigkeit inszeniert. In beiden Fällen ging es darum, sich abzusetzen, und sei es dadurch, dass man nicht da war, wo alle waren. Hauptsache, man wurde wahrgenommen. Ich stellte mir vor, die Wasseroberfläche des Pools wäre der Ozean, und Milliarden winziger Wesen würden die Arme in die Luft recken, um auf sich aufmerksam zu machen. Sie alle, wir alle, wollen gerettet werden vor dem Ertrinken, sprich vor der Anonymität.«

Dieser Gedanke ging ihr trotz des plumpen Traumbildes nicht aus dem Kopf, genau wie der Gebrauch des Indikativs Präsens im letzten Satz: *Wir alle wollen gerettet werden.*

Ermittlungsrichterin Carole Tomasi leitete die Untersuchung im Fall des als vermisst gemeldeten Jim Toni Carlos, zweiundfünfzig Jahre alt, geboren in Cerbère im Département Aude. Carole war noch jung, sie war Mitglied im Richterverband, und der Staatsanwalt schätzte sie nicht besonders. Die meisten Fälle, die er ihr anvertraute, waren ohne Interesse. Ihr war bekannt, dass sich bei fast allen Vermisstenfällen, die Männer dieses Alters betrafen, am Ende herausstellte, dass sie untergetaucht waren, sich oftmals ins Ausland abgesetzt hatten, entweder des Geldes oder der Liebe wegen. Sie hatte also den Kontostand von Jim Carlos' Konten überprüft. Er entsprach dem, was man bei einem einfachen Handwerker erwarten konnte: kein großes Minus, kein Batzen Geld auf dem Konto, nichts Überraschendes also. Es hatte weder auf seinem Girokonto noch auf seinen beiden Geschäftskonten noch auf seinem Sparbuch seit einer Kartenzahlung am 23. Dezember in Höhe von siebenundachtzig Euro in einem Carrefour-Supermarkt irgendwelche Kontobewegungen gegeben. Er hatte keine größere Summe Geld abgehoben, kein Zug- oder Flugticket erworben, keinen außergewöhnlichen Kauf getätigt. Das hatte die Richterin stutzig gemacht. Bevor jemand untertaucht, hat er in der Regel ungewöhnlich hohe Ausgaben.

Doch an diesem Morgen war ein Beamter vom Postdienst vorbeigekommen und hatte ihr dieses blaue Heft vorbeigebracht. Die Richterin hatte eine zweite Durchsuchung der Effekten des Verschwundenen angeordnet, und die Ermittler hatten in einer Tasche, die man zwei Monate zuvor im Domizil von Monsieur Carlos sichergestellt hatte, dieses Heft gefunden.

Die Vermisstenanzeige war am 12. Januar gestellt worden, von Madame Claire Abgrall, achtundvierzig Jahre, Grundschullehrerin, wohnhaft in Plouzanec im Finistère. Im Protokoll der Gendarmerie von Conquet war vermerkt, dass Madame Claire Abgrall und Monsieur Jim Carlos acht Jahre liiert waren und sich vor vier Jahren getrennt hatten, aber »nach wie vor ein gutes Verhältnis hatten«, wie der Beamte schrieb. Die Frau war von sich aus auf die Wache gekommen, um die Polizei darüber zu informieren, dass Jim Carlos seit über zehn Tagen nicht ans Telefon ging, obwohl sie am 9. Januar gemeinsame Freunde besuchen wollten. Sie war entsprechend beunruhigt.

Die Gendarmen von Conquet informierten daraufhin ihre Kollegen in Magny-en-Vexin, und die begaben sich zum Domizil von Monsieur Jim Carlos im Chemin des Vendoux, in der Gemeinde Plessis-en-Vexin. Als sie das Holzhaus am Ortsausgang von Theuil am Waldrand betraten, schlug ihnen starker Verwesungsgeruch entgegen. Sie vermuteten zunächst, sie hätten es mit einem Fall von Selbstmord zu tun, ein Phänomen, mit dem sie auf dem Land häufiger konfrontiert waren. Doch der Gestank kam von einem Hundekadaver. In dem mit einem schmierenden Kugelschreiber geschriebenen Protokoll stand »großer gelber Hund mit langem Fell«. Dem Bericht des Veterinärs zufolge war das Tier verdurstet. Es handelte sich um den Golden Retriever von Jim Carlos, der unter dem Namen Dumby registriert war. Der Lebowski aus dem blauen Schreibheft.

Der Name Jim Carlos wurde also auf die lange Liste der Suchanzeigen gesetzt, die an alle Kommissariate und Gendarmerien auf französischem Staatsgebiet übermittelt wurde, und an Interpol, das war Vorschrift. Die Angaben zu Namen, Alter, Beruf und Zeitpunkt des Verschwindens wurden durch ein Foto ergänzt. Das Foto war eine Vergrößerung eines Automatenfotos, nicht gerade schmeichelhaft. Es zeigte einen Mann mit einem länglichen Gesicht, feinen Zügen und beginnenden Geheimratsecken. Er trug einen kurzen Bart, der in Koteletten überging, so wie Rocker sie gerne tragen. Der finstere Blick ließ eine gewisse unterdrückte Spottlust erahnen, wie Carole Tomasi feststellte.

Arnaud, Laure und Amandine Loubet wurden am 16. Januar von der Gendarmerie zu einer Routinebefragung vorgeladen. Sie waren den Informationen der Gendarmen nach die letzten, die Jim Carlos nachweislich lebend gesehen hatten. Die Loubets hatten keine Ahnung, was der Grund ihrer Vorladung war, aber legten bei der Befragung großen Wert auf die Feststellung der Tatsache, dass sie mit dem Gärtner, der erst seit kurzem für sie gearbeitet habe, kaum Kontakt gehabt hätten. Laure fügte hinzu: »Zumal er seinen Hund mitbrachte, und meine Tochter große Angst vor Hunden hat.«

Carole las erneut einen Auszug aus dem Manuskript: »Abgesehen davon, so ergänzte ich, würde ich für den Fall, dass mein Hund mich nicht mehr begleiten dürfte, die Arbeit auf der Stelle einstellen. Dann müssten sie sich jemand anderen suchen, der das für sie zu Ende führte, es sei denn, sie wollten das selbst übernehmen. Sie musterte mich interessiert, ohne mit der Wimper zu zucken, ein bisschen so, wie ein Zoologe eine ihm unbekannte Primatenart musterte: Ein sprechender Gärtner. Diese Entdeckung schien sie zu erfreuen, denn schließlich lächelte sie fein und fragte mich unvermittelt und ausgesucht liebenswürdig, ob ich ihnen später beim Mittagessen Gesellschaft leisten wolle. ›Meine Mutter ist nicht da, wir sind nur zu zweit, mein Vater und ich. Er meinte, ich würde Sie vielleicht gerne kennenlernen.‹ Diese freche Göre hatte mein Interesse geweckt, darum nahm ich die Einladung an.«

Sicher hatte dieser Text einen fiktiven Charakter, aber nachdem sie die Aussage von Amandine gelesen hatte, war sie überzeugt davon, dass er einen wahren Kern hatte. Hatten die Loubets nun wiederholt mit Jim Carlos zu Mittag gegessen, ja oder nein? Carole Tomasi würde Licht ins Dunkel dieser Affäre bringen.

Die Untersuchungsrichterin bestellte Maître Ludovic Bowers ein, den franco-britischen Strafverteidiger (sein Vater war Schotte), den die Gendarmen bisher noch kein Mal befragt hatten. Im bescheidenen, grau getünchten Büro der Untersuchungsrichterin bestätigte ihr der junge und brillante Anwalt die Aussagen der Loubets. Nein, er war ihm nie wirklich begegnet, diesem Gärtner namens Jim Carlos. Vielleicht hatte er ihn zumindest *kurz gesehen*? »Ja, möglich«, räumte er ein, in einem Ton, der keinen Zweifel daran ließ, wie wenig ihn diese ganze Geschichte interessierte. Hatte er bei seinem Besuch in Prés Poleux am 27. Juli gebadet? »Ja, möglich«, sagte er wieder so gelangweilt, dass es an Verachtung grenzte. Die Untersuchungsrichterin war in der Lage, sich hunderte von Ermittlungsakten einzuprägen, und die von Jim Carlos war so dünn, dass sie sie bereits komplett auswendig kannte. Sie hätte das gesamte blaue Heft rezitieren können: »Er ließ nichts aus, stürzte sich hinein und hieb auf die Wasseroberfläche ein wie ein Bär in einem kanadischen Gebirgsbach auf Lachsjagd. Er prustete und schnaufte wie ein Seelöwe, spuckte einen Wasserstrahl aus wie ein Wal, dann hievte er sich auf eine Luftmatratze und tat so, als würde er eine Zigarre rauchen.«

Wenn Jim Carlos diese Szene korrekt wiedergab, war es dann glaubhaft, dass Ludovic Bowers vergessen hatte, was er für eine Show bei seinem Bad im Pool abgezogen hatte? Sie fragte den Mann, der ihr gegenübersaß und so entspannt wirkte, ob er sich etwa immer so benehmen würde: Morgens erstmal eine Runde Trampolinspringen auf dem Bett, zum Amüsement seiner Frau oder Bettpartnerin, und im Anschluss eine kleine Tanzeinlage vor der Kaffeemaschine? Ludovic sagte: »Ja, möglich«, aber Carole Tomasi dachte: »Nein, unmöglich.«

»Kennen Sie Jeanne Loubet?«

»Nein.«

»Das ist die ältere Tochter der Loubets.«

»Ja, ich weiß, aber ich kenne sie nur flüchtig.«

»Nur flüchtig?«

»Nur flüchtig.«

»Haben Sie Ihren … Ihren Freunden? Ihren Mandanten? empfohlen zu behaupten, sie hätten Jim Carlos nie an ihren Tisch gebeten?«

Die Richterin ließ einen Moment verstreichen, bevor sie weitersprach.

»Ich muss Ihnen sicher nicht erklären, dass die Lüge eine Waffe ist, zu der man im Angesicht der Justiz nur mit äußerster Vorsicht greifen sollte.«

Sie wusste, dass es mehr brauchte, um einen Profi der Verunsicherung von Zeugen zu verunsichern, aber sie schien ihre kleinen Spitzen zu genießen, und er wurde tatsächlich etwas ungehalten.

»Ich möchte nicht arrogant erscheinen, aber ich vermute, Sie kennen mein Stundenhonorar? Ich muss Ihnen also nicht erklären, wie viel Geld ich hier gerade durch Sie verliere, ein solch rüpelhaftes Benehmen liegt mir nicht.«

Er schaute zur Protokollantin herüber. Die war leichter einzuschüchtern als die Richterin. Carole drehte sich also zu ihr um:

»Notieren Sie das bitte.« Sie schlug eine andere Akte auf. »Den Archiven entnehme ich, dass Sie vor drei Jahren der Verteidiger von Madame Jeanne Loubet waren.«

Ludovic zeigte keinerlei Reaktion. Er starrte der Richterin ein paar Sekunden lang unverwandt in die Augen, dann verzog sich sein rechter Mundwinkel zu einem angedeuteten Lächeln.

»Ja, ein kleiner Dienst, den ich meinen Freunden erwiesen habe. Eine völlig unerhebliche Sache. Ich behaupte nicht – um den von Ihnen verwendeten Begriff aufzugreifen –, ich würde alle meine Klienten ›kennen‹, vor allem nicht Jeanne, eine komplexe, junge Frau.«

Die Richterin las ohne jede Emotion die Anklagepunkte des Landgerichts vor:

»Beleidigung und tätliche Beleidigung gegenüber einem Polizeibeamten.«

»Eine komplexe und impulsive junge Frau.«

»Sie können sie beschreiben, aber kennen sie nicht.«

»Nur flüchtig.«

»Ich habe den Eindruck, dass vor allem Ihr Verhältnis zur Wahrheit ziemlich komplex ist.«

»Wir üben nicht den gleichen Beruf aus.«

»In der Tat.«

Carole Tomasi wusste, dass sie ihm nicht mehr entlocken würde.

Aber sie hatte bekommen, was sie wollte: Die Bestätigung, dass da irgendetwas nicht stimmte. Warum log dieser Anwalt oder versuchte zumindest die Tatsachen derart zu entschärfen? Und warum waren die Loubets so bemüht darum, ihre Kontakte mit dem Vermissten herunterzuspielen? Oder hatte dieser sich das alles nur ausgedacht? Das war auch nicht auszuschließen. Am späten Nachmittag nahm sie erneut das blaue Schreibheft zur Hand und las dort weiter, wo sie zuletzt stehengeblieben war, auch wenn sie das alles schon x-mal gelesen hatte.

(Das blaue Schreibheft, Fortsetzung)

Samstag, 2. August

Nachdem ich mit Lebowski draußen war, musste ich die Wohnung putzen.

Denn dieser Hund jagt nicht, fischt nicht, bewacht keine Herde, apportiert nichts, weder die Zeitung noch die Pantoffeln, er ist kein Wachhund, verjagt weder Eindringlinge noch Katzen, ist kein Blindenhund, zieht keinen Schlitten. Er ist auch nicht besonders anhänglich. Es schert ihn nicht, wenn ich ihn bei meinem Cousin oder meiner Nachbarin lasse. Und natürlich putzt er auch nicht die Wohnung.

Egal, ich hatte eine perfekte Methode entwickelt, um diese lästige Pflicht in den Griff zu bekommen, die uns alle vor Herausforderungen stellt, doch den Besitzer eines Golden Retrievers, der täglich ungefähr die Menge an Haaren verliert, die der junge Donald Trump auf dem Kopf trug, in besonderem Maße. Das ist in etwa so, als würde man besagter Person den rotblonden Schopf komplett abrasieren, doch die Haare, statt sie zusammenzufegen, mit einem Föhn in der gesamten Wohnung verteilen. Und das täglich. Das war die Folge, wenn man einem Golden Retriever Zutritt zu seinem Haus gewährte. Wie auch immer, meine Technik bestand eben nicht darin, diese Aufgabe als Ganzes zu erledigen, sie generalstabsmäßig zu planen, so als ginge es darum, die Landung der Truppen in der Normandie vorzubereiten, sondern vielmehr, die entsprechenden Tätigkeiten nacheinander auszuführen, mich ganz auf die jeweilige Aufgabe zu konzentrieren, ohne auch nur einen Gedanken daran zu verschwenden, was danach käme. Das hatte ich beim Bearbeiten des Bodens und den vielen sich ständig wiederholenden Handgriffen gelernt, die man als Gärtner ausführen muss. Zwar mochte ich meine Arbeit gern, aber es gab Aufgaben, die raubten einem den letzten Nerv. Die musste man mit der Weisheit der Bauern von einst angehen. Die ganze Kunst bestand darin, mit Bedacht vorzugehen, ohne jede Hast, die Natur walten zu lassen.

Ich machte den Schrank auf, holte den Staubsauger raus, steckte den Stecker in die Steckdose. Der Staubsauger war das einzige Ding auf dieser Welt, das diesem Hund Respekt einflößte. Er empfand es offenbar als seine Lebensaufgabe, so viele Haare wie nur möglich bei mir zu hinterlassen, und dieses Objekt machte das zu einer Sisyphosaufgabe. Lebowski schaute das verfluchte Ding an, das sich anschickte, wie ein spukender Geist zu heulen in Frequenzen, die ihm in den Ohren wehtaten, und verlangte rausgelassen zu werden. Das sah so aus, dass er sich wie eine Milchkuh zur Melkzeit schwerfällig und mit wiegenden Schritten in Richtung Küchentür bewegte, die zum Garten hinausging, das war auch schon alles. Dann wartete er, die Schnauze zwei Zentimeter von der Tür entfernt, darauf, dass sie sich öffnen möge, was früher oder später immer der Fall war. Also ließ ich ihn, wie immer, raus und machte mich an die Arbeit.

Nachdem ich damit fertig war, setzte ich mich mit einem Kaffee an den Computer, an diese Maschine, die für den Menschen das war, was der Staubsauger für Lebowski war, kein Witz – das Werkzeug, mit dem man sich in eine Endlosschleife begab, das kleine Hamsterrad aus Kunststoff. Ich ignorierte meine Kostenvoranschläge und laufenden Bestellungen bei meinen Lieferanten und ließ mich er-

neut von den verbalen Entgleisungen des digitalen Knei-
pentresens in den Bann ziehen, dem Thekengeschwafel
und den billigen Witzen in der Bar der Einsamen: Facebook. Dabei hatte ich unter diesen ganzen unbekannten
Freunden schon radikal ausgesiebt, die Plumpen, die Fa-
schos, die Verschwörungstheoretiker und die Angeber.
Klar, ich hatte auch ein paar Kontakte zu Kollegen ge-
knüpft, durch die ich viel über Bio-Anbau, Permakultur
und Pflanzensymbiosen erfuhr. Doch heute Morgen ließen sie nichts verlauten. Mir blieben die Werbung (der
Algorithmus bombardierte mich mit Werbung für Gum-
mistiefel aus recycelbarem Kautschuk und für 100% na-
türlichen Pferdedung, sehr schmeichelhaft), die Bedarfs-
synchron-Leitartikler mit ihrer kleinen Anhängerschar,
die regelmäßig Likes verteilte und ihrem Idol folgte wie
die Entenküken ihrer Mutter, die Wochenendpoeten, die
verletzten Narzissten, die ihr Ego pflegten, indem sie ihre
Eigenliebe als Liebe für ihre Kinder ausgaben, die Meister
der romantischen Sprüche – »hier ist er nun, der Sommer,
mit seinem Reigen aus Beinen und Brüsten«, schrieb zum
Beispiel jemand, und das war kein Scherz. Neben den allseits beliebten Urlaubsaufnahmen (das Meer so irre blau
wie in der Karibik) und der Familienpizza gab es noch die
intellektuellen »arty« Posts. Die war ich inzwischen auch
leid. Man fotografierte sich nicht mehr selbst, das war zu
gewöhnlich, sondern das, was man für würdig hielt foto-
grafiert zu werden, mit einer gewissen kreativen Verfrem-
dung. Ein Schwarz-Weiß-Bild mit harten Kontrasten ging
immer, alternativ eine gekonnte Verfälschung der Farben
mit Hilfe der passenden Farbfilter-App, untermalt von einem literarischen Kommentar über die Melancholie des
Lichts oder die unwiderstehliche Faszination für ferne
Länder. (Ich übertreibe, ab und zu stieß man auch auf ein

wahres Fundstück, das genauso verloren und anachronistisch wirkte, als hätte Charlie Parker sich in eine Dorfblaskapelle am Ende der Kirmes verirrt.) Das alles wurde begleitet von einem Hintergrundrauschen aus nicht abreißenden Lamentos über alles und nichts, ertrank in einem Meer aus weinenden Emojis, wurde bevölkert von Krämern, die sich auf Katastrophen aller Art und Todesfälle spezialisiert hatten (manchmal war das ein und dasselbe), gerne in Kombination mit einem Ruhe-in-Frieden-Post, so dass man auch ein wenig vom Bekanntheitsgrad des Toten profitieren konnte. Andere waren »mit ihren Gedanken ganz bei« jener Stadt oder jenem Land, das gerade von einer Naturkatastrophe heimgesucht worden war. Sie stimmten ein Klagelied über die schweren Zeiten an, von denen sie nicht betroffen waren, und horteten weiter fleißig ihr Geld. So nach dem Motto: »Heiliger Sankt Florian, verschon mein Haus, zünd andere an.«

Darum hatte ich auch bald die Nase voll davon. Ich wandte mich also vom Digitalen ab und dem Organischen zu, ließ den falschen Schein hinter mir und wandte mich dem wahren Leben zu. Ich legte eine Platte auf. Wieder The National, *Trouble Will Find Me*. Ich kraulte meinem Kumpel Lebowski den weichen und warmen Bauch, was unweigerlich dazu führte, dass er sich auf den Rücken drehte und dankbar knurrte.

Ich zögerte, Claire anzurufen. Ich hatte immer Lust, Claire anzurufen, wenn es mir entweder sehr gut oder sehr schlecht ging, und weder das Eine noch das Andere kam oft vor. Es ging mir nicht wirklich gut, aber auch nicht richtig schlecht. Ich hatte tagsüber ein paar Dinge zu erledigen, nichts Großes, und den Abend wollte ich mit Philippe, Christophe und Léa verbringen, meinen alten Freunden. Die Zeiten, als ich noch einen Phantomschmerz verspürte, kein Kind zu haben, waren endgültig vorbei, nachdem ich mitbekommen hatte, womit die anderen so zu kämpfen hatten: Erst mit stinkenden Windeln, dann mit einer Invasion aus buntem Plastik und schließlich mit der Erkenntnis, dass aus den zärtlichen und fröhlichen *bambini* von einst picklige, schlecht gelaunte Zombies wurden, die nichts mit einem zu tun haben wollten. Inzwischen hatten die meisten Kinder meiner Freunde ihr Nest verlassen und man hoffte insgeheim, dass sie es einem nachtun und sich ein neues Nest bauen würden, selbst wenn man nicht wusste, ob sich das wirklich noch lohnte.

Als ich Claire begegnete, hatte sie bereits eine neunjährige Tochter, Maëlle. Das genügte ihr, und mir auch. Im Übrigen war die Kleine jedes zweite Wochenende bei ihrem Vater. Ich konnte mir gut vorstellen, mit Claire alt zu werden. Sie offenbar nicht. Ich habe nie so richtig verstanden, warum nicht. Sie hat mir immer gesagt, ich könne nichts dafür, das Problem läge bei ihr, sie habe mir nichts vorzuwerfen, wir würden gute Freunde bleiben, aber sie sei nun einmal zu freiheitsliebend, um mit jemandem zusammenzuleben, egal mit wem. Sagte sie das, um mich zu schonen? Vielleicht. Kannte sie selbst den eigentlichen Grund? Ich hatte die Vermutung, dass sie im Herzen eine romantische Teenagerin geblieben war, die es bei aller Härte vorzog, einsam zu sein als einen glücklichen, ruhigen Lebensabend mit einem Partner zu verleben. Aber vermutlich machte ich mir, genau wie sie, da auch so meine Illusionen.

Inzwischen war es Mittag. Am Vortag hatte ich mir diverse Szenarien zu Jeannes Verschwinden ausgemalt. Jede dieser Geschichten endete damit, dass dieser Knochen nur von Jeanne stammen konnte. Die Sache war klar: Die junge Frau war ermordet worden, nachdem man sie gefoltert hatte – ich dachte an sämtliche Foltermethoden, die ich aus Netflix-Serien oder irgendwelchen Thrillern kannte: Man hatte sie nackt in Handschellen in einer Tropfsteinhöhle gefangen gehalten, ihr die Nägel ausgerissen, die Zähne ausgeschlagen, die Brüste mit einer Zigarette verbrannt, ihr Schnittwunden mit dem Fleischermesser zugefügt …

Da klingelte es. Es war genau zehn nach zwölf.

Ich öffnete die Haustür. Vor dem Gartentor stand eine junge Frau. (Einige Minuten später sollte ich erfahren, dass sie vierundzwanzig war, also ungefähr im Alter von Maëlle.) Sie hatte dunkle Haare, war schmal, trat von einem Fuß auf den anderen und sah aus wie eine Vogelscheuche. Im ersten Moment dachte ich, als wäre ich ein rechter Spießbürger, sie wäre eine Zigeunerin, die sich ein paar Euro verdienen oder bei mir einbrechen wollte. Auf meine Frage, was sie wollte, rief sie vom Gartentor herüber: »Ich bin Jeanne Loubet!« Ich kann nicht mehr sagen, was ich empfand, als ich diesen Namen hörte, ich glaube, ein Gefühl von innerer Leere. Ich bat sie, einzutreten. Sie öffnete das Gartentor und kam mit federnden Schritten auf mich zu. Kurz schoss mir die absurde Idee durch den Kopf, dass, wenn dieser Knochen von ihr stammte, die Chirurgie ein wahres Wunderwerk vollbracht haben musste, so beweglich, wie sie war.

Sie hatte eine große, unförmige Tasche dabei, stellte sie im Flur ab und blieb dort stehen wie bestellt und nicht abgeholt. Offenbar wartete sie darauf, dass ich sie aufforderte, den Wohnraum zu betreten, ganz die Tochter aus gutem Hause. Das hinderte sie jedoch nicht daran, mir

forsch in die Augen zu schauen. (Was sie an Energie zu
viel hatte, hatte der schlafende Lebowski zu wenig. Der
hatte beim durchdringenden Geräusch der Klingel nicht
mal mit dem Ohr gezuckt. Dabei konnte dieser schrille
Ton jeden Herzkranken augenblicklich ins Jenseits beför-
dern.) Ich schluckte und hörte mich mit einer merkwürdig hohen Stimme sagen: »Kommen Sie doch herein.«

Sie machte ein paar Schritte in Richtung Wohnzimmer,
und im ersten Moment beglückwünschte ich mich zu
meiner morgendlichen Putzaktion. Immerhin erfüllte ich
nicht das Klischee des Junggesellen, bei dem es so chao-
tisch aussah wie bei einem Teenager. Im nächsten Moment fragte ich mich jedoch, ob die junge Frau, die eher
hippiemäßig drauf war, womöglich dachte, ich hätte einen Putzfimmel. Wie auch immer, sie blieb brav mitten
im Zimmer stehen und wartete darauf, dass ich ihr einen
Platz anbot. So einfach wird man seine gute Erziehung
eben nicht los. Dann machte sie es sich auf der Couch be-
quem, wirkte dabei sehr im Einklang mit sich selbst, und
musterte mich ohne ein Wort zu sagen. Ich fühlte mich
bereits jetzt geschlagen, obwohl ich in meinen eigenen
vier Wänden war. Das passierte mir nicht so häufig. Nachdem wir uns eine Weile angeschwiegen hatten, fragte ich
sie, was der Grund für ihren Besuch sei. Daraufhin lächelte sie leicht schief. Echt pfiffig, dieses Mädchen. Ich fühlte
mich zunehmend unwohl in meiner Haut, als hätte ich einen Konversations-Kaltwasserschock. Schließlich erbarm-
te sie sich und warf mir vom Beckenrand aus einen Ret-
tungsring zu. »Ich denke, Sie sind eher mir eine Erklärung
dafür schuldig, warum Sie durchs halbe Land reisen und
mich suchen.« Ich setzte an zu erklären, dass ich für ihre
Eltern arbeitete, da unterbrach sie mich: »Ja, ja, ich weiß.«
Nun schaute ich ihr direkt in die Augen, und mit einem

Mal war meine Verlegenheit komischerweise verflogen. Ich weiß noch, wie ich dachte, und darauf bin ich wirklich nicht stolz: »Wenn ich eine Tochter hätte, dann sollte sie so sein wie sie, nicht wie Maëlle.«

Die Gedanken in meinem Kopf überstürzten sich, ich dachte an meine Begegnung mit Marie-Ange in Doussac zurück. Die Barkeeperin hatte mich gefragt, was ich »beruflich« so mache. Davon überrumpelt, hatte ich wahrheitsgemäß geantwortet: »Ich bin Gärtner.« Marie-Ange muss Jeanne von mir erzählt haben. Das heißt, es war gelogen, dass die Barkeeperin nicht wusste, wie man Jeanne erreichen konnte, oder lief das über Mathilde? Jedenfalls hatte Jeanne daraufhin wohl ein bisschen recherchiert. Es war vermutlich ein Kinderspiel, meinen Namen herauszubekommen (vielleicht durch ihre Schwester?) und dann im Internet unter den Gartenbaubetrieben der Region danach zu suchen. Aber dennoch, diese junge Frau war von einer beängstigenden Effizienz, auch wenn sie sich wie eine Mischung aus der jungen Joan Baez und Cyndi Lauper gab mit ihren vielen kleinen Zöpfen, in die sie bunte Perlen eingeflochten hatte. Ihr langer Pony fiel ihr über ihre verträumt wirkenden Augen, sie schaute sehr skeptisch und zugleich irgendwie amüsiert. Sie erinnerte mich entfernt an die junge Claire Bretécher, nur in dunkelhaarig. Sie bombardierte mich mit Fragen, wollte alles zu meiner Biografie wissen. So erzählte ich ihr von meinen katalanischen Wurzeln, meinem Großvater, der im Spanischen Bürgerkrieg gekämpft hatte und Sekretär einer POUM-Zelle gewesen war, von seiner Exekution, der Flucht meiner Großmutter mit ihren Kindern, darunter meinem Vater, nach Cerbère, direkt hinter der Grenze. Sie fragte mich, was ich von der Unabhängigkeitsbestrebung Kataloniens hielte. Ich antwortete ihr, das sei ein sehr komplexes Thema und deshalb nicht so leicht zu beantworten. Sie schaute mich an, als wäre ich der allerletzte Feigling, der es vermied, eine eigene Position zu beziehen und es vorzog, sich in den watteweichen Konsens des Weder-Noch zu flüchten, des Zugleich-muss-man-bedenken-dass, den man von offiziellen politischen Kommentatoren kannte, wie ihrem Vater.

»Und was sagen Sie zum Stierkampf? Haben Sie dazu auch keine Meinung?«

»Doch, habe ich, aber ich möchte nicht mit Ihnen darüber diskutieren.«

Ich war nicht so dämlich, ihr in die Falle zu gehen. Ich sagte, in Cerbère gebe es keine Arenen, nur am Meer. Außerdem seien meine Eltern, als ich sieben war und mein Vater bei Simca anfing, in die Region Paris gezogen. Meine einzige Kindheitserinnerung an die Zeit davor sei, wie ich am Meer war und mit einem Schnorchel getaucht bin, noch bevor ich schwimmen konnte. Später hätte ich dann an verschiedenen Orten Apnoetauchen gemacht.

»Haben Sie unter Wasser auch Jagd auf Fische gemacht?«

»Ja.«

Irgendwie schien sie von dem Thema Tiere töten besessen zu sein. Wir belauerten einander. Ich konnte nichts Verwerfliches daran finden, dass ich mir aus acht oder zehn Metern Tiefe Pulpos und Rotbarben geholt und sie anschließend gegessen hatte. Aber ich hielt lieber den Mund. Ich fragte mich, warum ich dieser jungen Frau mein halbes Leben erzählte. Es war gerade so, als läge ich bei ihr auf der Couch! Einen Moment lang sagten wir beide nichts. Ich bot ihr an, einen Tee zu machen. Das war eine willkommene Gelegenheit für mich, etwas Abstand zu bekommen und meine Gedanken zu ordnen. Wer war diese Jeanne Loubet? Was projizierte ich in diese junge Frau hinein? War sie für mich die Tochter, die ich nie hatte? Meine Therapeutin?

Als ich zurück ins Wohnzimmer kam, kritzelte sie gerade etwas auf einen Zeichenblock. Dafür hatte sie eine ganze Palette von Buntstiften zur Verfügung, passend zu den in allen Regenbogenfarben schillernden Perlen in ihrem Haar. Als sie vorhin ihre Tasche abgestellt hatte, war mir aufgefallen, dass eine kleine Staffelei daraus hervorlugte.

Ich stellte den Tee vor ihr ab, grünen Tee mit Ingwer, er schmeckte nicht besonders. Ich sah mir ihre Zeichnung an. Eine Skizze eines Segelboots. Ich erkannte eine alte katalanische Takelage mit dem typischen Lateinersegel wieder.

Der Tee hatte immerhin den Effekt, dass man sich wie in einem Teesalon fühlte, was zur Beruhigung unserer Konversation beitrug. So hatten wir ein neues Thema: Boote.

Wie bei allen anderen Dingen auch hatte ich keine großen Ansprüche, selbst mein Traumboot fiel bescheiden aus: Vielleicht ein Zodiac? Ein kleines Boston? Am besten wäre ein gebrauchtes kleines Boston Whaler. Aber egal ob Zodiac oder Boston, man brauchte Wasser unterm Kiel, um in See stechen zu können, musste am Meer leben oder an einem See. Das war ein bescheidener Traum, ein typischer Rentnertraum, ein typischer Proletentraum. Ich vertiefte das Thema also nicht weiter und versuchte den Spieß umzudrehen, und zur Abwechslung mal sie zum Reden zu bringen. Sie erzählte mir von ihren Familienurlauben an Bord einer Dufour 63, eine Neunzehn-Meter-Yacht. Zwei Monate auf dem Mittelmeer: Korsika, Sardinien, Sizilien, Griechenland, Kreta. Nur zu viert? Ja, aber ein Skipper war schon dabei. Ihr Vater hatte, wie sie sagte, zwar bei »Les Glénans« Segelkurse besucht, sei aber »nicht gerade der Mutigste«. Sie meinte, dieser Bootsurlaub sei ihre einzig schöne Erinnerung an ihr Familienleben. In dem Moment dachte ich, dass sie für eine Anhängerin des Nullwachstums ganz schöne Millionärsvorlieben pflegte, aber das war vermutlich der reine Neid. Es gibt nun einmal zwei Typen von Menschen: Die einen stechen in See, die anderen träumen nur davon. Ich gehörte, wie es aussah, zur Spezies der eingebildeten Seemänner und noch nicht mal zu den Süßwassermatrosen. Ich war eher einer dieser Typen, die ihr Leben lang an einem Boot herumbauen und es nie zu Wasser lassen. Vielleicht war das nicht nur eine Frage des Geldes, sondern eine des Muts? Aber Jeanne zufolge hatte ihr Vater auch nicht viel Mut. An Geld mangelte es ihm jedenfalls nicht. Und während ich mich bei der Gartenarbeit abrackerte, hatte er die ganze Bande zu einer Kreuzfahrt auf Homers weinrotem Meer eingeladen. Die Unterhaltung begann mich auf einmal zu nerven, und ich beschloss, direkt zum Thema zu kommen und sie nach ihren Eltern zu fragen. Sie unterbrach mich:

»Was sollen diese ganzen Fragen?«

»Ich bin eben neugierig.«

Sie musterte mich erneut wie ein spannendes Studienobjekt, aber ich wusste, dass sie reden würde, sonst wäre sie nicht hier. Sonst würde sie nicht hier sitzen, Tee trinken und mich prüfend anschauen. Wir spürten wohl beide, dass es zwischen uns diese besondere Form von Distanz gab, die es einem ermöglicht, reinen Tisch zu machen. Sie war schließlich in der Welt herumgekommen und wusste, dass man hin und wieder Fremden begegnete, denen gegenüber man sich auf eine Weise öffnete, wie man es sonst niemandem gegenüber tat, in dem Wissen, dass man sich nie wiedersehen würde, und während man mit ihnen sprach, sprach man eigentlich mit sich selbst.

Zuerst erzählte sie mir, dass Laure nicht ihre Mutter war. Ihre Mutter war gestorben, als Jeanne gerade mal vier Jahre alt war, und ihr Vater hatte ein zweites Mal geheiratet. In dem Moment dachte ich, dass Arnaud Loubet zwar ganz offensichtlich nicht seine Tochter getötet hatte, dass aber nicht auszuschließen war, dass er seine erste Frau getötet hatte – um gleich darauf festzustellen, dass ich unter schwerer Paranoia litt, wie es aussah. Ich sagte nur, das täte mir sehr leid, und fragte nach der Todesursache. Das Herz ihrer Mutter hatte aufgehört zu schlagen, als sie sich gerade in einer psychiatrischen Einrichtung zur Behandlung ihrer immer schlimmer werdenden Panikattacken aufhielt. Ich weiß auch nicht, was mit mir los war, irgendwie ging an diesem Morgen angesichts dieser jungen Frau meine Fantasie mit mir durch, was nicht passte, wurde passend gemacht. Gerade malte ich mir aus, dass das arme Mädchen eine Verrückte zur Mutter hatte, da sagte sie:

»Sie ist verrückt, aber er auch.«

Kurz dachte ich, sie spräche immer noch von ihrer Mutter, also ihrer echten Mutter. Es irritierte mich nur etwas, dass sie die Gegenwartsform benutzte. Tatsächlich meinte sie Laure. Sie sagte, diese Frau und ihr Vater bildeten zusammen ein perverses, toxisches Paar und sie wolle nichts mehr mit ihnen zu tun haben. Nach einer kurzen Pause setzte sie an, etwas über ihre Schwester zu sagen: »Amandine hat auch ...«

Aber dann unterbrach sie sich. Ich hakte vorsichtig nach:

»Amandine hat auch ...?«

»Nein, nichts.«

Sie wechselte das Thema, das heißt, nicht wirklich. Im

Nachhinein betrachtet baute das alles aufeinander auf, und damit kam sie zum eigentlichen Ziel ihres Besuchs:

»Ich möchte, dass Sie mich von nun an in Ruhe lassen. Ich trinke meinen Tee aus, dann gehe ich, und wir werden uns nie wiedersehen.«

Daraufhin entgegnete ich, sie sei mir noch eine Erklärung schuldig, sie habe mir zu viel, beziehungsweise zu wenig erzählt, um jetzt einfach so gehen zu können, eine ungeschickte Formulierung, zugegeben. Aber ich wollte wissen, warum sie die beiden als verrückt bezeichnete. Sie trank ein paar Schlucke Tee, ohne mich anzuschauen, überlegte und überlegte, und sagte schließlich:

»Zum Beispiel haben sie meinen Hund getötet. Da war Amandine so elf oder zwölf und verkündete, sie könne diesen Hund nicht ausstehen … angeblich hatte es bei Freunden von ihnen einen Vorfall mit einer deutschen Dogge gegeben – ein Hund, der ungefähr siebenmal so groß war wie mein Hund. Besagte Dogge soll einem kleinen Jungen die Hand abgebissen haben. Ich weiß bis heute nicht, wo sich das abgespielt haben soll oder bei wem, aber lassen wir das.«

Sie unterbrach sich, denn in dem Moment, vielleicht aus einem Akt posthumer Solidarität unter Hunden heraus, setzte Lebowski seinen schweren Körper in Bewegung, trottete zu Jeanne herüber und legte seine Schnauze auf ihren Knien ab. (Zum Glück war er in einer Phase – denn das verlief in Phasen –, in der er nicht stank wie ein im Hochsommer getragenes Paar Moonboots aus Moschusochsenfell.) Er wandte ihr sein gutmütiges gelbes Seehundsgesicht zu, das aussah, als wäre es in den Wäschetrockner geraten und mit zwei Socken als Ohren wieder rausgekommen. Ja, Mitleid war durchaus angebracht, auch wenn ich den Verdacht hatte, dass Lebowskis plötzliche Anwandlung von Fürsorglichkeit tatsächlich zum Ziel hatte, die junge Frau um ein angebissenes Schinkensandwich oder so etwas in der Art zu erleichtern, das womöglich am Grunde ihres Rucksacks lag. (Vielleicht zusammen mit einem Kügelchen Shit? Aber das wäre wiederum ein Fall für einen Polizeihund, nicht für Lebowski!) Wie dem auch sei, sie nahm seinen Kopf in ihre beiden Hände, beugte sich zu ihm herunter, drückte ihre Stirn gegen seine und flüsterte ihm etwas zu, das ich nicht verstehen konnte. Dann fuhr sie in ihrer Erzählung fort. Sie erläuterte, dass sie den kleinen schwarzen Cocker auf besonders grausame Art und Weise getötet hätten. So hätten sie ihn bei lebendigem Leib in einen mit Bauschutt beschwerten Sack gesteckt, diesen verschnürt und anschließend im Pool versenkt. Das arme Tier hätte in Todesangst minutenlang gejault. Sie habe man währenddessen in ihr Zimmer gesperrt, doch habe sie ihren Hund durch das geöffnete Fenster hindurch jaulen hören. Außerdem hätte sie beobachten können, wie ihr Vater neben dem Pool stand und tatenlos dabei zusah, wie ihr Hund starb, und ihre kleine Halbschwester wäre vor Freude am Rand herumgehüpft.

»Und, reicht Ihnen das?«

Ich schaute sie an. Ich war innerlich zweigeteilt. Die linke Hälfte glaubte ihr, die rechte Hälfte nicht. Die linke Hälfte gewann die Oberhand. Warum hätte sie so etwas erfinden sollen? Ich fragte sie, wann sie von zu Hause ausgezogen war. Sie erzählte mir, dass sie mit vierzehn das erste Mal abgehauen und danach eigentlich nie wirklich zurückgekehrt sei, außer während des ersten Lockdowns. In dieser Zeit habe sie abwechselnd in Argentinien und Venezuela gelebt und keine andere Wahl gehabt, als vorübergehend in ihr Elternhaus zurückzukehren.

»Sobald ich konnte, bin ich wieder abgehauen. Die sind mir zu abgedreht.«

Dann fragte sie mich auf einmal streng: »Sie haben immer noch nicht meine Frage beantwortet, was wollen Sie nun eigentlich von mir?«

»Schwer zu sagen, vielleicht habe ich gespürt, dass bei denen irgendetwas nicht ganz stimmte, und habe mir Sorgen um Sie gemacht.«

»Tja, und jetzt bin ich es, die sich Sorgen um Sie macht.«

Ich hatte das dumme Gefühl, gerade in eine vollkommen verrückte Geschichte hineinzugeraten, in der einer nach dem anderen vom Irrsinn erfasst wurde. Die Frage war, ob Jeanne an einer schweren Neurose litt oder, noch schlimmer, die Familie aus lauter Psychopathen bestand. Mir fiel ein, dass Claire die Familien von einigen ihrer Schüler manchmal als »dysfunktional« bezeichnet hatte. Aber waren nicht alle Familien dysfunktional? Und mehr noch, hatten wir den Bereich des »Dysfunktionalen« nicht bereits hinter uns gelassen und bewegten uns auf dem Gebiet der latenten oder auch manifesten Psychose, einer Psychose, die möglicherweise ansteckend war? So hatte ich zum Beispiel die Obsession für diesen Knochen. Wer weiß, ob ich mich nicht längst auch in einer Art Wahnzustand befand. Ich erwähnte den Knochen also lieber nicht, ich wollte vermeiden, dass der Eindruck entstand, ich wäre genauso durchgeknallt wie ihre Eltern.

Sie sah mich erneut forschend an, so als wäre ihr nicht entgangen, dass ich ihr etwas verheimlichte, aber versuchte nicht, mich zum Reden zu bringen. Das nannte man Fairplay. Allerdings war ich mir ziemlich sicher, dass sie mir gegenüber auch nicht ganz offen war. Ihr Gesicht zeigte keinerlei Regung, einen Moment lang sah es so aus, als wollte sie lächeln. Dann stand sie auf. Sie forderte mich auf, niemandem von unserer Begegnung zu erzählen, vor allem nicht ihren Eltern. Sie riet mir, ebenfalls auf Distanz zu ihnen zu gehen, »schon allein seinetwegen«, dabei deutete sie auf Lebowski, der Schnauze und Hängebacken flach auf dem Parkett abgelegt hatte und sie anschaute. Dabei zog er seine kleine Show ab, indem er seine Brauen in Form eines Accent circonflexe fragend in die Höhe zog.

Dann verschwand sie so plötzlich, wie sie gekommen war, mit ihrer Tasche über der Schulter wie ein Seemann.

Ich habe schlecht geschlafen, hatte einen Albtraum, in dem ich beim Apnoetauchen im Meer, das so düster und zähflüssig war wie Erdöl, langsam erstickte. Als ich schwer atmend erwachte, hatte ich das Gefühl, beim Schlafen Atemaussetzer gehabt zu haben.

Das war jedoch kein triftiger Grund dafür, den Morgenspaziergang mit dem Köter ausfallen zu lassen. Heute stand sogar die große Runde auf dem Plan, weil Sonntag war. Mit dieser Pflicht erging es mir so ähnlich wie mit meinem Job: Ich tat mich schwer, die Sache in Angriff zu nehmen, aber wenn ich erstmal dabei war, gefiel es mir. Vor allem mit einem *coolman buddy* wie Lebowski. Dieser Hund passte nicht ins übliche binäre Raster, das Hunde in zwei Kategorien unterteilte: unterwürfig oder dominant. Ich weiß nicht, ob er es darauf anlegte (so wie ich ihn kannte, hielt ich das für unwahrscheinlich), aber es schien ihm völlig schnuppe zu sein. Er war wie eines dieser Einzelgängerkinder, die immer am Rand des Pausenhofs entlanglaufen und nie an den großen lauten Spielen der anderen teilnehmen. In der Regel ignorierte er die meisten seiner Artgenossen, die reagierten perplex. Die aggressiveren unter ihnen ertrugen es nicht, ignoriert zu werden, aber angesichts von Lebowskis Größe waren sie auf der Hut und interpretierten seine Gleichgültigkeit als eine Finte, mit der er seine Gegner nur in Sicherheit wiegen wollte. Doch Lebowski spielte ihnen keine Gleichgültigkeit vor, er empfand auch keine Gleichgültigkeit, sondern er WAR die Gleichgültigkeit selbst auf vier Pfoten. Er hatte den schwarzen Gürtel in Gelassenheit, war Träger des dritten Dan, so dass ihn nie eine dieser wandelnden Bomben attackiert hat, eines dieser Muskelpakete mit gefletschten Zähnen, die jederzeit hervorschnellen konnten. In der Regel hielten die Leute ihre Staffordshire Bullterrier an der kurzen Leine. Wenn sie dann dieses übergroße Kuscheltier vorbeilaufen sahen, das sie keines Blickes würdigte, also den Fehdehandschuh, den ihre biologische Waffe ihm hingeworfen hatte, ignorierte, dann lachten sie leicht dämlich. Lebowski hätte vermutlich noch vor sich hin gepfiffen, wenn er gekonnt hätte. Aber nicht wie ein zurückgebliebener Rantanplan, sondern vielleicht eher wie ein philosophischer Rin Tin Tin (den nur Kinoliebhaber über fünfzig kennen können, das war auf jeden Fall ein anderes Kaliber als dieser Schlaffi von Lassie, aber egal). So liefen wir den Treidelpfad am Fluss entlang und ließen uns vom Treiben der Welt einlullen, das heißt insbesondere Lebowski: von der glitzernden Wasseroberfläche des Flusses, den tanzenden Sonnenpunkten unter den Zweigen, dem Tremolo der Amseln, dem süßen Parfum des Geißblatts, dem feuchten Duft der Seerosen. Ich versuchte, mich in die Haut meines Hundes zu versetzen.

Am späten Vormittag kehrten wir zurück, also um die Zeit, als die Unter-fünfzig-die-nicht-wissen-wer-Rin-Tin-Tin-ist langsam wach wurden und die anderen vor der Bäckerei Schlange standen, um Éclairs au chocolat zu kaufen, die sie daran erinnerten, dass es die früher nach der Messe gab, die sie schon lange nicht mehr besuchten.

Und Mephisto erst recht nicht. So nannten wir den legendären Gerichtsmediziner in unserem Ort, der in Hausnummer zwölf (da war er nochmal knapp an der dreizehn vorbeigeschrammt!) im Chemin des Aubettes wohnte. Er hätte diese Rolle wirklich perfekt verkörpern können, auch ohne Schminke: Er verfügte über diabolisch angehobene Augenbrauen und einen Spitzbart, war äußerst kontaktscheu und lebte allein in einem riesigen Haus aus Backstein, und Backsteinhäuser waren in dieser Region eine Seltenheit. Die Alten im Ort erzählten, dass der Voreigentümer in den 1970er Jahren regelmäßig Partys gefeiert habe: kein anderer als Patrick Juvet, ganz am Anfang seiner Karriere, aber das nur nebenbei. Das Haus war also von einem Ort des Lebens zu einem Ort des Todes geworden und wurde seither von diesem Kerl bewohnt, der seine Tage damit zubrachte, in einer Zweigstelle der Gerichtsmedizin irgendwo in der Banlieue, die für Selbstmörder und Unfallopfer zuständig war, Leichen aufzuschneiden. Der alte Riton vom Bahnhofscafé erzählte, dass Mephisto keine Mordopfer mehr untersuchen dürfe, nachdem er sich einige »üble Schnitzer« erlaubt hätte. Man fragte sich, welche Art von »üblen Schnitzern« sich ein Gerichtsmediziner in der Pathologie wohl geleistet haben könnte – jedenfalls keine, die für die Patienten gesundheitsgefährdend gewesen wären, so viel war klar. Riton und seine Tresenkumpels vom Bahnhofscafé ergingen sich dennoch in Spekulationen und ließen ihrer Fantasie dabei freien Lauf. Wie auch immer, ich ließ Lebowski zu Hause und klingelte an der Tür von Hausnummer zwölf. Keine Reaktion. Ich dachte nicht »er ist nicht zu Hause«, ich dachte, »wahrscheinlich ruht er sich gerade in seinem

Sarg inmitten von Spinnennetzen aus«. Da ging die Tür auf. Der Mann trug eine Jogginghose und hielt einen Becher mit Kaffee in der Hand. Mephisto hatte also seinen freien Tag. Ich stellte mich vor und sagte, wir seien uns sicher schon einmal über den Weg gelaufen, aber er könne sich höchstwahrscheinlich nicht an mich erinnern. Er nickte. Ich sagte, ich hätte eine fachliche Frage an ihn. Er bat mich, einzutreten. Ich stieg die kaputten Stufen hoch und betrat den Eingangsbereich, der bis auf ein paar Kartons leer war, so als sei er gerade eingezogen oder plane, demnächst auszuziehen. Er führte mich in die Küche, einen großen dunklen Raum, in dem ein wunderbarer Tisch aus dunkel gebeizter Eiche stand. Es war erstaunlich sauber. Da fiel mir ein, dass er eine Putzfrau hatte, die einzige Person, die man ab und an beim Betreten oder Verlassen des Hauses beobachten konnte. Er nahm immer den Hinterausgang, fuhr mit seinem dicken Mercedes durch das automatisch zu öffnende Tor auf der Rückseite des Grundstücks. Er bot mir einen Kaffee an. Letztlich machte er einen ziemlich menschlichen Eindruck, trotz seiner kleinen schwarzen Fledermausaugen. Ich nahm das Angebot an. Er fragte mich mit einem Blick aus dem Augenwinkel, ob ich dazu ein Tröpfchen haben wolle. Ein Tröpfchen? Was für ein Tröpfchen? Arsen? Dann endlich kapierte ich. Er meinte einen Schnaps, einen Calvados oder Obstbrand, so etwas in der Art. Nein, danke. Er war also so menschlich, dass er unter der Existenz an sich litt. Vielleicht wegen seines Kampfes gegen den Herrn der Finsternis, der ihn quälte? Und war sein Tisch deshalb so blankgescheuert, weil er seine Nächte damit zubrachte, dort Leichen zu sezieren? Der Gedanke war mir spontan durch den Kopf geschossen und amüsierte mich irgendwie. Endlich ein Typ, der sein Leben nicht nur über Bildschirm lebte und der seine Sonntage nicht vor der Glotze verbrachte, um die perfekt einbalsamierte Moderatorenmumie Michel Drucker in »Vivement dimanche« zu sehen.

Dann erzählte ich ihm von meinem Knochen. Ich sagte, mein Hund hätte ihn in einem Garten gefunden, in dem ich beruflich zu tun hatte, und ich hätte mich gefragt, ob … Dann wusste ich nicht mehr weiter, er half mir, den Satz zu beenden: »Ob es sich dabei um einen menschlichen Knochen handelt.« Ich nickte zustimmend und hielt ihm das Ding hin. Er stellte seinen Kaffeebecher ab und griff danach. Dabei warf er mir einen kurzen Blick zu, zu kurz, als dass ich hätte sagen können, ob er amüsiert oder genervt war. Ich vermutete, dass man ihm häufiger Fragen dieser Art stellte und er es mit der Zeit leid war, sie zu beantworten. Ich stellte mir vor, wie sich vor seinem Haus eine Schlange bildete, wie vor dem Bäcker, lauter Verrückte, jeder mit einem Knochen in der Hand, den ihr Hund irgendwo ausgegraben hatte. Ich kam nicht dazu, mir die Szene weiter auszumalen, denn er fragte mich sofort, wo genau ich ihn gefunden hätte. Ich antwortete ausweichend: »Auf einem großen Grundstück oben auf der Hochebene.« Er stellte sich ans Fenster, ein altes Sprossenfenster, das die Putzfrau offenbar länger nicht mehr geputzt hatte, und kratzte mit dem Fingernagel an dem Knochen herum. Dann sagte er: »Es ist in der Tat ein menschlicher Oberschenkelknochen.«

Ich bekam nicht direkt weiche Knie, aber mein Herzschlag beschleunigte sich spürbar. Ich hatte mit einem Mal ein schlechtes Gewissen, dass ich den Oberschenkelknochen eines Unbekannten mit mir herumtrug. Ich hätte gerne das Thema gewechselt, aber ich wusste nicht wie. Ich konnte schlecht meinen Kaffee austrinken und mit den Worten »Ach so? Vielen Dank, gut, also, ich habe noch zu tun, dann gebe ich das Teil mal meinem Hund zurück« meinen Knochen nehmen und verschwinden. Schließlich schlug er mir vor, ihm das Fragment zur Untersuchung dazulassen. Da konnte ich schlecht nein sagen, auch wenn es sich komisch anfühlte, so als hätte ich mich daran gewöhnt, es ständig mit mir herumzutragen. Kurzum, ich ließ das gute Stück da.

Vier Tage später warf Mephisto mir einen großen Umschlag in den Briefkasten, mit seinem Bericht und einem Plastikbeutel mit Zipverschluss mit meinem Knochen.

Der Oberschenkelknochen stammte von einem Mann. Er war bereits vor einigen Jahren verstorben, das konnte drei Jahre, aber auch sieben oder acht Jahre her sein. Um den Todeszeitpunkt genauer eingrenzen zu können, so Mephisto, müsse man die geologischen Gegebenheiten der Auffindungsstelle kennen, die Einfluss auf den Verwesungszustand hätten. »Ein Mann zwischen vierzig und fünfzig, etwa 1,75 m groß, vermutlich sehr muskulös, weiß, DNA-Kette nicht bestimmt.« Der Gerichtsmedizinernachbar hatte ein Post-it draufgeklebt mit der Empfehlung, mit diesem Untersuchungsbericht zur Polizei zu gehen. Da ich ein wenig allergisch reagiere, wenn ich Polizei höre, bereute ich im selben Moment, ihm den Knochen gegeben zu haben, aber auch nur kurz, denn ich war einen großen Schritt vorangekommen. Ich rief ihn an, um mich bei ihm zu bedanken.

Als ich an dem Abend nach Hause kam, schaute ich mir das Ding in seiner Plastikhülle erneut an, als könnte ich dadurch eine plötzliche Erleuchtung bekommen. Ich las immer wieder die Zeilen: »etwa 1,75 m groß, vermutlich sehr muskulös«.

Wer war das, verdammt nochmal?

Lebowski schaute mich betrübt, ja bestürzt an. Er hatte die Hoffnung, seinen Knochen wiederzubekommen, schon lange aufgegeben, und schien sich darüber hinaus ernsthafte Sorgen um meinen Geisteszustand zu machen: Wie konnte jemand auf die völlig abwegige Idee verfallen, einen Knochen, an dem man noch gut hätte nagen können, in eine durchsichtige Plastiktüte zu stecken, und diese hermetisch zu verschließen?

Madame Carole Tomasi

Das waren die letzten Worte auf der letzten Linie auf der letzten Seite des Schreibhefts von Jim Carlos: »hermetisch zu verschließen«. Ein abruptes Ende, das konnte nicht das eigentliche Ende sein. Es musste irgendwo eine Fortsetzung geben, es sei denn, er hatte sie nicht mehr schreiben können.

Im Anschluss bestellte Carole Tomasi Régis Valin ein, den Gerichtsmediziner. Den Mann, den die Leute Jim zufolge Mephisto nannten. Die Ermittlungsrichterin fand diesen Spitznamen zu gewollt, um wahr zu sein; sie vermutete, dass er der Fantasie von Jim Carlos entsprungen war. Als der Mann ihr Büro betrat, änderte sie ihre Meinung. Er arbeitete nachts im Rechtsmedizinischen Institut und war so blass wie seine Patienten, für die die Medizin nichts mehr tun konnte, dachte Carole Tomasi. Sie begann, sich Formulierungen aus dem Manuskript des Gärtners zu eigen zu machen. Aber da saß er nun vor ihr und war ganz real. Er hatte etwas von einem abgehalfterten Adligen, der sich nicht mehr um die Etikette scherte. Oder von einem einsamen Grafen aus den Karpaten? »Stopp«, bremste Carole sich selbst. Sie kam zurück zu den Fakten.

Régis Valin bestätigte, dass Jim Carlos ihn darum gebeten hatte, für ihn einen Knochen zu begutachten, als Freundschaftsdienst. Die Untersuchungsrichterin fragte, wie er reagiert habe, als er feststellte, dass der Knochen menschlichen Ursprungs war. Er antwortete, er habe Jim Carlos aufgefordert, zur Polizei zu gehen, und habe, wie es die Richtlinien der Gerichtsmedizin vorsahen, den DNA-Code an die Vermisstenstelle weitergeleitet, ohne Erfolg, wie er hinzufügte, er war nicht in der Datenbank erfasst.

»Haben Sie das abgefragt?«

»Was?«

»Ob dieser Code einer Person zugeordnet werden konnte?«

»Nein, aber ich hätte es erfahren, wenn das der Fall gewesen wäre.«

Carole Tomasi wusste, dass er höchstwahrscheinlich die Wahrheit sagte, trotzdem würde sie das überprüfen. Sie würde ihren Zeugen genau unter die Lupe nehmen. Er benahm sich so auffällig, als wäre seine Geschichte von vorne bis hinten erlogen. Aber sie wusste, dass es Personen gab, die fälschlicherweise den Eindruck erweckten zu lügen, und es zugleich eine Menge Lügner gab, die wie die reinsten Chorknaben wirkten. Nach einer kurzen Pause fragte sie ihn, welchen Eindruck Jim Carlos auf ihn gemacht habe. Régis Valin zögerte, er tat sich offensichtlich schwer mit dieser Frage. Carole ermutigte ihn: »Was für ein Typ ist er, ist Ihnen irgendetwas an ihm aufgefallen?« Aber noch während sie die Frage formulierte, kam sie ihr selbst zu vage vor. Sie schaute zur Gerichtsschreiberin herüber, die ihre Finger über die Tastatur hielt, in Erwartung der Antwort des Zeugen. Doch er sagte nichts. Der Mann hatte kein Problem damit, über Tote zu reden, bei Lebenden schien er jedoch sehr viel weniger in seinem Element zu sein. Er kniff die Lippen zusammen, zog seine schwarzen Augenbrauen hoch und starrte auf den Teppich. Er dachte nach. Carole Tomasi wartete auf Régis Valins Antwort und maß ihr doch keine besondere Bedeutung bei. Das Wichtigste wusste sie. Jim Carlos hatte in seinem Schreibheft alles Entscheidende zu seinem Nachbarn gesagt, und der Mann hatte sich gesetzeskonform verhalten und seine Entdeckung gemeldet. Trotzdem wartete sie höflichkeitshalber ab. Schließlich murmelte er:

»Nichts Besonderes.«

Carole schaute ihn an. Der Mann hatte zehn Jahre studiert, sich intensiv mit dem menschlichen Körper beschäftigt, doch auf die simple Frage, ob ihm an einer Person etwas aufgefallen sei, wusste er nach dreiminütiger Bedenkzeit nichts anderes zu antworten als: »Nichts Besonderes.«

Sie konnte es ihm nicht verdenken. Sie war selbst äußerst vorsichtig mit psychologischen Einschätzungen aller Art. Sie war schon vor langer Zeit zu dem Schluss gekommen, dass man, wenn irgend möglich, vermeiden sollte, sich wilden Spekulationen über die oftmals verschlungenen Pfade der Motivation einer Person zu einer bestimmten Tat hinzugeben, denn in der Regel erwiesen sich diese Spekulationen, wenn sie auf die Realität trafen, als haltlos. Sie hatte das Thema für sich schon sehr früh geklärt: Man sollte die Leute nur nach ihren Handlungen beurteilen, Punkt. Der Rest war meistens nur Sand, den sie sich selbst in die Augen streuten. Sie bedankte sich bei Régis Valin, er unterzeichnete seine Aussage, ohne sie noch einmal zu lesen, und verschwand, dabei blieb der Duft seines eigentümlichen Eau de Toilette im Raum zurück. Sie meinte, darin eine leichte Note von Formalin auszumachen, aber vielleicht war das auch nur Einbildung.

Alle Informationen aus Jims Schreibheft, die Carole überprüft hatte, hatten sich als korrekt erwiesen. Ludovic Bowers hingegen hatte bei seiner Aussage oft gezögert beziehungsweise sie angelogen, davon war sie überzeugt. Aber aus welchem Grund hätte er seine Begegnung mit Jim

Carlos verheimlichen sollen, wenn nicht, um die Loubets zu schützen?

Sie rekapitulierte nochmal alles.

Wenn stimmte, was in dem Schreibheft stand, dann hatte der Gärtner auf dem parkähnlichen Anwesen der Loubets den Knochen eines einige Jahre zuvor zu Tode gekommenen Menschen gefunden. Hatten die Loubets etwas mit dem Tod dieser Person zu tun? Oder hatte jemand den Leichnam ohne ihr Wissen dort vergraben? War es denkbar, dass irgendein Hund den Knochen anderswo ausgebuddelt und bei den Loubets wieder verbuddelt hatte? Dagegen sprach, dass sie Hunde mieden wie die Pest! Die Gendarmerie hatte das Gelände rund um den alten Brunnen, das Jim Carlos beschreibt, vollständig umgegraben, ohne Erfolg. Und genau dieser Jim Carlos war nun verschwunden.

Hatten die Loubets möglicherweise etwas mit seinem Verschwinden zu tun?

Sie hatte das blaue Schreibheft wieder und wieder gelesen, kannte es mittlerweile auswendig. Es fiel ihr dementsprechend schwer, die Sache einfach zu den Akten zu legen, zu all den anderen ungeklärten Vermisstenfällen.

Sie hatte den Staatsanwalt bei ihrer letzten Unterredung auf den Fall angesprochen, ihm berichtet, dass sich durch die Entdeckung des Schreibhefts neue Fragen ergeben hätten, die ihrer Meinung nach rechtfertigten, dass die Gendarmerie den Fall neu aufrollte, oder auch die Kripo, so ihr Vorschlag. Schließlich deuteten die bisher bekannten Fakten darauf hin, dass hier eine Straftat begangen worden war. Der Staatsanwalt wirkte skeptisch und forderte sie auf, ihm ein persönliches Memo zukommen zu lassen und einen offiziellen Antrag zur Fortsetzung der Ermittlungen zu stellen, »ich melde mich dann«, so seine Worte.

Carole hatte, ohne seine Antwort abzuwarten, erneut eine Vorladung an Jeanne Loubet geschickt, an ihre letzte durch die Führerscheinstelle bekannte Adresse in der Ardèche. Auch dieser Brief blieb unbeantwortet. Also beschloss sie, noch eine Woche zu warten (in der Hoffnung, dass der Staatsanwalt ihrem Antrag in der Zwischenzeit zustimmen würde), bevor sie eine offizielle Fahndung auf den Namen Jeanne Loubet herausgeben würde.

Carole Tomasi hatte gezögert, Claire Abgrall vorzuladen, die frühere Lebensgefährtin von Jim Carlos. Sie hatte gut daran getan, nichts zu überstürzen, denn der Staatsanwalt erteilte schließlich seine Einwilligung zu einer Wiederaufnahme der Ermittlungen mit Unterstützung der Kripo. (Das würde bei der Gendarmerie ganz schlecht ankommen, aber das konnte sie verkraften.) Da sie nun grünes Licht hatte, konnte sie in die Bretagne reisen, um Claire zu treffen. Carole wollte mit ihrer Hilfe herausfinden, was für ein Mann sich hinter dem Autor dieser Texte verbarg. Sie zog es vor, sie bei sich zu Hause aufzusuchen, in ihrer vertrauten Umgebung. Die Zeugen waren nie ganz sie selbst, wenn sie im Gericht erscheinen mussten. Bei manchen, wie bei Ludovic Bowers, konnte die dadurch entstehende Verunsicherung von Vorteil sein, bei anderen, wie bei Claire Abgrall, führte sie möglicherweise eher dazu, dass sie verstummten. Sie reagierten wie Pflanzen, denen man durch die Gabe von Roundup eine Überdosis Schwefel verpasst hatte, dachte sie, und wunderte sich über ihre gärtnerischen Allegorien, die vermutlich auf die Lektüre von Jim Carlos' Ergüssen zurückzuführen waren.

Sie hatte sich mit Sandrine, der Gerichtsschreiberin, um 8:00 Uhr an der Gare Montparnasse verabredet, direkt an

Gleis 17. »Na gut, 8:05 Uhr«, hatte sie eingelenkt. Der Zug nach Brest fuhr um 8:22 Uhr. Sandrine kam um 7:50 Uhr. Sie wartete auf die Untersuchungsrichterin. Da standen sie nun mit ihren Handytickets und ihrer Covid-Schutzmaske vorm Gesicht. Zwei moderne Frauen auf Dienstreise. Klar, sie nahmen nur den Zug, nicht das Flugzeug, aber es war eine Gelegenheit, mal aus dem Justizpalast herauszukommen. Sie würden bei 300 km/h im Bistrowagen einen Kaffee trinken. In Brest angekommen, würden sie, entsprechend dem knappen Budget des Gerichts, mit einem Leihwagen der Autovermietung »Budget« weiterfahren, mit einem Fiat Panda, in den die beiden Rollkoffer gerade so reinpassten, zu einem Ibis Hotel der Kategorie »Budget«.

Claire Abgrall wohnte in einem kleinen Haus am Rand der Felsen, ganz am Ende des großen Strands von Trescadec. Ein Ort, der im Sommer bezaubernd war und im Winter rau. Bevor Carole Tomasi klingelte, atmete sie einmal tief durch. Der Oktoberhimmel changierte in allen nur erdenklichen Grautönen. Sie versuchte, den Geist des Finistère in sich aufzunehmen, die abenteuerliche Energie, die von diesem Stück Erde ausging, vergeblich.

Als Claire die Tür öffnete, war Carole überrascht. Die Ermittlungsrichterin hatte eine bretonische Grundschullehrerin erwartet, die ihrer Klischeevorstellung entsprach, so rundlich und weich wie ein Crêpe mit gesalzener Butter. Da lag sie zwar nicht ganz falsch, aber Claire hatte zugleich etwas Rockiges an sich, und dieses »zugleich« störte Carole. Die Lehrerin ging voraus zu einem großen Holztisch, Carole blickte auf ihre Lederstiefel, registrierte, wie sie ging, sich bewegte. Die Untersuchungsrichterin hatte es gern, wenn die Dinge klar waren. Diese Frau wirkte auf sie widersprüchlich, einerseits offen und fröhlich wie ihr

Lächeln, andererseits durch die mit Kajal dunkel einge-
rahmten Augen irgendwie mysteriös und düster. Sie war
auf jeden Fall schwer greifbar.

Claire fragte, ob sie Kaffee oder Tee wollten, selbst ge-
machten Kräutertee, »mit ein bisschen Honig ist das köstlich«. Carole inspizierte die Einrichtung, die vielen Bücher, die Drucke und Lithografien an den Wänden, die
alten Möbel und die dazu passenden Pastellfarben. Kein
Foto von Jim Carlos, noch von jemand anderem. Oder?
Doch, auf einem Schwarz-Weiß-Foto war eine junge Frau
zu sehen, die in ein Mikrofon sang und dabei ihre Mähne
zurückwarf, Claire in jungen Jahren.

Die Zeugenbefragung erbrachte nichts Neues. Claire
Abgrall hatte nichts von Jim gehört. Sie konnte ihren ersten Aussagen, die sie bei der Aufgabe der Vermisstenanzeige gemacht hatte, nichts hinzufügen, hatte keine neuen
Hypothesen zu dem Grund und den Umständen des Verschwindens ihres ehemaligen Partners. Was hatte Carole
sich eigentlich von ihrer Reise erhofft? Auch das war nicht
ganz klar. Sie beobachtete Claire. Man spürte, dass diese
Geschichte ihr keine Ruhe ließ, so wie die Wellen da draußen immer wieder gegen die Felsen schlugen. Dabei waren die beiden schon länger getrennt. Jim und Claire hatten sich geliebt, dann nicht mehr geliebt, aber vermutlich
empfand sie noch etwas für ihn. Vermutlich? Etwas, aber
was? Wieder nicht klar, das war höchst unbefriedigend.
Was war es? Wertschätzung? Freundschaft? Verbunden-
heit? Gewohnheit? Ein Rest von Liebe?

Claire bot ihnen selbst gemachte bretonische Butter-
kekse an, sie schaute ihren beiden Gesprächspartnerinnen
offen ins Gesicht. Die Richterin bat die ehemalige Lebensgefährtin von Jim Carlos, ihr von ihrem letzten Treffen zu
erzählen.

»Er war am letzten Novemberwochenende hier, zur Feier von Maëlles Geburtstag. Er war wie immer, brummig und charmant zugleich. Er hatte seinen Hund bei sich, Lebowski. Die beiden sind echt ein witziges Gespann, der eine die Ruhe selbst, der andere immer etwas nervös. Was soll ich sagen? Er kam mit seinem Lieferwagen, um sein Geschenk zu pflanzen, eine Pinie, die genauso alt ist wie Maëlle.«

Claire erzählte sehr unterhaltsam, dabei kam ihr bretonischer Akzent durch, aber all das war letztlich uninteressant. Carole fragte sich, ob sie vielleicht auch Maëlle treffen sollte. Ihre Untersuchung trat auf der Stelle. Sie unterbrach Claire.

»Denken Sie, er könnte das Weite gesucht haben, aufs Meer hinausgefahren sein?«

»Nein, das war so ein alter Traum von ihm, eine Wunschvorstellung ... er ist früher mal mit einem Kumpel zusammen gesegelt, der in Concarneau ein Boot hatte, Loïc. Aber das ist lange her. Und Loïc hat auch nichts von ihm gehört. Ja, er hat das Meer immer geliebt. Vor allem das Tauchen. Er ist auch ein bisschen gesurft, Windsurfing, was man so macht, wenn man jung ist oder alt und nicht alt sein will.«

»Wäre es denkbar, dass er beim Tauchen oder Surfen verunglückt ist?«

»Wenn jemand vor der Küste tödlich verunglückt, wird der Leichnam früher oder später angespült. Außerdem hat er mir immer Bescheid gesagt, wenn er etwas Größeres geplant hatte.«

»Ist er auch allein aufs Meer rausgefahren?«

»Mal allein, mal mit einem Freund.«

»Und zwar mit wem?«

»Zum Beispiel mit Jacques aus Loctudy. Oder mit Jean-

Luc, das ist ein Kollege von ihm, so ein sportlicher Typ. Von dem haben wir übrigens auch länger nichts mehr gehört.«

Carole nickte, sie versicherte sich, dass die Gerichtsschreiberin alles notiert hatte, ging aber nicht weiter darauf ein. Sie fuhr fort:

»Welcher Art war ihre Beziehung zueinander?«

Claire ließ ein paar Sekunden verstreichen. Die Frage kam sehr unvermittelt, auch wenn Carole sich bemüht hatte, nicht allzu schroff zu klingen. Claire sagte schließlich, mehr wie zu sich selbst, auch wenn sie dabei die Protokollantin anschaute, die in dem Moment zum ersten Mal aufblickte:

»Wenn man jemanden wirklich liebt, dann ist das immer für immer. Komme, was wolle.«

Das sagte sie ohne jedes Pathos, ganz so, als ginge es um das Grundrezept für Crêpeteig. Die Gerichtsschreiberin war so gerührt, dass sie einen Moment innehalten musste, bevor sie das Protokoll fortsetzen konnte. Geradezu beseelt schrieb sie, »für immer, komme, was wolle«. Sie war es gewohnt, staubtrockene Zeugenaussagen ohne jeden Charme zu protokollieren, insofern klang dieser Satz in ihren Ohren wie der Refrain eines bekannten Chansons. Die Untersuchungsrichterin hingegen wunderte sich, mit welch kindlicher Überzeugungskraft Claire diese Worte gesprochen hatte. Die Liebe dauerte also ewig. War das nun eine Information? Oder eine Meinung? Sie wusste, dass Claire in diesem Moment ihre Gefühle preisgegeben hatte. Sie wusste es, aber sie empfand nichts dabei, oder fast nichts. Gemeinhin führte man Carole Tomasis Gefühlskälte auf die Verpflichtungen zurück, die mit ihrem Beruf einhergingen, aber es war komplizierter als das. Sie nahm den Schmerz und die Gefühle dieser Frau wie durch eine halb geöffnete Tür wahr. Sie empfand zwar nicht viel dabei, aber zumindest ein vages Gefühl von Empathie. Auf jeden Fall interessierten sie sich beide für den Verschwundenen, Jim Carlos. Claire kannte ihn, und die Untersuchungsrichterin wollte ihn verstehen. Oder vielleicht sogar kennenlernen? Sie fuhr fort.

»Ich muss Ihnen diese Frage stellen: Was war der Grund für Ihr Zerwürfnis mit Jim Carlos?«

»Was spielt das für eine Rolle?«

»Das ist wichtig für meine Ermittlungen.«

»Verdächtigen Sie mich etwa?«

Claire sagte das mit einem breiten Lächeln, fast ungläubig über diesen Dialog, der klang wie in der Vorabendserie *Mord in Camaret* auf France 3.

»Nein«, entgegnete die Richterin und schaute sie erwartungsvoll an.

»Keine Ahnung ... unsere Beziehung war ziemlich stürmisch, eigentlich komisch, denn wir sind beide friedliebend. Vielleicht lag es auch daran, dass Jim etwas realitätsfern ist.«

Carole hielt erneut inne, für ihre Protokollantin, dann fuhr sie fort:

»Hat er geschrieben?«

»Nein. Nicht, dass ich wüsste. Jedenfalls nicht, als wir zusammenlebten ... Das heißt, doch, er hat mal für uns einen Chansontext geschrieben, aber eigentlich nicht wirklich, nein.«

»Was heißt ›für uns‹?«

»Für die Band, in der ich singe, die Korridames.«

»Kann ich das Chanson haben?«

Die Protokollantin verstand nicht mehr, worauf Carole Tomasi eigentlich hinauswollte.

Die Fahrt in die Bretagne war für die Katz gewesen, stellte Richterin Tomasi fest. Sie hatte ihr bei ihrer Untersuchung kein bisschen weitergeholfen, und auch sonst hatte sie keine besonders gute Erinnerung daran. Es war nur stressig gewesen und darüber hinaus verschwendete Zeit, warf sie sich vor.

Zurück im Justizpalast musste sie sich eingestehen, dass sie in einer Sackgasse steckte.

Sie las noch einmal den Chansontext, den Jim Carlos für Korridames geschrieben hatte. Ein ziemlich plumper Text. Er exerzierte darin sämtliche Plattitüden zum Thema Gewitterhimmel durch und setzte mit dem Refrain – »die Risse in den Mauern der Zeit« – noch einen drauf. Carole wunderte sich etwas darüber. In seinem Schreibheft drückte er sich ganz anders aus. Vielleicht war Jim Carlos in seinem Tagebuch weniger gehemmt als bei dem Chansontext, oder er hatte sich weiterentwickelt, hatte sich erst nach der Trennung von Claire frei gefühlt so zu schreiben, wie er wollte.

Die Richterin beschloss, sich anderen Fällen zuzuwenden. Zwischendurch warf sie jedoch immer mal wieder ein Auge auf das Deckblatt der Akte »EW-22b4514-Vermisst/ Carlos – Jim.« An dem Blatt war die Vergrößerung eines Ausweisfotos befestigt, das den offiziellen Vorgaben entsprach. Frontal aufgenommen, neutraler Gesichtsausdruck, kein Lächeln, ideal für eine Gesichtserkennungssoftware zur Identifizierung besonderer Eigenheiten, Eigenheiten, durch die sich das Gesicht von anderen unterschied: Ein fliehendes Kinn, eine vorspringende Nase, zu große Ohren, eine zu tiefe Stirn oder extreme Augenringe. Was dem Zoll oder anderen Behörden beim Einsatz ihrer Scanner entgegenkam, war für viele Betroffene ein Grund zur Verzweiflung, wenn sie beim Anblick ihres Passfotos feststellen mussten, dass sie wahlweise eine Mördervisage oder ein Pfannkuchengesicht hatten. Jim Carlos war eine Ausnahme von dieser Regel. Auf den ersten Blick hatte sie das Foto wenig schmeichelhaft gefunden, doch bei genauerer Betrachtung stellte sie fest, dass sein Gesicht trotz der amtlichen Vorgaben insgesamt harmonisch wirkte. Er hatte feine Gesichtszüge, schaute ruhig und gelassen in die Kamera, wenn auch mit leicht verschleiertem Blick. Nachdem sie Claire kennengelernt hatte, verstand sie, wieso er diese Koteletten trug, er war halt ein alter Rockmusikfan. Eigentlich sah er gar nicht so schlecht aus, dachte Carole. Ganz gutaussehend, aber kein Beau, eher der Typ Mann, den man gern zum Freund hat, der sympathische Typ von nebenan, einer, der zuhören kann, sich aber nicht aufdrängt.

Carole Tomasi lebte allein, genau wie Jim Carlos.

Sie bemühte sich, Abstand zu dem Fall zu bekommen, doch in den folgenden Tagen kam ihr immer wieder in den Sinn, mit welchen Ausflüchten Ludovic Bowers ihr gekommen war. Das lenkte sie dermaßen ab, dass sie sich nicht wirklich auf andere Fälle konzentrieren konnte. Schließlich beschloss sie, den Anwalt erneut vorzuladen, und ihn dieses Mal richtig in die Mangel zu nehmen. Gleich zu Beginn sagte sie ihm, dass niemand, aber auch wirklich niemand, ihm abnehme, dass er »vergessen« habe, dass Jim Carlos bei dem legendären Barbecue mit am Pool saß. Das sei eine Lüge, und damit mache er sich strafbar, wie er wisse. Sie erinnerte ihn daran, dass Jim Carlos vermisst wurde, ebenso wie sein Kollege und Vorgänger bei den Loubets, Jean-Luc Carheillac. Zwei verschwundene Gärtner auf einen Schlag, ein bisschen viel der Zufälle. Er hatte die Wahl: Entweder er legte jetzt die Karten auf den Tisch, oder sie würde ihn wegen Justizbehinderung belangen. Ludovic Bowers Dauerlächeln war mit einem Mal verschwunden. Da wusste die Untersuchungsrichterin, dass sie auf dem richtigen Weg war. Sie gab ihm ein paar Minuten Bedenkzeit und verließ währenddessen das Büro. Als sie zurückkam, lenkte er ein.

»Ich habe nochmal überlegt, ich meine mich tatsächlich zu erinnern, dass der Gärtner bei dem Barbecue der Loubets anwesend war.«

»Warum haben Sie das bei Ihren zwei vorhergehenden Aussagen bestritten?«

»Er war sehr unauffällig, darum habe ich ihn vermutlich vergessen.«

Carole Tomasi verzog zweifelnd das Gesicht und wiegte den Kopf hin und her. Ludovic Bowers kniff die Lippen aufeinander wie ein Schüler, der sein Bestes gibt.

»Nein, Sie haben ihn nicht vergessen. Sie haben gelogen. Und ich möchte gern wissen, warum.«

Der Anwalt hatte sein breites Lächeln wiedergefunden, das war ein schlechtes Zeichen.

»Hören Sie, ich … Ich habe ein paar Details ausgeblendet, daraus wollen Sie ja wohl kein Drama machen. Ich sage Ihnen doch, ich meine, mich an ihn zu erinnern, aber nur vage.«

»Wenn man etwas ›ausblendet‹, wie Sie es nennen, dann hat das normalerweise einen Grund, oder etwa nicht?«

»Möglich.«

»Was könnte der Grund sein? Lassen Sie ruhig mal Ihre Fantasie spielen, daran fehlt es Ihnen ja nicht, wie ich weiß.«

»Ich fürchte, da muss ich Sie enttäuschen.«

»Keine Sorge.«

»Vielleicht, weil es nahelag.«

»Das heißt?«

»Ich wusste, dass der Mann verschwunden war, darum hatte ich ihn nicht so auf dem Schirm. Aber an dem Tag war er dabei, jetzt fällt es mir wieder ein.«

Er wandte sich an die Gerichtsschreiberin:

»Aber ich bleibe dabei, ich erinnere mich nur dunkel daran, dass er mit am Pool saß. Auf jeden Fall kannten die Loubets ihn nur flüchtig, insofern habe ich wohl gedacht, ich sollte ... ich sollte die Dinge nicht unnötig verkomplizieren.«

»Nein, Sie haben nicht einfach nur versäumt, zu erwähnen, dass er dabei war. Sie haben das absichtlich vor mir verheimlicht. Noch einmal: Warum?«

»Sie täuschen sich. Vielleicht habe ich mich etwas unklar ausgedrückt, vielleicht wollte ich ihnen auch ersparen, in eine juristische Untersuchung hineingezogen zu werden. Ich als Anwalt weiß schließlich, wie schnell man fälschlicherweise ins Visier der Justiz gerät.«

»Das wollten Sie ihnen also ersparen. Sie sprechen doch von den Loubets?«

»Das sind meine Mandanten. Ich schütze sie, das ist mein Job.«

»Ah, verstehe, jetzt wird es also offiziell?«

»Abgesehen davon sind wir befreundet.«

Carole Tomasi schrieb sich ein paar Anmerkungen in ihre Akte. Die Tatsache, dass Bowers als Anwalt für die Loubets tätig war, hatte zur Folge, dass seine Aussage juristisch mehr oder minder wertlos war, und das wusste er. Sie fuhr fort, aber mit deutlich weniger Elan.

»Und inwiefern hätte diese Lüge ihnen von Nutzen sein können?«

»Das habe ich Ihnen doch gerade erklärt.«

»Haben die Loubets Sie gebeten, für sie zu lügen, oder haben Sie das gemeinsam entschieden?«

»Ich habe nicht gelogen, wie gesagt. Das war ein bloßer Reflex. Ich hatte den Gärtner einfach nicht mehr auf dem Schirm. Ich habe mich geirrt, das kann jedem mal passieren, und jetzt versuchen Sie, mir daraus einen Strick zu drehen. Ich habe alles dazu gesagt, mehr weiß ich nicht.«

Die Untersuchungsrichterin versuchte vergeblich, ihn weiter zu bearbeiten, er blieb dabei. Egal, sie hatte ausreichend Indizien, um eine Hausdurchsuchung zu rechtfertigen, so ihre Überzeugung. Dieser Bowers mit seinem süffisanten Lächeln bestärkte sie nur in ihrer Entschlossenheit.

Sehr früh am Morgen des 30. Oktober, einem Samstag, dem Allerheiligenwochenende, tauchten fünf Beamte der Kripo auf dem Prés-Poleux-Anwesen auf, ausgestattet mit einem Durchsuchungsbeschluss, unterzeichnet von Untersuchungsrichterin Tomasi, die sich bewusst dagegen entschieden hatte, sie zu begleiten.

Monsieur Arnaud Loubet und Madame Laure Loubet, geborene Thibault de Dallembert, waren empört und protestierten vehement, Arnaud klagte, die Untersuchungsrichterin überschreite ihre Kompetenzen und sei nicht ganz bei Sinnen: »Erst gräbt sie den halben Park um, und dann will sie auch noch unser ganzes Haus auf den Kopf stellen! Was hat diese Frau eigentlich gegen uns? Ist das Sozialneid, oder was?« Laure stellte sich den Polizisten sogar in den Weg, um sie daran zu hindern, »auch nur einen Fuß in mein Haus zu setzen«. Daraufhin riet ein Beamter ihr ganz ruhig, das Verfahren nicht durch Behinderung der Justiz oder Beamtenbeleidigung unnötig zu verkomplizieren. Arnaud gab seinen Widerstand schnell auf und überließ »diese Bürokraten«, wie er sie voller Verachtung nannte, sich selbst, um eine Reihe Telefonate zu tätigen. Irgendwann klingelte dann auch das alte, schwarze Festnetztelefon aus den 90er Jahren auf Carole Tomasis Schreibtisch. Der Staatsanwalt war dran. Er wollte die Untersuchungsrichterin (nicht zum ersten Mal) davor warnen, bei ihren Ermittlungen übers Ziel hinauszuschießen. »Die Konsequenzen haben Sie ganz allein zu verantworten, Sie wissen, dass diese Familie gute Beziehungen hat.« Carole schloss daraus, dass Arnaud und Bowers ein paar befreundete Anwälte und Richter angerufen hatten, die Einfluss hatten.

Sie rief den Justizbeamten vor Ort an, der gab ihr einen Zwischenbericht. Die Beamten hatten Festplatten beschlagnahmt, Korrespondenz, ein paar Fotos, sie hatten Fingerabdrücke und Kontoauszüge sichergestellt, aber auf den ersten Blick war nichts Aussagekräftiges darunter, wie der Beamte erklärte. Carole Tomasi fragte, ob sie auch den Keller durchsucht hätten. Er bejahte das.
»Und die Nebengebäude?«
»Wir sind noch dabei.«

Amandine beobachtete die Polizisten dabei, wie sie die Halloweendekoration beiseiteräumten – einen riesigen entkernten Kürbis, falsche Spinnweben und ein Skelett aus Plastik –, um an die Holzvertäfelung im großen Salon zu gelangen. Das Ganze schien ihr nicht sonderlich nahezugehen, im Gegenteil, sie fragte die Beamten dazu aus, wie man bei so einer Durchsuchung vorging, und welche juristischen Vorschriften es zu beachten gab. Die Polizisten gaben zunächst bereitwillig Auskunft, waren jedoch zunehmend irritiert über ihre Nachfragen und Kommentare. Als sie mit den ehemaligen Pferdeställen fertig waren und sich die ehemaligen Vorratsräume vornahmen, machte sie auf der Türschwelle kehrt.

Dort mussten die Polizisten erstmal eine Menge alten Plunder und viele Kartons beiseiteräumen, um sich einen Überblick zu verschaffen. Sie wollten den Raum schon unverrichteter Dinge verlassen, als einer von ihnen aus Reflex einen alten Läufer anhob. Darunter kam eine schmale hölzerne Falltür zum Vorschein. Als sie die Tür öffneten, fiel ihr Blick auf ein enges Kellergewölbe mit gestampftem Boden, das man über eine Leiter unterhalb der Falltür erreichen konnte. Zwei Beamte stiegen nach unten. Der Schein einer Taschenlampe und eines Handys durchbrach die Dunkelheit. Auf den ersten Blick war nichts Auffälliges zu sehen. Der Justizbeamte und der Polizist schauten sich an. So schnell wollten sie nicht aufgeben, ihre Neugier war geweckt. Was hatte das Stroh dort zu suchen? Wieso hatte der Boden an manchen Stellen eine andere Farbe? Wieso gab es in manchen Ecken Staub und in anderen nicht? War das nicht ein wenig zu aufgeräumt hier? Sie gaben also nicht auf, und zu Recht. Der Polizeihauptmeister, der oben geblieben war, fand schließlich auch den Lichtschalter. Als der Raum vom gelblichen Licht der Deckenlampe erleuchtet wurde, untersuchten die Beamten alles noch einmal gründlich. Da fiel ihnen an der Wand ein Stein auf, der sich halb aus dem Mauerwerk gelöst hatte. Dahinter stießen sie auf ein gefaltetes Schreibheft, ein orangefarbenes Heft der Marke Oxford, das in Druckschrift beschrieben war, in der Spiralbindung steckte ein vierfarbiger Bic-Kugelschreiber.

Zweiter Teil

(Das orangefarbene
Schreibheft)

Von der Räucherschale bis zum Tennisschläger

Im August entschwanden die Loubets in ihre diversen mediterranen Paradiese, so konnte auch ich mich erholen, obwohl die Arbeit weiterging. Ich kümmerte mich um die Gärten meiner Kunden, bearbeitete sie mit Hacke und Harke, wässerte sie, und zugleich versuchte ich mit Lebowski in einen Wettstreit zu treten, wer von uns beiden länger Siesta halten konnte – vergeblich, ich verlor jedes Mal. Ich bemühte mich krampfhaft, den Plastikbeutel mit dem verdammten Oberschenkelknochen zu vergessen, aber das Ding wollte mir einfach nicht aus dem Kopf gehen, es war so hartnäckig wie ein Ohrwurm.

Im September dann, wo man wegen des Ferienendes eh schon den Blues hat, drückte mir ein weiterer Toter zusätzlich aufs Gemüt (bei diesem bestand zumindest kein Zweifel bezüglich seiner Identität), Éric, mein langjähriger früherer Klassenkamerad. Ich ging zur Beerdigung im Süden von Paris, seine Schwester hatte mir eine Traueranzeige geschickt. Éric war nach dem Abi an die Filmhochschule gegangen und Kameramann geworden. Er arbeitete hauptsächlich für Nachrichtensendungen. Am Anfang habe ich mich jedes Mal gefreut, wenn ich seinen Namen im Abspann einer Reportage gesehen habe, war direkt stolz: »Hey, den Typen kenne ich!« Irgendwann war es normal, wir verloren uns aus den Augen und ich hörte auf, Fernsehen zu schauen.

Als ich mit leichter Verspätung die Kirche betrat, war sie bereits voll besetzt. Es waren eine Menge Leute vom Fernsehen da. Arnaud Loubet war nicht darunter, obwohl er da gut reingepasst hätte, aber irgendwie auch wieder nicht, Éric war ja kein Promi. Ich verzog mich nach hinten, so wie immer, eine alte Angewohnheit von mir. Der Pfarrer artikulierte überdeutlich, hatte diesen dozierenden, pathetischen Ton drauf und schwafelte etwas von Engeln und Heiligen, die Éric dort oben im »Himmelreich« erwarten würden, keine sehr beruhigende Aussicht, ja, ein eher zweifelhaftes Vergnügen.

Im Anschluss kamen zwei Kollegen von Éric nach vorn in den Chorraum, um ihn zu würdigen. Erst Thierry. Er sagte ein paar kurze Sätze, räusperte sich dabei wiederholt und räumte seinen Platz kurz darauf für Gaspard. Gaspard war ein ganz anderer Typ als Thierry, jung, elegant gekleidet, sympathisch, gutaussehend. Er griff mit größter Selbstverständlichkeit zum Mikro, seine wohlklingende Stimme erfüllte das gesamte Kirchenschiff. Er hielt eine fabelhafte Lobrede auf Éric, die ans Herz ging und zugleich die nötige Portion Leichtigkeit mitbrachte. So sprach er über Érics staunenden Blick auf die Welt, seine geradezu kindliche Begeisterungsfähigkeit. Dieser Gaspard hatte es wirklich drauf. *He's got the whole package*, wie man in Amerika zu sagen pflegt. Ich hätte mitschreiben sollen, um es bei nächster Gelegenheit zu zitieren. Na ja, egal.

Ich erfuhr jedenfalls ein paar Dinge über Éric, die ich noch nicht wusste. Tatsächlich weiß man in der Regel nicht besonders viel über seine Kindheitsfreunde, das ist ein Alter, in dem man lebt, kein Alter, in dem man von sich erzählt. Ich wusste, dass Éric keinen Vater hatte, dass sein Vater früh gestorben war, das war aber auch schon alles. Nun erfuhr ich, dass Éric den gleichen Vornamen wie sein Vater trug, ein Kameramann, der während des Indochinakriegs in Kambodscha ums Leben gekommen war. Seltsame Idee, sein Kind genauso zu nennen. Das war fast wie eine Verpflichtung, in die Fußstapfen seines Erzeugers zu treten, aber Krieg war nicht Érics Sache. Er war ein Künstler hinter der Kamera, ein Poet des Bildes, der im Hof vom Élysée-Palast eine Blume filmte statt die Ankunft irgendeines Ministers, wie es sein Auftrag war, so erzählte es Gaspard als nette Anekdote. Éric war ein Jahr älter als ich, hatte die Klasse wiederholt. Ich erinnerte mich, dass er tatsächlich am Rande des Fußballplatzes Blumen gepflückt hatte. Ich mochte diesen Jungen echt gern.

Anschließend gingen wir gemeinsam zum ausgehobenen Grab. Die Spätsommersonne schien und es war ziemlich traurig. Trotzdem musste ich daran denken, dass Éric, auch wenn er viel zu früh gestorben war – dreiundfünfzig war wirklich kein Alter zum Sterben –, immerhin komplett war. Ihm fehlte kein Schlüsselbein, kein Oberschenkelknochen, gar nichts, er konnte seine letzte Ruhe antreten, ohne seine Knochen durchzählen zu müssen.

Bei der Gelegenheit sah ich auch Sophie wieder, Érics Schwester, und Dominique, einen früheren Klassenkameraden. Es war schön, sie zu sehen. Wir hatten uns nichts zu sagen, aber das war egal. Wir beschränkten uns auf Fragen wie: »Was machst du denn eigentlich so?« und »Hast du Kinder?« Bloße Höflichkeitsfloskeln, mit denen man zeigte, dass man sich über das Wiedersehen freute.

Ich dachte wieder an die Reden von Thierry und Gaspard. Ich fragte mich, warum mir Thierrys Rede lieber war. Sie war weniger brillant, weniger »auf den Punkt«, wie Arnaud gesagt hätte. Das sagte man offenbar so beim Fernsehen. Ich erinnere mich, dass Arnaud das einmal zu seiner Tochter gesagt hat: »Bravo, Amandine, das ist wirklich auf den Punkt.« Warum also zog ich die weniger gute Rede vor? Warum den Loser? Das sah mir ähnlich. Ich glaube, ich habe eine Vorliebe fürs Scheitern, nein, noch schlimmer, ich habe eine Vorliebe fürs Mittelmaß, für die *Mittelmäßigkeit*. Das ist nicht besonders sexy, zugegeben. Ich kann es nicht ändern, es zieht mich nun einmal an. Vermutlich erkenne ich mich darin wieder. Ich sollte mal mit einem Therapeuten darüber sprechen. Das droht allerdings sehr langwierig zu werden und extrem öde, und der Therapeut würde derweil mit den Gedanken nicht nur abschweifen, sondern vermutlich in einen Tiefschlaf à la Lebowski fallen. Das »Mittelmaß« ist schwer zu fassen. In einem Wollknäuel gibt es einen Anfang und ein Ende, aber die Mitte? Im Kino gibt es Helden, Superhelden oder Antihelden, aber Nullen? Typen, die nichts Besonderes an sich haben? Weder arm noch reich sind, weder begabt noch eingeschränkt? *Nada*. Da gibt es nichts zu erzählen. Das läuft den grundlegenden Gesetzen des Erzählens zuwider. Man muss als Zuschauer ja irgendwie gefesselt werden. So ein Typ taucht höchstens ganz am Anfang eines Films auf, zum Beispiel als anonymer Bankangestellter. Doch dann ist von Anfang an klar, dass ihm etwas Außergewöhnliches zustoßen wird. Der Typ zieht das große Los oder er wird irrtümlich gekidnappt oder er entdeckt versehentlich ein Staatsgeheimnis – Wahnsinn, was in so einem kleinen Bankangestellten alles schlummert! Aber wenn so gar nichts passiert? Nichts und wieder nichts? Der Typ lebt sein stinknormales Leben, als wenn nichts wäre. Da langweilt man sich zu Tode. Kein Film, kein Buch, keine Therapie. Ende der Geschichte. Noch nicht mal das, genau genommen, da die Geschichte überhaupt nicht begonnen hat.

An diesem Septemberabend erschien mir alles grau in grau. Meine Gedanken drehten sich im Kreis, kamen nicht von der Stelle, wie ein Auto, das auf dem Pariser Autobahnring, auf der verfluchten A86, im Stau steckte. Bevor ich den Friedhof verließ, versprach ich den anderen, mich bei ihnen zu melden. Das glaubte mir eh keiner.

Ich schlief ein, und als ich wach wurde, grübelte ich immer noch über den Knochen nach. Ich beneidete Lebowski, der seinem Leben als wandelnde Pelzrolle nachging. Er perfektionierte das Ablegen der Schnauze auf dem Dielenboden bei gleichzeitigem Sinkenlassen der Backen und stellte einen Rekord in Reglosigkeit auf. Damit hätte ich ihn fürs Guinnessbuch der Rekorde anmelden können. Das lief allerdings auch nur gegen Cash, wie ich irgendwo gehört hatte. Dagegen sprach, dass meine Einkünfte momentan sehr überschaubar waren. Ich konnte mir gerade mal das Trockenfutter für Lebowski leisten, aber nicht auch noch die Guinness-Vertreter mit ein paar tausend Dollar schmieren, damit Lebowski dort als Rekordhalter im *Dolcefarniente* aufgenommen werden würde.

Zu meinem Glück (so dachte ich zumindest) tat sich am Tag nach Érics Beisetzung eine neue Verdienstquelle auf. Ich musste erneut nach Prés Poleux, um den Lauch zu ernten, die ersten Kohlköpfe (Wirsing) und die Pastinaken (halblange von Guernsey); um ein paar Hügel mit Netzen zu bedecken und den Gemüsegarten für die Wintersaison vorzubereiten. Die meisten Pflanzen würden absterben und im Frühjahr neu austreiben.

Es war überraschend kühl an diesem Septembermorgen. Vielleicht hätte ich das als Vorbote begreifen sollen, als unsanften Hinweis darauf, dass Oberst Herbst im Anmarsch war, mit den ersten Schwadronen goldenen Raureifs, direkt gefolgt von General Winter und seinem unerbittlichen weißen Fußvolk. Die Erde erzitterte und der kleine Teich rauchte heimlich hinter den Seerosen. Die großen Bäume begannen, sich ein permanentes Chamäleonspiel mit der Sonne zu liefern, deren Bahn sich immer mehr dem Horizont zuneigte. Die Luft kühlte ab, dafür erwärmte sich das Licht. Ich liebte diese Zeit, den Übergang vom Sommer zum Herbst, der die Touristen, die Hobbysegler, die Sonnenanbeter und all die sommerlichen Faulenzer nach und nach vertrieb, wie Kinder, die man nach der Pause aufforderte, zurück in ihr Klassenzimmer zu gehen. Ich hatte nichts gegen Touristen, ich war einfach nur neidisch, selbst keiner zu sein. Das war auch die Zeit des Jahres, in der Lebowski wieder etwas lebendiger wurde und weniger als zweiundzwanzig Stunden am Tag schlief. Ein Halbsaisonhund also. In sehr kalten Wintern und sehr heißen Sommern überwinterte oder übersommerte er, bis hin zur totalen Entschleunigung.

So schnüffelte er also am Fuß der Bäume wie ein blond gefärbtes Wildschwein, eine Kreuzung aus Wildschwein und kalifornischem Surfer. Er stopfte sich mit Haselnüssen, Kastanien und sogar mit Eicheln voll, hatte ich den Eindruck, nur die Maronen sparte er bei seinen Fressanfällen aus. Man hätte meinen können, er wäre gerade aus den Trümmern eines Hauses gerettet worden und hätte ein dreiwöchiges Zwangsfasten hinter sich, dabei hatte er erst eine Stunde zuvor seinen Fressnapf geleert. Nun gut. Ich ließ ihn ein wenig herumbummeln. Die kleine Nervensäge mit der Hundeallergie, die Westentaschendiktatorin mit dem Pferdeschwanz, war um diese Zeit sicher in der Schule, und da ich bei meiner Ankunft nur die Putzfrau gesehen hatte, ging ich davon aus, dass auch Laure, die Königinmutter, und Arnaud, der Seilschaftsführer, abwesend waren. Das gesamte Anwesen schien durchzuatmen, genau wie der Teich, der seine Dunstwolken ausstieß. Ich folgte Lebowski bis zum Ufer, bis kurz vor die letzte Reihe Pappeln. Erst da hörte ich das matte und gedämpfte Plopp-Plopp eines Tennisballs.

Arnaud Loubet spielte ein Match. Der Tennisplatz hinter den Bäumen war mir neulich schon aufgefallen, aber ich dachte, er würde nicht mehr benutzt. Tatsächlich hatte er einen nigelnagelneuen grünen Bodenbelag, der ebenso porentief rein war wie die gut gebügelten Lacoste-Polohemden von Arnaud und seinem Gegner. Der trug, wenig überraschend, einen millimetergenau gestutzten Dreitagebart und die Freizeituniform, die man von den Sklaventreibern von Bundesbank, EZB & Co kennt.

Ich näherte mich vorsichtig, aber sie sahen mich sofort – und ignorierten mich. Arnaud hatte Aufschlag. Er ließ den Ball fünf, sechs Mal kräftig aufspringen, hoch konzentriert, als wäre er in den Top Ten der Weltrangliste und würde ein Grand-Slam-Turnier bestreiten. Dann warf er ihn mit einer weiten Armbewegung nach oben. Bis dahin sah das recht überzeugend aus. Dann jedoch wurde es kompliziert. Er schlug den Ball nicht am höchsten Punkt, sprang nicht hoch, um ihn abzupassen, sondern wartete ab, bis er fast wieder unten war, und drosch dann drauf wie Jacques Tati in *Die Ferien des Monsieur Hulot*, ohne sich dabei von der Stelle zu rühren. Man sah, er hatte Unterricht genommen und fleißig trainiert, um ein passabler Spieler zu werden, aber er stagnierte auf niedrigem Niveau. Sein Gegner, den er vermutlich ausgesucht hatte, weil er ebenfalls ein Dilettant war, spielte den Ball mit einer anfängerhaften angeschnittenen Rückhand zurück und schrie im selben Moment: »Aus!« Arnaud erstarrte und inspizierte mit gerunzelter Stirn die Stelle, an der sein Ball aufgeprallt war, so als hätte er ernsthafte Zweifel daran, dass der Ball im Aus war, obwohl er mehr als zwanzig Zentimeter hinter der Aufschlaglinie aufgekommen war. Er konzentrierte sich auf seinen zweiten Aufschlag, veranstaltete wieder den Roland-Garros-Center-Court-Zirkus und schlug den Ball ins Netz. *Flotsch!* Mitten reingesemmelt. Doppelfehler. »Null – dreißig«, kommentierte der Gegner tonlos, als wäre die Schmach nicht auch so groß genug. Arnaud biss die Zähne aufeinander. Er drehte sich zu mir um und näherte sich dem Zaun, während er seinem Gegner mit dieser seltsamen Mischung aus Respekt und Hass, die diesem Sport zu eigen ist, ein Zeichen mit der Hand gab, »Pardon, nur eine Sekunde, du Hurensohn«.

»Guten Tag, Jim, kann ich Ihnen helfen?«, rief er mir zu, dabei zügelte er seine Stimme so, wie man einen Hund zügelt, der an seiner Leine zieht und dem schon der Sabber von den Lefzen tropft. Ich antwortete, ich würde nur einen Rundgang »durch meinen Garten« machen, er solle sich durch mich nicht stören lassen. »Spielen Sie ruhig weiter, fühlen Sie sich wie zu Hause.« Das amüsierte ihn. Arnaud hatte, wie gesagt, einen ausgeprägten Sinn für Humor, er ließ keine Gelegenheit für eine kleine Blödelei aus. Also tönte er lauthals: »Genau, Eigentum ist Diebstahl, es ist höchste Zeit, dass wir auf unserem Anwesen eine ZAD einrichten, dann kann sich hier eine Horde von Punks mit ihren Hunden breitmachen!« (Ich denke, das war ein Seitenhieb gegen mich. Vermutlich hielt er mich mit meinen abgerissenen Klamotten für einen verkappten Anarchisten. Dabei war das einfach nur meine Arbeitskleidung!) Dann machte er eine Kunstpause, legte einen Finger auf seine Lippen und tat so, als dächte er nach: »Hm … also, ich glaube, lieber doch keine Hunde, ich möchte keine räudigen Köter hier haben, sonst lasse ich meine Tochter von der Kette!« Das fand ich wiederum nicht sonderlich witzig, aber seinen Tennispartner amüsierte es dafür um so mehr. Er war mittlerweile ebenfalls an den Zaun gekommen und grinste wie das Krokodil auf seinem pastellfarbenen Poloshirt. Ein bärtiges Krokodil (mit einem auf exakt drei Millimeter Länge gestutzten Dreitagebart).

»Ach ja – du entschuldigst, Matthieu, es dauert nicht lang –, ich wollte Ihnen noch einen Vorschlag machen, Jim. Wie wäre es, wenn Sie sich regelmäßig um den Park kümmern? Um den ganzen Park? Ich finde das etwas statisch … da könnte mehr Bewegung rein, mehr Leben, die Natur sollte sich frei entfalten können!« Er deutete mit seinem Schläger in Richtung der Bäume und beschrieb einen großen Kreis, um deutlich zu machen, wie ausgedehnt sein Anwesen war. Diese Geste beherrschte er jedenfalls besser als den Aufschlag beim Tennis.

Ich wusste, wie dieser Vorschlag zustande kam. Der Gemüsegarten hatte sie im wahrsten Sinne des Wortes überwältigt, mit seiner Überfülle an Zucchini, Tomaten, Salaten, Gurken und Karotten. Sie hatten – und das war der eigentliche Grund für dieses Projekt gewesen – ihren Freunden wieder und wieder sagen können: »Ihr müsst unbedingt die Tomaten aus unserem Garten probieren, nehmt ruhig noch ein paar Zucchini aus unserem Garten mit, ich gebe euch noch Salate aus unserem Garten mit, wir wissen gar nicht mehr, wohin damit«, und so weiter. Wie dem auch sei, der Vorschlag, dass ich mich ganzjährig um den gesamten Park kümmern sollte, war »eine attraktive Geschäftsmöglichkeit«, wie ein Student von Laure es formuliert hätte, und ich brauchte eine solche dringend. Selbst wenn ich damit einem Kollegen den Job wegnahm. Ich kannte den Kerl nicht und wollte ihn auch nicht kennenlernen. So waren nun einmal die Gesetze des Marktes, Kumpel! Wie gesagt, ich war noch nicht am Rand der

Pleite, aber meine kleine Firma kam vor allem außerhalb der Saison gerade so über die Runden. Ich musste also »in Aktion treten und mich positionieren«, wie der Anwalt gesagt hätte, der große Seelöwenimitator. Dabei tobte in meinem Tätigkeitsbereich, dem Gartenbau, sogar ein noch größerer Konkurrenzkampf um Jobs als beim Bau, durch die ganzen armen Kerle, die ihre Dienste an der Tür anboten, durch all die Tagelöhner, die darin ihre letzte Chance sahen. Davon machte man sich beim Fernsehen oder an der Uni Paris-Dauphine keine Vorstellung, wie ich dem Tennisspieler bereits referiert hatte, der in seiner Küche eine deutlich bessere Figur abgab als auf dem Platz.

Doch zunächst kehrte ich zu meinen Karotten und Salaten zurück. Ich befüllte meine Hochbeete mit neuem Stroh und pflanzte am Fuß eines jungen Birnbaums Meerrettich. Der Baum tat mir irgendwie leid, er war schwer vom Rostpilz befallen. Dann klopfte ich an die Tür der Villa, um mich zu verabschieden. Arnaud öffnete, er kam gerade aus der Dusche, war im Bademantel, hatte die Haare streng nach hinten gekämmt wie Chirac, man fühlte sich mit einem Mal in einen Film der 50er Jahre zurückversetzt.

Er bot mir einen Kaffee an, eine echte Manie von ihm. Wir unterhielten uns darüber, was er unter »allgemeiner Instandhaltung« verstand, unter »dem Park zu neuem Leben verhelfen«, oder »der Natur eine Möglichkeit zum Durchatmen geben«. Er variierte dieses Thema ohne Ende. Die »Ökowelle« hatte Prés Poleux voll erwischt. Schluss mit dem »hochherrschaftlichen Garten alter Façon«, Schluss mit dem militärisch kurz getrimmten Rasen, den in Form geschnittenen Hecken. Das alles, so verstand ich, wirkte heutzutage altmodisch, da musste etwas ungezähmte Natur hineingebracht werden, aber bitte kontrolliert. Das erinnerte mich an teure Designerklamotten mit Pseudo-Grunge-Touch, oder an die Bürgersöhnchen vom Lycée Sainte-Marie-des-Vertus, die es irgendwann schick fanden, den *wesh-wesh*-Akzent der Jungs aus den Vorstädten zu imitieren. Man tat ein bisschen so als ob, aber eben nur ein bisschen, das war der kleine, aber feine Unterschied. Darin war die Bourgeoisie schon immer groß gewesen: Man imitierte die Lebenskraft der anderen, um sie besser unterdrücken zu können. Ich nickte nur. Arnaud war zufrieden, zufrieden mit seinem Gärtner, zufrieden mit seinem Nespresso *Tamuka mu Zimbabwe*, zufrieden mit sich selbst. Es war schon befremdlich, über welches Maß an Selbstvertrauen dieser Typ verfügte. Wie konnte man sich selbst nur so lieben? Genau wie Gaspard, der bei Érics Beerdigung diese schöne Rede gehalten hatte. Diese Typen gingen mir echt auf die Nerven. War das auf übergroße Mutterliebe zurückzuführen? Oder hatten sie zu viele Workshops in *self-esteem improvement* besucht? Oder arbeiteten sie gerade an ihrem *success reinforcement*? Was wäre wohl in ihrem Inneren los, wenn diese Fassade mal ein paar Risse bekäme? Ich malte mir aus, wie Arnauds Fassade zu bröckeln begann und langsam in ihre Einzelteile zerfiel wie das Packeis unter dem Einfluss des Klimawandels. Doch es war keineswegs gesagt, dass es dazu kommen würde. Ich beendete diese Grübelei und sagte ihm, ich nähme sein Angebot an. Das war ein großer Fehler.

Es überkommt mich manchmal so, ohne Vorwarnung. Schon beim Aufstehen weiß ich: Heute ist ein schwarzer Tag, egal, was passiert (mal abgesehen von so unwahrscheinlichen Szenarien wie einer überraschenden Erbschaft oder einer unerwarteten Einladung zu einer Meeresexpedition am anderen Ende der Welt, die ja eher nicht die Regel sind). Ich weiß, an solchen Tagen wird ein rabenschwarzer Pessimismus mein treuer Begleiter sein, werde ich mich so schwer wie ein Walross fühlen und einen lähmenden Widerwillen gegen alles empfinden. Zum Glück hatte ich im Lauf der Jahre gelernt, dass das ein vorübergehender Zustand war. Solche Tage musste man mit dem gleichen Fatalismus an sich vorbeiziehen lassen wie einen nicht enden wollenden Zug am Bahnübergang. Mehr konnte man nicht tun. Aber ich fühlte mich natürlich trotzdem schuldig, sagte mir selbst, wie man das so macht, jetzt raff dich auf, meine Güte, aber ohne wirklich daran zu glauben.

Als geborener Prolo, der ich war, war ich davon überzeugt, dass körperliche Anstrengung gleichbedeutend mit Arbeit ist und Arbeit einen Nutzen haben sollte. Man strengt sich nicht für nichts und wieder nichts an. Also machte ich keinen Sport, ich verausgabte mich schließlich schon beim Buddeln in der Erde und wenn ich mit der Kettensäge an der Hüfte in die Bäume kletterte. Sport überließ ich Arnaud und seinesgleichen. Dabei wusste ich, dass mir etwas fehlte, ich wusste, dass brennende Muskeln weniger schlimm sind als die große, beängstigende Leere, die einem an schlechten Tagen den Hals zuschnürt, ich wusste, dass Ausdauertraining Endorphine ausschüttet und depressive Stimmungen vertreibt. Aber nein, ich besaß noch nicht einmal ein Paar Sportschuhe. Also tigerte ich in meiner Küche und in meinem Wohnzimmer herum. Lebowski, der wie üblich abhing, hob eine Augenbraue und warf mir einen mitleidigen Blick zu, ich beneidete dieses Tier um seine Weisheit. Er gab sich damit zufrieden, da zu sein und die Gipfel des inneren Friedens zu erklimmen, so wie ein tibetanischer Mönch an den Hängen des Himalayas. Sein Fell wäre im Übrigen dick genug, um der Kälte auf dem Dach der Welt zu trotzen, er war ein echter Yeti mit Hängeohren, nur in blond.

Ich hatte ein paar Freunde, die mir seit ewigen Zeiten die Treue hielten und mit denen ich mich schon allein deshalb nicht überwerfen konnte, weil ich sie nicht mehr sah. Frauen verstehen es, glaube ich, besser als Männer, Kontakte nur um der Kontakte willen zu pflegen. Männer, so schien es mir, brauchten immer einen Grund um sich zu treffen: Ein Fußballspiel, eine Expedition, ein Abenteuer, eine politische Partei, einen Krieg, eine Pokerpartie und/oder ein Besäufnis. Kurzum, meine echten Freunde waren virtuell geworden, blieben mir also nur meine echt virtuellen Freunde, die von Facebook. Einer von ihnen forderte mich andauernd auf, seinen YouTube-Kanal zu abonnieren, auf dem er für seine zwölf Abonnenten Videos seiner politischen Analysen veröffentlichte. Endlose Videos, in denen er vor laufender Kamera die Kommentare von *mainstream*-Kommentatoren auseinandernahm, dabei wäre er so gerne selbst einer von ihnen gewesen.

An solch klebrigen Tagen haftete ich so fest am Bildschirm meines Computers wie eine getrocknete Blume in einem Herbarium. Erneut Facebook mit seinem üblichen Schlagzeilenmix von »Dodo singt Beatles-Songs« über Katastrophen auf aller Welt, Blutbäder an diversen Orten des Planeten, »Entlarvung« oder Anprangerung der großen Verschwörung (die darin bestand, jede abweichende Stimme als Verschwörungstheoretiker zu brandmarken), bis hin zum Tartiflette-Rezept mit Gelinggarantie oder der idiotensicheren Art, einen Handtuchhaken zu befestigen. Gestern ist Diana Rigg gestorben. Die unsterbliche Emma Peel meiner Kindheit. Ich versagte mir, mittels meiner Tastatur in den Chor der Trauernden einzustimmen. Ich hatte ein für alle Mal beschlossen, dass ich nur ausnahmsweise etwas posten wollte, und nur zu Gartenthemen. So hatte ich vor zwei Tagen erläutert, wie man Samen fermentiert und trocknet und die Aussaat für das kommende Frühjahr vorbereitet. Sechs Likes. Zwei alte, wohlmeinende Klassenkameraden und vier Unbekannte? Verlorene Seelen, die vermutlich noch verzweifelter waren als ich.

Ich antwortete Claire wegen des Autos, das ich ihr leihen sollte, weil sie nach Bordeaux fahren wollte. Schon seltsam, wie Claire nach und nach fast zu einer Schwester geworden war oder, sagen wir, einer nahestehenden Cousine (man kennt sie, diese typischen Cousins, die immer da sind, wenn man sie braucht). Dabei hatte sie noch lange nach unserer Trennung meine erotischen Träume beherrscht, sogar noch mehr als zu der Zeit, als wir zusammen waren. Meine Libido, dieses seltsame und überflüssige Ding – mal abgesehen davon, dass das Wort klang wie eine kindgerechte Bezeichnung in einem Aufklärungsbuch –, hatte mittlerweile große Ähnlichkeit mit Lebowski: Sie war im Tiefschlaf. Abbildungen von nackten Frauen machten mich ratlos, und angesichts der ständigen sexuellen Anspielungen und erotisch aufgeladenen Bilder, mit denen ich mich konfrontiert sah, fragte ich mich, wie es zu dieser permanenten Ausschüttung von Pheromonen kam, die wie ein absurder Pollenausbruch unabhängig von jeder Jahreszeit übers Land ging. Wenn ich den öffentlichen Radiosender France Info anschaltete, war ich verblüfft über die Anmoderation, die so erotisch klang wie in einem Nachtclub oder so, als träte man eine Zeitreise in die 80er Jahre an, in die Zeit von Videotext-Erotikbotschaften auf 36-15-Ulla. Die Ansage »France Info, die Nachrichten mit Marc Fauvelle« klang in etwa so wie: »Wenn du dich von Adrien beleidigen lassen willst, dann drück die 2.« All das ließ mich völlig irritiert zurück. Wie alle Singles hatte auch ich die Kontaktbörsen im Internet ausprobiert. Allerdings erinnerten sie mich unwillkürlich an diese Greifautomaten auf der Kirmes, wo man für fünfzig Cent mit einem Minigreifer ein Plüschtier greifen kann. Man fällt jedes Mal wieder darauf rein: Entwischt das Ding einem, ist man enttäuscht, kann man es greifen, ist die Enttäuschung im Anschluss umso größer.

Den Hund habe ich mir nach der Trennung von Claire gekauft, um nicht ganz allein zu sein. Ich wollte verhindern, dass ich nur um mich selbst kreise und mich in unerträglichem Selbstmitleid darüber ergehe, dass ich armer kleiner Gärtner verlassen worden bin. Es würde in meiner Verantwortung liegen, dieses Wesen zu ernähren und es eines Tages zu begraben (wovon zumindest statistisch gesehen auszugehen war). Ich würde mit ihm spazieren gehen müssen. Was ist vertrauenerweckender als ein Mann, der mit seinem Hund spazieren geht? Und dann noch mit einem Golden Retriever? Und dann noch mit Lebowski? Nichts. Die Frauen, die mit ihrem Chihuahua, ihrem Husky, ihrem Cane Corso oder was es sonst noch so an Modehunden gab, spazieren gingen, sprachen mich des Öfteren an, vertrauten mir. Wäre ich ein Verführertyp gewesen – und ich wusste seit meinem fünfzehnten Lebensjahr, dass ich keiner war, ob nun aus Veranlagung oder aus Feigheit –, wäre Lebowski meine Wunderwaffe gewesen.

Die Loubets ließen mich den ganzen Herbst schmoren, aber schließlich akzeptierten sie meinen Kostenvoranschlag ohne weitere Verhandlungen. Das überraschte mich, vor nicht mal einem halben Jahr hatten sie noch verbissen über den Preis für die Anlage des Gemüsegartens verhandelt. War das also nur Show gewesen? Oder hatte mein enormes professionelles Know-how sie dermaßen in Erstaunen versetzt?

Der Himmel war hell, die Sonne stand tief. Der Laubfall war fast abgeschlossen und die Bäume schickten sich an, ihre lange Winterruhepause anzutreten. Mein Plan war, zuerst die beiden großen Zedern und die riesige Linde auszulichten, das war überfällig und würde sogleich ins Auge springen. Ich wollte sie nur leicht auslichten, ihnen Luft verschaffen, damit beim nächsten Sturm keine Äste abbrächen, es nicht zu schwereren Schäden an den Bäumen käme. Ich habe in meiner gesamten beruflichen Laufbahn noch keinen lebenden Baum gefällt. Mir sind deshalb schon Aufträge durch die Lappen gegangen, aber das ist mein ganzer Stolz.

Ich kam also mit meinen Kettensägen, die so scharf waren wie Barrakudas, nach Prés Poleux. Ich klingelte. Die portugiesische Köchin öffnete mir, Andréia. (»Eine echte Perle, sie steht seit über fünfunddreißig Jahren in Diensten unserer Familie«, hatte mir Laure begeistert erklärt.) Ich schloss daraus, dass die drei Loubets nicht zu Hause waren. Die Frau interessierte sich für mich ungefähr genauso sehr, wie sich eine Qualle für eine E-Gitarre interessiert. Aber das störte mich nicht sonderlich. Ich hatte den Eindruck, dass sie nicht nur mir gegenüber so ostentativ gleichgültig war, sondern im Lauf der Jahre jegliche Begeisterungsfähigkeit verloren hatte. Die Loubets dürften ihren Teil zu dieser teflonhaften Ausstrahlung beigetragen haben.

Ich ging zum bewaldeten Teil des Grundstücks und nutzte die Abwesenheit der kleinen blonden Nervensäge, um Lebowski frei herumlaufen zu lassen. Er wankte ziellos zwischen den Stämmen der großen Bäume umher wie ein Betrunkener zwischen den Fässern in einem Weinkeller. Ich beobachtete den durch fünfzehntausend Jahre Domestizierung degenerierten Wolf eine Weile. Ich mag die Natur, die Biologie, und ich glaube, Pflanzen sind mir lieber als Tiere, ich weiß auch nicht so genau, warum. Vielleicht, weil man weniger an ihnen herummanipuliert hat? Ich fragte mich erneut, ob ich das Verhalten dieses Hundes irgendwie befördert hatte, ob direkt oder indirekt. Schließlich heißt es immer wieder, Hunde saugten sämtliche Emotionen ihrer Herrchen und Frauchen auf. Vielleicht, weil es mir im Grunde entgegenkam, dass er mehr Ähnlichkeit mit einem Ficus als mit einem Panther hatte? Aber das war dann wohl doch etwas überinterpretiert.

Die Wipfel der Bäume waren so hoch, dass höchstens ein Schimpanse in der Lage gewesen wäre, dort hinaufzuklettern. Ich griff in solchen Fällen manchmal auf einen Hubsteiger zurück, um das Hauptseil zu befestigen, aber Zedern waren die reinsten Klettergerüste. Kein Problem, außer für Leute mit Höhenangst. Selbst viele Pflegeheimbewohner wären in der Lage gewesen, den Wipfel zu erreichen, ohne sich zu Tode zu stürzen. Diese kleine Übung hätte sicherlich weniger Opfer gekostet als der Lockdown in den Pflegeheimen gekostet hat. Ich würde jetzt nicht behaupten, dass sie einen medizinischen Nutzen hätte … Obwohl, Lachen hatte ja bekanntlich auch einen gesundheitsfördernden Effekt. Ich kletterte also hoch und dachte währenddessen über solchen Quatsch nach.

Lebowski, der von da oben betrachtet immer kleiner und kleiner wurde, hatte am Fuß des Baums Stellung bezogen, so, als wollte er mich absichern. Er hatte sich hingelegt, sicher um mir im Falle eines Sturzes als Matratze zu dienen. Damit er sich nicht aus Versehen doch von der Stelle rührte, war er, um auf Nummer sicher zu gehen, eingeschlafen, oder in Ohnmacht gefallen, das war nicht so ganz klar. Vermutlich eine Reaktion auf den übergroßen Stress, dem er ausgesetzt war. Er machte lieber die Schotten dicht, als seinem Herrchen dabei zuzuschauen, wie es sein Leben in einem Labyrinth aus Ästen riskierte. Das tat normalerweise nur eine Spezies, die für ihr autistisches und soziopathisches Verhalten bekannt war: die Katze.

Ich befestigte mein Seil am Wipfel und kletterte wieder herunter, um den Scooby-Doo-Holzfäller-Helfer aus dem Weg zu räumen, der noch vor dem ersten Ast in ein tiefes Koma gefallen war. Ich lotste ihn ein Stück weiter weg unter eine Kastanie, und schärfte ihm ein, sich nicht von der Stelle zu rühren. Das war der einzige Befehl, dem er so zackig Folge leistete wie ein Malinois aus einer Hundebrigade. Er ließ sich erneut auf die Seite fallen, wie ein Plastikspielzeug, das man weggeschnippt hat, *flopp*.

Ich legte meine Gurte an und begann meine Arbeit als alpiner Baumauslichter. Ich machte mir einen Spaß daraus mir vorzustellen, ich würde mich in der Bemastung eines großen pflanzlichen Dreimasters bewegen. Diese Arbeit war eine Abwechslung zu meinem Dasein als ständig gebeugter und frustrierter Bauer. Es gefiel mir, ab und an in luftiger Höhe zur Säge zu greifen, das hatte etwas von einer Zirkusnummer zum Thema Tarzan, auch wenn die Begleitmusik leider aus einem Concerto für Kettensäge bestand. Es gab auch nur einen Zuschauer, der schlief und war noch nicht mal ein Mensch.

Wenn ich ehrlich bin, habe ich, während ich meiner Tätigkeit als Baumfrisör nachging und mir Strähne für Strähne der Riesenkonifere vornahm, unter meinem Lärmschutzhelm womöglich einen Schrei gehört. Von einer jungen Frau? Nicht ausgeschlossen. Aber nicht laut genug, als dass ich ihn als solchen klar identifizieren konnte, weshalb ich meine Kettensäge auch nicht ausstellte. Das tat ich erst, als ich einem herabfallenden Ast nachblickte und dabei Arnaud, Laure und Amandine entdeckte, die dort nebeneinanderstanden und wild gestikulierten. Mit ihren verzerrten Gesichtern hatten sie etwas von Schiffbrüchigen, die einen Helikopter vorbeifliegen sehen und Angst haben, der Pilot könnte sie übersehen. Was hatten die drei dort eigentlich zu suchen? Wo kamen sie auf einmal her? Immer wieder die gleiche Nummer: »Wir sind nicht da … das heißt, doch, Überraaaaschung!« Ich schob das Plexiglasvisier hoch und konnte nun erkennen, dass ihre Gesichter offenbar vor Wut so verzerrt waren. Was half's. Ich seilte mich ab. Arnaud kam im Stechschritt auf mich zu und sagte in schneidendem Ton: »Sie wissen doch, dass Sie den Hund anleinen sollen!«

Okay, alles klar, also heute Mittag keine Lachs-Kanapees mit einem Gläschen Puligny-Montrachet am Kamin. Ich nahm meinen Helm ab. »Ja, was gibt's?« Arnaud presste seine Kiefer aufeinander und versuchte seinen »Raubtierblick« aufzusetzen, aber es funktionierte nicht, ich war kein bisschen beeindruckt. Ich weiß nicht wieso, aber die körperlichen Signale meiner menschlichen Mitbrüder ließen mich neuerdings kalt. Weder die Pheromone noch die Drohgebärden lösten die erwarteten hormonellen Reaktionen aus. Meine Nebennieren zeigten keinerlei Regung. Ich schaute ihn so an, wie ich einen Käfer angeschaut hätte, der seine Mundwerkzeuge betätigte. Dann warf ich dem Angeklagten namens Lebowski einen Blick zu. Er schien seinen Part in dieser Szene nicht so richtig zu verstehen. Er lag immer noch am Fuß des Baums, wenn auch mit erhobener Brust, in Sphinxhaltung. Dieser kleine Schlagabtausch, diese Clownsnummer, die scheinbar zur Show dieses Amateurzirkus gehörte, weckte sein Interesse.

Die Stimme des Familienoberhaupts überschlug sich vor Wut (man hätte meinen können, Arnaud wäre plötzlich wieder im Stimmbruch), er wurde bleich (wirkte also eher ängstlich als gefährlich) und bellte mich an, mein Hund habe Amandine gebissen. So etwas aber auch! Sollte der Hund etwa erneut sein inneres Feuer in sich gespürt haben? Ich schaute noch einmal zu dem Beschuldigten hinüber. Meine Hoffnung, dass er, wie an dem Tag, als er den Knochen ausbuddelte, erneut in der Lage wäre, wenn die Umstände es erforderten, seine ureigenen Instinkte wiederzuentdecken, löste sich schnell in Luft auf. Dabei sah ich die vermaledeite Prinzessin geradezu vor mir, wie sie mit dem Flammenwerfer auf das arme Tier losging. Er hechelte zufrieden und strahlte mal wieder über seine ganze Wolfsvisage. Bevor Arnaud zu einer neuen Tirade ansetzen konnte, fragte ich ihn, ob er den Vorfall selbst gesehen habe. »Das ist kein Vorfall, das ist ein Angriff«, korrigierte die Professorin von der Universität Paris-Dauphine mich und gab mir damit zu verstehen, dass wir knapp an einer Katastrophe vorbeigeschrammt waren, vermutlich an einer dieser Schauergeschichten, die man unter der Rubrik »Vermischtes« fand. Da war zum Beispiel die Geschichte von der schwangeren jungen Frau, die im November 2019 in einem Wald in der Region Aisne zerfleischt worden war, es war unklar, ob von einer Hundemeute auf Treibjagd oder von ihrem eigenen Köter. Wie dem auch sei, einen kurzen Moment herrschte Stille. Eine Gelegenheit für Amandine, den Tathergang zu schildern. Als sie nach Hause kam, habe Lebowski im Hof gesessen, geknurrt und die Zähne gefletscht. Sie sei daraufhin weggerannt, er habe sie verfolgt und in die Wade gebissen. Sie war ganz aufgewühlt, als sie das schilderte, Tränen traten ihr in die Augen. Das ganze Setting – sie im weißen Blüschen mit Bubikragen – hätte ein perfektes Cover für ein *Martine*-Kinderbuch abgegeben, das im Wald spielte. *Martine wird von Lebowski gebissen.* Laure hielt ihre Hand, legte den Arm um ihre Schultern und drückte sie an sich. Die Kleine war traumatisiert, keine Frage. Ich wollte ihre Wade sehen, sie zeigte sie mir kurz, und drückte dabei ihre Fingerspitzen in die Haut. Bis auf die roten Abdrücke ihrer Fingerspitzen sah ich nichts. Da hätte sie ebenso gut behaupten können, der Dalai Lama habe sie in der Metro mit einer Fahrradkette angegriffen. Aber ich insistierte nicht weiter.

Hätte Lebowski, weil ihn zum Beispiel eine außerirdische Fliege gestochen hatte, während ich mich durch das Kronendach bewegte, rüber zum Hof laufen, das arme Mädchen in Angst und Schrecken versetzen, es beißen und im nächsten Moment wieder unschuldig unterm Baum liegen können? Theoretisch ja. Theoretisch ist vieles möglich. Theoretisch verteidigt ein Hund auch sein Herrchen, wenn dieses angegriffen wird. Wenn dem so war, dann hat der Rüde die kleine, blonde Nervensäge also als Feindin unserer aus nur zwei Individuen bestehenden Meute ausgemacht? Aber müsste er sich dann angesichts der drei, die mich jetzt attackierten (wie unschwer an ihrem aggressiven Ton und ihrer drohenden Haltung zu erkennen war), nicht nähern, knurren, die Zähne fletschen, was weiß ich?

Stattdessen kratzte er sich nur mit der Hinterpfote träge am Ohr und legte sich, als das dargebotene Schauspiel ihn zu Tode langweilte, wieder flach auf den Boden. Ich fragte mich, wie er wohl reagiert hätte, wenn sie mich mit ihren perfekt geschärften japanischen Küchenmessern attackiert hätten. Ich wollte es gar nicht so genau wissen. Wie dem auch sei, Fakten spielten hier offenbar keine Rolle. Die heile Welt ihrer Familie war durch den erschütternden Bericht ihrer Tochter unwiderruflich in die Brüche gegangen. In ihren kiesbedeckten, mit Glyphosat-Kupferkalkbrühe von jeglichem Unkraut befreiten Hof mit seinen Hortensienrabatten war die rohe, physische Gewalt eingebrochen. Eine Gewalt, die normalerweise nie die Ebene ihres Bildschirms verließ, die immer hinter der Plasmaoberfläche der kleinen Bullaugen blieb, durch die sie das reale Leben sahen, die Bullaugen ihrer Computer und Tablets und ihres riesigen 4k-Monitors. »Die Verrohung der Welt« – dieser momentane Lieblingsslogan der Politik, den Arnaud so gerne aufgriff – hatte sich davongestohlen und war mitten in die Herzkammer von Prés Poleux eingebrochen, das kam einer Schändung ihres mehrere Millionen Euro teuren Kokons gleich.

Es war wirklich beeindruckend, welche Macht dieses junge Mädchen über ihre Eltern hatte. Es genügte, wie bei einem Toaster, den entsprechenden Hebel zu betätigen, und schon glühten sie vor Zorn. Arnaud und Laure traten jetzt im Duett auf wie Stand-up-Comedians. Ihre Gardinenpredigt nahm kein Ende. Sie verloren den Faden, verhedderten sich. Also wenn ich das richtig verstand, hatten sie »diese ganze Gewalt« und »diese Negativität« satt, wollten »ihren Glauben an das Positive nicht verlieren«, »zur Ruhe kommen«, wünschten sich »mehr Utopien« und »mehr Optimismus«. Das beteten sie jedoch nicht im Säuselton eines Pfarrers herunter, sondern skandierten es eher nach Art eines Internatsaufsehers aus der Vorkriegszeit. Da ich mich, während ich ihnen so lauschte, auf eine innere Pilgerreise zu den Gipfeln buddhistischer Abgeklärtheit begab, war es mir vollkommen unmöglich, ihnen zu folgen. Vielleicht wäre es glaubwürdiger gewesen, wenn sie Kopfstand gemacht oder sich wie die Fledermäuse an den Füßen an meine Seile gehängt hätten, während sie diesen ganzen Mumpitz von sich gaben. Der Regisseur dieser Show hatte das Ding echt ganz schön hingepfuscht.

Nebenbei ließ Laure mir eine kleine Warnung zukommen, da hätte ich mal besser hinhören sollen. Ich erinnere mich nicht an den genauen Wortlaut, aber sie sagte so etwas in der Art wie: »Sollte das noch einmal vorkommen, wird Ihnen das noch leidtun.« Ich hatte in der Tat schon Schlimmeres gehört, aber immerhin ging man so ganz nebenbei von der Moralpredigt zur Drohung über, auch wenn Arnaud weiter unbeirrt von seinem »Optimismus des Willens« quatschte und dass es überlebensnotwendig sei, nicht all diesen »Zynikern, Berufsskeptikern und Rattenfängern« auf den Leim zu gehen. Ich hatte keine Ahnung, warum (und ich glaube, er selbst auch nicht), aber er betonte wieder und wieder, dass wir uns unbedingt den Glauben an das Positive bewahren müssten, die Hoffnung, denn es gebe Grund zur Hoffnung, und es gebe Erfolgsgeschichten. Die menschliche Zivilisation erlebte gerade die Vorboten eines Kollapses, und das war seine ganze Reaktion darauf. Redete ich mit einem Journalisten oder mit einem erleuchteten Evangelisten? Wer weiß, was ihm als Nächstes einfiel. Er könnte zum Beispiel seine wöchentliche Nachrichtensendung in ein Remake der Aerobic-Sendung *Gym Tonic* auf Antenne 2 verwandeln, sich in einen Neon-Jumpsuit werfen und Véronique und Davina ablösen.

Als sie endlich eine kurze Pause einlegten, erklärte ich ihnen, dass ich grundsätzlich nichts gegen eine Deeskalation hätte, um der allgemeinen Überhitzung unserer Zeit (und dieser Diskussion) Einhalt zu gebieten, oder gegen eine Hinwendung zu einem … nennen wir es mal ›bewussten Hedonismus‹. Wir schauten uns alle an, niemandem fiel irgendein Einwand dagegen ein, weil diese ganze Diskussion einfach nur surrealistisch war. Lebowski hatte sich im Übrigen längst wieder todmüde zur Ruhe begeben und ausnahmsweise konnte ich das gut verstehen.

Laure versuchte, dem Ganzen im Nachhinein einen Anschein von Logik zu geben, indem sie mir den Befehl erteilte, diesen Hund NIE WIEDER mitzubringen. Amandine gab sich damit jedoch nicht zufrieden, sie goss noch etwas Öl ins Feuer, indem sie im Weggehen leise, aber so, dass ich es hören konnte, »Bauerntrottel« zischte. Damit war die Sache klar. Diese Göre hatte mir den Krieg erklärt, und ich hatte keinen blassen Schimmer warum. Mein Status als »Bauerntrottel« bot jedenfalls keine hinreichende Erklärung dafür. Wie dem auch sei, das ging mir gewaltig gegen den Strich. Wenn man immer wieder gedemütigt wird, ist es nur eine Frage der Zeit, bis man explodiert, und ich wollte nicht, dass der Countdown zu laufen begann. Ich erklärte ihr also, dass ich, wenn sie die Absicht hätte, mich erneut zu beleidigen, mich leider gezwungen sähe, ihr eine Ohrfeige zu verpassen. Sie setzte diesen entnervten Gesichtsausdruck auf (Augen und Augenbrauen leicht nach oben gezogen, dazu leichtes Kopfschütteln), den Teenager gerne aufsetzten, wenn sie ihren Gesprächspartnern (in der Regel Erwachsenen) klarmachen wollten, dass sie nicht ganz dicht waren. Die Reaktion ihrer Eltern fiel deutlich ernster aus. Ich konnte regelrecht sehen, wie ich für sie von einem Moment auf den anderen nicht mehr Jim Carlos, der Gärtner, war, sondern nur noch Carlos, der Terrorist.

Aha, wenn das so ist, sagten sie, würden sie mir ab sofort die Pflege des Parks entziehen. Das war keine große Überraschung und kam mir im Grunde gelegen. Ich hatte genug von ihren Launen und ihrem Graf-Koks-Gehabe. Ich hätte sie einfach stehenlassen und mich anderen Dingen zuwenden können. Von heute aus betrachtet denke ich, das wäre eine verdammt gute Idee gewesen. Was soll's. Stattdessen erklärte ich, um auch mal ein bisschen den dicken Larry zu markieren, dass sie einen Vertrag unterzeichnet hätten, der bindend wäre.

Arnaud schüttelte ungläubig den Kopf, so als sei er perplex angesichts einer solchen Frechheit, Schäbigkeit und Kleinlichkeit. Laure hingegen, die eigentliche Chefin dieses Spektakels, ergriff dankbar die Gelegenheit, ihre Kompetenz als Wirtschaftswissenschaftlerin unter Beweis zu stellen, und antwortete mir zuckersüß, dieser Vertrag enthalte keinerlei Rücktrittsklausel, insofern könne ich das vergessen. Ich stellte fest, dass sie mir zumindest eine Anzahlung schuldeten, die sie natürlich noch nicht überwiesen hatten. Arnaud lächelte, so nach dem Motto, »na klar, träum weiter«. Laure reagierte nicht. So langsam hatte ich echt genug von ihnen, trotzdem fragte ich sie, ob ich die Zeder etwa halb ausgelichtet lassen sollte, auch wenn die eine Seite dadurch schwerer war und sich der Baum gefährlich neigen könnte. »Nein.« – »Dann müssen wir über die Konditionen reden.« Da fühlten sie sich in der Zwickmühle. Das gefiel ihnen gar nicht. Sich den Anweisungen eines kleinen Gärtners unterwerfen! Das wäre ja noch schöner! Sie schauten sich an: Oh làlà! Aber man hatte bereits hartnäckigere Fälle gemeistert. Das würden sie schon schaffen. Sie gaben mir Order, meinen Hund im Lieferwagen einzuschließen und dann in ihre geheizte Veranda zu kommen, um die Details zu klären. Das tat ich.

In der so genannten Veranda traf ich dann auf Vater und Mutter. Das Mädchen hatte sich bereits verdünnisiert, sie hatte ihren Part vermutlich beendet. Nebenbei fragte ich mich, ob diese Leute eigentlich auch ab und zu arbeiten mussten oder ob ihre Hauptbeschäftigung darin bestand, mir Vollzeit das Leben schwer zu machen. Hatten sie nur so getan, als würden sie das Haus verlassen, um sich dann hinter der Mauer zu verstecken und mich in ihr absurdes Szenario hineinzuziehen? Aber wie bereiteten sie dann *Das Sonntagabend-Magazin* und die Wirtschaftskurse an der ESSEC vor? Im Lauf der Unterhaltung bekam ich mit, dass Laure donnerstags keine Seminare gab, Arnaud im Homeoffice war und Amandine sich fiebrig gefühlt hatte und deshalb früher aus der Schule zurückgekommen war. Das war definitiv nicht mein Glückstag! Arnaud hatte seinen schönen, perlgrau melierten Wollmantel abgelegt. Der Mantel, in Kombination mit seinen weißen Haaren, verlieh ihm die perfekte Harmonie eines Schimmels aus der Pferdeakademie von Versailles. Er legte ihn, nachdem er ihn umgedreht und gefaltet hatte, auf einem Samtsessel ab. Ein Giorgio-Armani-Mantel. Das hätte ich natürlich nicht erraten können, aber ich hatte ausreichend Zeit, das Etikett zu studieren. Denn Arnaud, in seiner schönen Kaschmirstrickjacke, unter der ein Seidenschal zu sehen war – weder von der Strickjacke noch vom Schal konnte ich das Etikett sehen, aber so viel war mir klar, sie kamen nicht aus der Textilabteilung von Leclerc oder Auchan –, hantierte nun mit seinem Handy und seinem Tablet, scrollte seine E-Mails durch und gab dazu irgendwelche mehr oder minder verständlichen Kommentare ab. Unter anderem ging es um »Gesindel«, das im Stadtzentrum von Périgueux randaliert hatte. »Nein, wirklich, Périgueux! Was kommt bitte als Nächstes?«, und um eine »Bande von Hyänen«, denen es gelungen war, einen Minister abzusägen. Wenn ich das richtig verstanden hatte, bestand besagte Bande von Hyänen aus Journalisten eines unabhängigen Nachrichtenportals. Aber ich hörte so oder so nicht mehr richtig hin. Ich war mir noch nicht mal sicher, ob er wusste, was er da redete. Er ließ sich von seiner eigenen Stimme einlullen, sprach mit der typischen Modulation und Phrasierung eines Journalisten seines Senders.

Ich konzentrierte mich derweil auf den schönen Ofen, der auf der Veranda eine wohltuende, sanfte und trockene Wärme verbreitete. Ein finnischer Ofen, ich kannte das Fabrikat. Das war der beste, den es zu kaufen gab, das wusste ich auch ohne Etikett. Der Fernseh-Chefredakteur sprang von einem Thema zum nächsten. Jetzt beklagte er die katastrophalen Überschwemmungen in Mitteleuropa und mokierte sich zugleich über das traurige Los der Menschen im Osten: »Die Armen, erst mussten sie fünfzig Jahre im Kommunismus hinter sich bringen, dreißig Jahre Dacia fahren und Quechua-Klamotten tragen und jetzt auch noch das!« Der Typ wollte mir durch seinen aufgesetzten schwarzen Humor zu verstehen geben, dass er einen ganzen Planeten zu managen hatte und nicht nur ein paar Beete mit Lauch.

Ich schwieg, Laure ließ indes ihren Teebeutel mit Heilkräutern in einem Becher mit der Aufschrift *dad joke survivor* ziehen, das traf den Nagel auf den Kopf. Schließlich boten sie mir ihren bescheuerten Nespresso an. Sie hatten mich bald soweit, ich begann Gewaltfantasien zu entwickeln, mir vulgäre Schimpfwörter für sie auszudenken. Sie gingen mir gehörig auf den Sack, noch mehr als ihr Kaffee. Ich lehnte dankend ab. Laure sah mich strafend an, als ob ich gerade, statt höflich einen Kaffee abzulehnen, gerülpst hätte, so wie Lebowski, wenn er seinen Napf leergefressen hat. Bei diesem Duo war Arnaud für die Show zuständig, und Laure machte die Kasse am Eingang. Sie kündigte mir ohne weitere Einleitung und unmissverständlich an, dass sie mich nur für die Auslichtung der Zeder bezahlen würden und für sonst gar nichts. Das scherte mich nicht, aber ich konnte mir dann doch nicht verkneifen zu fragen, ob ich für all die Stunden, die ich die *dad jokes* und das Mainstreamgesülze von Arnaud ertragen musste, etwa kein Geld bekäme. Wer weiß, vielleicht testete er an mir nur seine Kommentare fürs Fernsehen? So ein *Screen test*, das kostet. Ich meinte, bei Laure die Andeutung eines Lächelns gesehen zu haben, aber vielleicht täuschte ich mich auch. Arnaud hingegen, das konnte ich sehen, biss bei jeder meiner Provokationen die Kiefer zusammen. Vermutlich war er der Ansicht, dass Humor allein seine Domäne war. Es war jedenfalls witzig zu beobachten. Er erinnerte mich an einen Igel, der sich zusammenrollt, wenn man ihm zu nahekommt, oder an Lebowski, der die Ohren spitzt, sobald ich den Schrank mit dem Trockenfutter öffne.

Amandine tauchte erneut auf der Veranda auf, mit der Post in der Hand und in der Absicht, mit dem Papier die gerade verlöschende Glut unseres morgendlichen Clashs wieder anzufachen. So erklärte sie, in der Post sei ein interessanter Prospekt – sie zeigte ihn ihren Eltern – von einer lokalen Flüchtlingsorganisation, die dafür warb, Flüchtlinge bei sich zu beschäftigen. Amandine, das kleine Miststück, las Wort für Wort vor: »Für Reparaturen und Pflege- und Instandhaltungsarbeiten aller Art in Haus und Garten«.

Ein ziemlich unelegantes Manöver für Leute, die so viel Geld in ihre Eleganz investierten. Aber egal, es ging also wieder von vorne los! Sie hatte ein paar Münzen in die Jukebox gesteckt und unser Stück setzte sich erneut in Bewegung. Arnaud schaute mich konsterniert an: War seine Tochter nicht genial? Er sagte, ich verstände sicher, dass das für sie eine interessante Alternative sei. Außerdem sei das weniger »unelegant« – ja, er sagte wirklich »unelegant«, wir blieben also beim Thema –, als mich durch einen meiner Konkurrenten zu ersetzen. Ich hatte keinen »Konkurrenten«. Aber ich war offensichtlich im falschen Seminar gelandet, das war ohnehin kein Wirtschaftsseminar, es ging um Humanismus. Er meinte, mir weißem Prolo um jeden Preis erklären zu müssen – denn weißer Prolo gleich Rassist, Faschist oder, noch schlimmer, Gelbweste (meine Verbalattacken im Sommer am Pool oder in der Küche hatten ihn davon überzeugt) –, dass der Antirassismus die Mutter aller Schlachten sei, und die Geflüchteten auf dem Mittelmeer an ihren Rettungsinseln hingen wie einst Christus am Kreuz. Ich schaute sie an, frappiert über ihre plötzliche Entdeckung der Nächstenliebe. Die Loubets hatten ein Herz fürs Volk, aber nicht für mich. Sie liebten die einfachen Menschen, unter der Voraussetzung, dass sie weit weg waren. Weit weg von ihrem Anwesen, weit weg von ihrem SUV Volvo XC60 AWD 250 CV, weit weg von ihrem Golfplatz, ihren Fernsehstudios und ihrem Campus, so weit weg wie ein ertrinkender Flüchtling. Und wenn es nicht zu vermeiden war, dass sich doch mal einer von ihnen näherte, dann auf Knien, und so unterwürfig wie Andréia, nachdem man sie jahrzehntelang abgestraft und schikaniert hatte. Aber vorerst erwarteten sie wohl von mir, Abbitte zu leisten.

Also erkläre ich ihnen noch einmal meine Sicht der Dinge. Ich sagte ihnen, dass ich nicht das geringste Problem mit Migranten hätte, doch davon überzeugt sei, dass die Immigration letztlich eine Meisterleistung der Meister dieser Welt sei, sprich der Banker und der hohen Beamten, die man inzwischen nicht mehr wirklich voneinander unterscheiden könne. Ohne dieses Ablenkungsmanöver würden wir längst im Sozialismus leben, auf dem Weg in den Kommunismus, und da würde man in Prés Poleux ein Dutzend Familien unterbringen, egal, ob geflüchtet oder nicht.

Schweigen. Das Worst-Case-Szenario war eingetreten, ein Bolschewik war in ihr Anwesen eingedrungen, das war ja noch schlimmer als ein Terrorist! Arnaud öffnete den Mund, aber bevor er dazu kam, erneut einen seiner Kommentare abzuspulen, die ich jeden Tag in jeder beliebigen Zeitung lesen konnte, unterbrach ich ihn und sagte, ich würde ihnen dann die Rechnung für die Auslichtung der Zeder schicken. Dann stand ich auf und ging. In dem Moment war ich überzeugt davon, dass das unsere letzte Unterredung war, und darüber war ich sehr erleichtert.

Nur leider war das ein Irrtum.

Als ich an diesem Donnerstagabend nach Hause kam, dachte ich, das Kapitel Prés Poleux wäre damit für mich abgeschlossen. Ich glaube von heute aus betrachtet, nach dieser Episode hatte ich zum ersten Mal das Gefühl, dass hinter ihrer scheinbar perfekten Selbstinszenierung der Wahnsinn lauerte. Da konnte die von wildem Wein wie von einem blutroten Seidenschal eingerahmte Fassade noch so makellos sein, die kiesbedeckten Alleen noch so penibel geharkt – ein Anblick, der bei mir im Übrigen die Assoziation an einen monomanischen Psychopathen weckte, der seine Haare immer wieder zwanghaft nach vorne kämmt. Ich hätte mehr auf meine innere Stimme hören sollen. Aber an dem Abend bereute ich nichts. Es war trotz allem eine fruchtbare Erfahrung gewesen. Eine *Win-Win*-Situation, wie Laure gesagt hätte: Sie hatten ihren Gemüsegarten, einen *Vorzeige-Prototyp*, der *Mercedes unter den Biogärten*, hätte Arnaud gesagt, ohne einen Widerspruch darin zu sehen, und ich hatte einen *All-inclusive*-Aufenthalt im Land der »Verlierer von oben« verbringen dürfen, wie Emmanuel Todd sie nannte, den Arnaud im Zuge einer atemberaubenden *Mise en abîme* zitiert hatte. Ich hatte also eine Exkursion in eine Art Rollenspiel zum Thema *Die Geschichte der Dummheit* von François Bégaudeau unternommen, täuschend lebensecht.

Todd und Bégaudeau, ihre Bücher hatten mir zuletzt die wichtigsten Erkenntnisse geliefert.

Trotzdem hatte ich das Bedürfnis, die Erinnerung an diesen lächerlichen Lebowski-Schauprozess loszuwerden, mit dessen Hilfe sie mich vor die Tür setzen wollten, nachdem sie mich gerade erst angeworben hatten, als wäre ich ein Auto, das man nach der Probefahrt zurückgibt. Ich zog meine dreckige Daunenjacke über, um in meinen Gewächshäusern nach dem Rechten zu sehen. Draußen war es hundekalt oder auch Lebowski-kalt, denn die Kälte konnte ihm genauso wenig anhaben wie die ehrenrührige Behauptung, er hätte jemanden gebissen. Er tauschte seinen warmen Platz am Kaminfeuer gegen die stechend kalte Luft und schien das überhaupt nicht zu bemerken. Draußen unterm Vordach herrschten zwei Grad. In meinem großen Gewächshaus waren es acht. Der Kompost und meine schwarzen Kanister gaben gerade so viel Wärme ab, wie nötig war. Unter der durchscheinenden Plane herrschte eine klösterliche Atmosphäre, das milchfarbene Licht sorgte für den Heiligenschein und die Pflanzen für einen subtilen Duft. Die meisten Beete hielten Winterruhe, aber Peperoni, Paprika, ein paar unermüdliche Salatköpfe, Radieschen und Einlegegurken wuchsen weiter, nach ihrem Rhythmus. Ich schaute auch nach meinen Sämlingen im Boden. Vor allem Linsen, Saubohnen und Erbsen. Der Boden knackte unter meinen Schritten und mein Atem bildete kleine Wolken, als würde ich paffen. Der große Teddybär folgte mir wie ein braver kleiner Hund. Um meine bestellten Beete herum blühten Heidekraut, Christrosen und Erdbeerbäume, sie hatten sich selbst dort ausgesät. Sie waren willkommene Besucher, pazifistische Eroberer, die, wenn alle anderen sich wegduckten, ihre Köpfe nach oben reckten. Für mich waren diese Pflanzen, die dem Winter mit ihren weit geöffneten Blüten im Dunkeln Auge in Auge gegenübertraten, wahre Helden.

Nun, was die können, kann ich auch, ich bin auch furchtlos. Also, ab in den Pool! Noch heute Abend! Am Donnerstag ist immer Nachtbaden. Das wird mir guttun. Ich werde meine Prolovorbehalte überwinden, mir einen Ruck geben, eins werden mit dem kühlen Nass, das ganze lächerliche Programm. Ich liebe Wasser, selbst wenn es gechlort ist wie eine mit Bleiche behandelte Kloschüssel. Anfang Dezember ins Schwimmbad zu gehen, ist jedenfalls eine andere Geschichte, als sich in der seidigen Frische eines Sommermorgens in den Pool der Loubets gleiten zu lassen. Es ist vor allem eine Demonstration des Prinzips, dass der erste Schritt immer der schwierigste ist. Zuerst die Entscheidung, überhaupt dort hinzugehen, dann die Entscheidung, sich auszuziehen, dann die Entscheidung, ins Wasser zu springen. Wenn alles gut läuft, ist das Gefühl der Befreiung, das man empfindet, wenn man spürt, wie man vom Wasser getragen wird, eine ausreichende Entschädigung dafür. Leider werden die Schwimmbäder in der Schulzeit, insbesondere ein paar Wochen vor der weihnachtlichen Völlerei, von Sportfanatikern überflutet. Da sind die Materialfetischisten, die Flossen, Masken, Trinkflaschen, Badesandalen und Gott weiß was noch für Zeug am Beckenrand deponieren wie das Marschgepäck eines Kampfschwimmers, da sind die Stachanowisten des Kraulschwimmens, die das Wasser mit Schlägen traktieren, als ginge es darum, einen Rekord aufzustellen, und da sind all diese Frauen, die unermüdlich eine Bahn nach der anderen ziehen, als gälte es, mit jeder Bahn ein paar Sekunden jünger zu werden. Ich schwimme gern in ruhigem Wasser und nicht in aufgepeitschtem Wasser, in dem ich mich wie in einer Riesen-Spülmaschine fühle. Das ist ungefähr so wie der Unterschied zwischen einem Spaziergang im Wald und dem Versuch, sich durch das Gedränge auf einem Metro-Bahnsteig zu quetschen. Ich ließ mich so oft es ging zu Boden sinken, da war weniger los. Auch wenn das verboten war (doch die Bademeister dort erinnerten mich eher an Lebowski als an *Baywatch*). Dann blieb ich so lange unten, wie ich es ohne Sauerstoff aushielt, also zwischen zwei Minuten dreißig und drei Minuten. Wenn ich unten am Boden klebte ohne zu atmen, dann spürte ich körperlich, wie Zeit und Ort verschwammen, ich sah diesen riesigen, smaragdgrünen Raum vor mir und all diese sich froschartig bewegenden Beine in Badeklamotten, die ich wirklich lieber aus dieser Perspektive sah, still und verletzlich.

In diesem Moment brachte die Sättigung meines Blutes mit Kohlendioxid mich an den Rand der Ohnmacht, und ich hatte eine Erleuchtung! Ich sah mich an Stelle des kleinen schwarzen Cockerspaniels von Jeanne. In dem Moment, in dem sie ihn mit Steinen beschwert ertränkten, am Grunde des Pools.

Warum hatten sie das getan?

Einen kleinen schwarzen Cocker. Warum?

Ich wusste jetzt, warum!

Weil er, genau wie Lebowski, einen Knochen des Skeletts geklaut hatte. Einen großen, wie zum Beispiel einen Oberschenkelknochen. Wo? Das wusste ich nicht, in einem der Nebengebäude oder im Park. Anschließend hatte er ihn vermutlich an einer anderen Stelle wieder vergraben, da, wo der alte Lebowski ihn gefunden hat. Eben darum hassten sie, jenseits von ihrem grundsätzlichen Hass auf Hunde, meinen Golden Retriever so dermaßen. Er hatte die Tür zu den Phantomen von Prés Poleux aufgestoßen.

Ich stieß mich mit den Füßen vom Boden ab und kam in einem Zustand fortgeschrittenen Sauerstoffmangels wieder an die Oberfläche. Ich füllte meine Lungen mit Luft und spürte, wie mein Kopf und meine Arme von leichten Zuckungen durchlaufen wurden. Ich bewegte mich an der Grenze zum Verlust der motorischen Kontrolle. Beim Apnoetauchen nennt man das »Samba«. Ich habe eine Menge Apnoetaucher gesehen, die beim Auftauchen auf einmal anfingen zu tanzen wie Marionetten, deren Fäden ein alter Tattergreis hielt. In der Regel geht das schnell vorüber. Man sollte nur vermeiden, das Bewusstsein zu verlieren. Ganz so weit war ich noch nicht. Aber in meinem Kopf ging es zu wie in einem Karussell. Eine Frage drehte sich dabei beständig im Kreis. Wer? Wer, verdammt nochmal? Was ist das für ein Skelett, das da unter meinem Schädel tanzt wie in einem Film von Tim Burton? Wer ist der glückliche Besitzer des vergilbten halben Oberschenkelknochens, den Mephisto analysiert hat? Ich beruhigte mich nach und nach. Niemand, weder die roboterhaften Schwimmer noch der apathische Bademeister, hatte etwas von meinem kleinen Schwächeanfall mitbekommen. Nachdem mein Blut mit ausreichend Sauerstoff gesättigt war, kam auch mein Gehirn mehr schlecht als recht wieder in Gang. Was wusste ich? Dass es ein Mann war. Kein kleiner Cocker. Um die fünfzig …

Jean-Luc! Verdammt! Jean-Luc! Das konnte nur Jean-Luc sein!

Als ich wieder zu Hause war, tat ich das, was die Leute in Büchern und Filmen in solchen Situationen immer tun, ich legte Musik auf, The National, hörte dreimal hintereinander das Stück »About Today« und schenkte mir einen irischen Whisky ein – mein Schwächeanfall im Schwimmbad bot mir dafür einen guten Vorwand. Ich trinke normalerweise keinen Whisky, den habe ich nur für Freunde im Haus. Ich setzte mich in einen Sessel, Lebowski legte sich zu meinen Füßen; er wusste, wie man sich in solchen Szenen zu benehmen hat.

Matt Berninger, der Sänger von The National, sang den Refrain von »Graceless«:

Put the flower you find in a vase
If you're dead in the mind it will brighten the place
Don't let them die on the vine, it's a waste

Jean-Luc. Ihr früherer Gärtner, mein früherer Kumpel, der hartnäckige Aktivist. Ich begann nachzurechnen. Es war schon ein paar Jahre her, dass Jean-Luc in Prés Poleux

gearbeitet hatte, das dürfte in etwa zur Zeit des Cocker-
spaniel-Dramas gewesen sein. Ich hätte Jeanne gerne nach
dem genauen Datum gefragt, aber ich wusste nicht, wie
ich sie erreichen konnte. Sie hatte mir nicht ihre Nummer
geben wollen.

Jean-Luc hatte sich tatsächlich in Luft aufgelöst. Aber wir
waren daran gewöhnt, dass er immer mal wieder für län-
gere Zeit von der Bildfläche verschwand. Er war eine Art
Jeanne mit Schnurrbart. Drei Monate in Brasilien, fünf
Monate in Kanada, er kündigte uns das nie vorher an,
und dann, eines Tages, war er mal wieder weg und kam
nicht mehr wieder. Alle dachten, dass er in irgendeinem
Wald am Äquator verschollen war oder so. Ich habe nie
versucht herauszufinden, was aus ihm geworden war, einmal, weil … weil wir zwar Kumpels waren, aber keine echten Freunde … und dann vor allem, um ehrlich zu sein,
weil er nach der Trennung von Claire und mir ein kurzes
Abenteuer mit ihr hatte. Was auch immer sich hinter dem
Wort »Abenteuer« verbarg, ich tat mich schwer mit dieser
Geschichte. Ich hoffte nur, dass die Sache nicht schon ihren Anfang genommen hatte, als ich noch mit Claire zu-
sammenlebte und ab und an Jean-Luc zu uns einlud. Ich
war enttäuscht von Claire. Das passte so gar nicht zu ihr,
war zu billig, zu trivial, zu vorhersehbar.
      Scheinbar fanden die Frauen ihn unwiderstehlich. Er
hatte ein hübsches Gesicht, bis zu der Geschichte mit
dem Hartgummigeschoss, einen klaren, offenen Blick, einen kantigen Kiefer und einen ebensolchen Charakter,
war etwas kleiner als ich, aber sportlicher. Er war französischer Meister im Boxen gewesen. Wir hatten auf dem
Gymnasium zusammen Rugby gespielt. Er war ein Spieler, den man auf jeden Fall lieber im eigenen Team hatte

als im gegnerischen. Ich mochte ihn gern, aber mehr auch nicht. Beim Gedanken an den Oberschenkelknochen, der womöglich ihm gehört hatte, versuchte ich mich, mit mittelmäßigem Erfolg, in eine traurige Stimmung zu versetzen.

Dabei hatte ich eigentlich eine geradezu irritierende Begabung dafür, in Mitleid zu versinken, insbesondere in Selbstmitleid, aber ich litt auch mit anderen mit, von denen ich annahm, dass sie sich genauso vergeblich abstrampelten wie ich. Ich konnte auf Kommando weinen oder so mitleiderregend schauen wie mein Hund. Ich hätte gut in romantischen Komödien oder französischen Autorenfilmen mitspielen können. Sobald mir irgendein banales Ereignis aus der gemeinsamen Zeit mit Claire einfiel (also mindestens einmal pro Woche), war ich am Boden zerstört. Sogar Maëlle rührte mich nachträglich zu Tränen, obwohl sie mir am Anfang sehr ablehnend begegnet war. Beim Gedanken daran, wie sie als Mädchen wegen irgendeines Kummers Tränen vergossen hatte, tat ich es ihr aus Mimikry nach. Wenn ich so weitermachte, dachte ich, während ich meinen Whisky austrank, würde mich Amandine, die letztlich auch ein Opfer ihrer Lebensumstände war, noch mehr rühren als Jean-Luc. Ich kam vom Thema ab.

Jean-Luc war schließlich nicht nur ein Playboy wider Willen gewesen, sondern ein unermüdlicher Aktivist, der sich so entschlossen und engagiert in politische Kämpfe geworfen hatte wie in ein Rugbyspiel. Als Gewerkschafter, Umweltschützer, Aktivist für verschiedene Organisationen kämpfte er gegen Ungerechtigkeit und für die Freiheit, wo er nur konnte. Wäre er noch da, wäre er eine Gelbweste von der ersten bis zur letzten Stunde, davon bin ich überzeugt. An diesen heroischen Samstagen, an denen das französische Volk seine revolutionäre Ader wiederentdeckte, dachte ich an ihn. Ich persönlich bin nur einmal hingegangen, das genügte mir, die Gewalt schreckte mich ab. Außerdem widerstrebte es mir, ein neonfarbenes Leibchen überzuziehen. Ich hatte schon immer eine Aversion dagegen, mich in ein Kollektiv einzuordnen und nach außen hin Einigkeit zu demonstrieren. Sogar »Je suis Charlie« hat mich ehrlich gesagt genervt. Aber ich kann mich noch erinnern, dass ich Jean-Luc in dieser Zeit gerne an meiner Seite gehabt hätte. Wie auch immer, ich war es ihm schuldig, diese Geschichte aufzuklären. Egal, wie nah er mir stand, Jean-Luc hatte das verdient.

Ich überlegte, ob ich Claire anrufen sollte. Aber vermutlich würde sie dann denken, dass ich immer noch eifersüchtig war wegen dieser kurzen Affäre zwischen Jean-Luc und ihr, die eine halbe Ewigkeit her war. Also rief ich stattdessen einen alten Kumpel an, der mit uns auf dem Gymnasium war, Ben. Er war Schlagzeuger und ansonsten ein ziemliches Wrack. Er bestätigte mir, dass Jean-Luc bis heute nicht wieder aufgetaucht war, und auch seine Kinder nichts von ihm gehört hatten. »Wenn du mich fragst, das klingt nicht gut, das klingt gar nicht gut. Der hat bestimmt einen Unfall gehabt, oder sowas in der Art. Sonst hätte er seinen Kindern doch ein Lebenszeichen gegeben.« Ja, da lag Ben, auch wenn er sich sein halbes Gehirn weggekifft hatte, bestimmt richtig.

Ich schenkte mir einen zweiten Whisky ein (da das erste Glas immer den Effekt hat, unsere Meinung zu den schädlichen Auswirkungen von Alkohol zu relativieren – »Ein Gläschen in Ehren!« – »Auf einem Bein kann man nicht stehen!« – und schließlich – »Aller guten Dinge sind drei!«, und so weiter), als ich merkte, wie ich erste Zweifel bekam. Und was, wenn ich mich täuschte? Vollkommen danebenlag?

Nein, nein und wieder nein, protestierte das zweite Glas Whisky. Dieser Oberschenkelknochen gehörte mit an Sicherheit grenzender Wahrscheinlichkeit Jean-Luc! Es kam mir trotzdem komisch vor. Wie konnte ich mir da so sicher sein? Wie konnte ich das beweisen? Klar, man könnte mit etwas Spucke von seinen Kindern einen DNA-Abgleich machen, aber das lag natürlich außerhalb meiner Möglichkeiten. Und ich sah mich nicht erneut zu Mephisto gehen, am Ende geriete ich noch in Verdacht, so wie in *M – Eine Stadt sucht einen Mörder*, nur in Farbe und irgendwo in Frankreich angesiedelt.

Als ich das zweite Glas fast geleert hatte, versuchte ich kühl ein Resümee zu ziehen und dabei die ganzen lächerlichen Spielchen der Loubets außen vor zu lassen. Also zurück zu den Fakten, das war das Einzige, was zählte. Was waren also die Fakten? Dieses Oberschenkelknochenfragment stammte von einem Menschen. Lebowski hatte es in ihrem Garten gefunden.

Ich musste mit dem Knochen zur Polizei gehen.

Das bedeutete, ich musste die üblen Erfahrungen ausblenden, die ich mit der Polizei gemacht hatte, ebenso wie ihre neue Doktrin, die lautete: »erst schlagen, dann fragen«.

Aber vorher erschien es mir nur recht und billig, die Hauptbetroffenen zu informieren, ihnen von Angesicht zu Angesicht gegenüberzutreten, und sie vorzuwarnen. Ich weiß immer noch nicht, ob aus Mut, aus Loyalität, oder weil ich mir ein kleines Vergnügen daraus machen wollte, Jean-Luc zu rächen und mit ihm Jeanne, Andréia und alle Kleinen Leute. Jedenfalls wollte ich nicht, dass die Polizei ihnen mitteilt, dass ihr Gärtner sie heimlich angezeigt hat.

Ich würde mit ihnen sprechen!

Ich warf Lebowski einen Blick zu. Er schaute mich aus seinen goldbraunen, wie von Mascara umrahmten Kulleraugen an. Er hatte etwas von einem alten müden Löwen mit seinem großen Kopf. Dieser Kopf erinnerte mich an jemanden, ein Mittelding zwischen Mutter Teresa und Joseph Kessel. Oder doch eher Claude Monet? Der Mann mit dem Leuchten in den Augen, der Mann, der mehr sieht als wir gewöhnlichen Sterblichen. Auf jeden Fall zwinkerte mein treuer Gefährte, der mich nicht aus den Augen ließ, jetzt zustimmend.

Ja, du solltest mit ihnen sprechen.

Am nächsten Morgen ließ ich Lebowski also allein im Haus zurück. Er konnte in den Flur, ins Wohnzimmer, in die Küche. Ich überlegte, ob ich ihn rauslassen sollte, aber es war wieder sehr kalt und außerdem hatte ich zugegebenermaßen Sorge, er könnte auf seine Art gärtnerisch tätig werden. In der Regel war er ungefähr so dynamisch wie ein Betonblock, aber seit dem ersten Fund im Sommer glaubte er manchmal, den Gärtner rauskehren zu müssen. Dann begann er wie ein Wilder in meinen für den Winter schön mit Stroh abgedeckten Hügelbeeten ohne jeden Sinn und Verstand herumzubuddeln, als hätte er da irgendwo Goldmünzen vergraben und könnte sich in Folge eines Schlaganfalls nicht mehr an den genauen Ort erinnern. Verdammt, wo war das nochmal? Da? Nein! Da? Um sieben Uhr morgens nahm ich also den Plastikbeutel mit dem Knochen an mich, um ihn an einen sicheren Ort zu bringen, schloss die Tür ab und begab mich auf direktem Weg nach Prés Poleux, fest entschlossen, die Sache ein für alle Mal zu klären. Ein echter Korvettenkapitän. Heroisch. Der Kangoo nahm die Fahrbahnschwellen wie ein Klipper, der über die Wellen des Atlantiks segelt.

Prés Poleux sah so aus, als würde es sich wegducken, die Bäume waren nackt. Klar, bei Kälte igelt man sich ein, aber die Kälte war sicher nicht der einzige Grund für diesen Rückzug ins Innere. Ich hatte da so eine Idee … Ich fuhr also vor, stieg aus und klingelte an der Gegensprechanlage mit integrierter Videokamera. Ich hörte Andréia fragen: »Wer ist da?« Noch bevor ich etwas sagen konnte, öffneten sich die beiden riesigen Flügel des schmiedeeisernen Tores langsam. Der Kangoo fuhr vor, so als täte er das täglich, der geharkte Kies knirschte unter seinen Rädern. Das Anwesen wirkte wie erstarrt in der eisig feuchten Luft. Ich hatte den Eindruck, ohne Lebowski im Laderaum war alles noch klarer, noch sauberer, nichts störte die Perfektion.

Ich klingelte an der Tür. Nicht Andréia öffnete mir, sondern ihre Nichte, die Dunkelhaarige, die bereits im Sommer da war, nur dass sie statt eines Fünf-Euro-T-Shirts jetzt einen Fünf-Euro-Pulli trug. Sie bat mich, im Vorraum zu warten. Da fiel mir wieder das Foto mit der kleinen Jeanne ins Auge. Beim ersten Mal hatte ich es rätselhaft gefunden, jetzt fand ich es zutiefst traurig.

Arnaud erschien in der Küchentür, er trug Jeans und Kapuzenpulli, seine Haare waren leicht zerzaust, er sah etwas normaler aus als sonst. »Was machen Sie denn hier?« – »Ich möchte mit Ihnen sprechen.« Er merkte, dass die Sache ernst war. »Ja bitte, ich höre.« – »Mit Ihnen und mit Laure.« Er schaute mich auf seine typische Art an, legte den Kopf leicht zurück. Da er größer war als ich, hatte ich das Gefühl, er musterte mich abschätzig. Er hielt einen Becher mit Kaffee in der Hand, trank einen Schluck, man hörte ihn schlürfen. Dann schaute er mich an und verzog den Mund. Statt etwas zu sagen, zog er sein Handy hervor und rief Laure an. (Klar, in so einem riesigen Haus rief man jemanden nicht einfach wie in einer Dreizimmerwohnung mit Küche und Bad, man musste schon telefonieren.) Wir warteten drei Minuten. Drei Minuten können lang sein. Vor allem für ihn waren sie lang, denn, wie ich amüsiert feststellte, es war zur Abwechslung mal an ihm, verlegen zu sein. Fast hätte ich ihn gefragt, ob er mir nicht einen seiner beknackten *Nespressos* anbieten wollte, aber ich hielt mich zurück. Er erklärte mir, dass er gleich nach Paris müsse und dementsprechend sehr wenig Zeit habe. Ich versicherte ihm, das wäre eine Sache von fünf Minuten. Dann kam Laure hereinmarschiert in einer Kampfmontur in Form eines Morgenmantels aus schwarzer Seide mit goldenen Applikationen. Sie hatte ihre Haare nach hinten gekämmt, war ungeschminkt, hatte aber eine Maske aufgelegt. Sie war stocksauer, wie man sehen konnte, auf mich und auf den Rest des Planeten. Ich weiß noch, dass ich dachte, dass sie gar nicht ahnte, wie Recht sie damit hatte, angesichts dessen, was ich gleich enthüllen würde.

Dann legte ich los. Erstens: Ich hatte einen Knochen in ihrem Garten gefunden. Zweitens: Der Knochen stammte von einem Menschen. Drittens, ich war überzeugt davon, dass er Jean-Luc Careilhac gehörte, ihrem ehemaligen Gärtner. Viertens, ich würde das alles der Polizei erzählen.

Ein Engel flog durch den Raum, hüpfte mit der Leichtigkeit eines Tyrannosaurus herum. Laure zeigte keinerlei Regung, nur ihr Blick wurde seltsam starr. Arnaud hingegen hielt sich so aufrecht wie der Südturm des World Trade Center am Morgen des 11. September 2001 zwischen 9:03 Uhr und 9:59 Uhr, in dieser knappen Stunde zwischen dem Aufprall der Boeing und dem Einsturz des Turms, in der die Zeit stehen zu bleiben schien. Dann redete er los, so wie er es immer tat, darin war er schließlich geübt. Ich sei offensichtlich »wahnsinnig geworden«, litte unter »galoppierender Paranoia«, das grenze schon an »Verschwörungswahn«, sei »Populismus« in Reinform. Es war ziemlich konfus. Er reihte ein »nichtsdestoweniger« an das andere, sprach immer wieder davon, dass man »seinen Gefühlen Raum geben« müsse. So erinnere ich mich, wie er sagte: »Nichtsdestoweniger dürfen wir uns nicht von unserer Wut hinreißen lassen.« Ich verstand nicht so ganz, auf wen das gemünzt war, denn ich war meilenweit davon entfernt, wütend zu sein.

Laure hingegen tobte innerlich. Ich weiß, es war vollkommen unpassend, unangebracht – von *inappropriate* würde man bei einer Filmfigur in einer in OF ausgestrahlten Serie sprechen –, aber als ich sie so ansah, dachte ich auf einmal, dass sie an diesem Morgen ziemlich sexy aussah und ich sie gerne vögeln würde. Erst hüpfte ein Tyrannosaurus durch den Raum und dann spielte meine Libido Achterbahn. Ich schloss daraus, dass ich offenbar ein ernsthaftes Problem hatte. Es gab hier keine Pheromone! Obwohl? Es war das erste Mal, dass ich sah, wie sie aus der Rolle der immer kontrollierten Dame fiel, dass ich sah, wie ihr Körper unter dem Seidenstoff revoltierte. Er schien zu beben wie das Fell einer Stute, die auf diese Art Fliegen verscheucht. Ich dachte (ich weiß, das war völlig *inappropriate*), dass der weibliche Körper mich an ein Wildpferd in Freiheit erinnerte, während mein eigener Körper mich eher an einen aus der Form geratenen Hahn erinnerte, an so einen debilen Hahn, der versucht, sehr zornig zu schauen und dabei nur lächerlich wirkt. Doch das war nicht der Moment, um das zu vertiefen. Zumal eher ihr Blick etwas Irres hatte und nicht meiner. Ihr Blick gab mir zu verstehen, dass ich gerade eine große Dummheit begangen hatte. Ich hatte nicht die Gelegenheit, mich über mein neues Studienobjekt zu beugen. Statt mich nur vorzubeugen, wurde ich ohne weitere Umschweife nach vorne geschleudert. Ein stechender Schmerz dröhnte unter meiner Schädeldecke und breitete sich wie eine verflüssigte Metalllegierung in meinen Schultern und entlang meiner Wirbelsäule aus.

Niedergeschlagen. Ich fiel.

Dann gingen die Lichter aus.

Das Erste, was ich sah, als ich die Augen nach einer gefühlten Unendlichkeit – mehrere Stunden? mehrere Tage? – einen Spalt breit öffnete, war diese brennende Glühbirne an der Decke, in einer Kugellampe aus Milchglas. Eine schwache, alte Glühbirne mit einem Glühfaden. Sie war meine Sonne in diesem Kellerloch tief unter der Erde.

Ich lag auf einer Unterlage aus festem Stoff, in einem schmalen Kellerraum, ein Stück gestampfter Erde, vielleicht zwei oder drei Meter lang, das nur durch eine hölzerne Luke an der Decke zugänglich war. Der Raum wurde durch ein Loch in der Größe eines kleinen Pflastersteins belüftet, davor erzitterte ein Spinnennetz im Luftzug. Ich war unfähig, mich von der Stelle zu rühren, hatte das Gefühl, ein Handbohrer würde gerade meinen Hinterkopf durchbohren.

Wer hatte mich niedergeschlagen? Wer hatte mich niedergeschlagen? Wer hatte mich verdammt nochmal niedergeschlagen?

Und mit einer solchen Wucht? Arnaud? Er war zwar kräftig, aber irgendwie auch träge, darum hatte ich da so meine Zweifel. Laure? Nein, sie stand mir in dem Moment gegenüber. Amandine, die durch ihren Hass ungeahnte Kräfte entfaltete? Oder durch eine genetische Mutation unbekannter Natur? Jeanne? Falscher Hippie aber echte

Außerirdische, die in der Lage war, sich herzubeamen, wenn nötig? Durch den Schmerz begann ich zu delirieren. Ich meinte, es erginge mir in dieser Gruft wie David Vincent auf der Suche nach der unauffindbaren Abkürzung in *Invasion von der Wega*. Das alles war so surreal, dass ich überhaupt nicht mehr wusste, woran ich war, und die unmöglichsten Hypothesen verfolgte. Ich verlor immer wieder das Bewusstsein.

Dann, nach mehreren Stunden oder Tagen, wurde es langsam besser.

Ich überlegte, an welcher Stelle sich der Keller befinden könnte. Entweder unter der Scheune im Westen des Grundstücks oder unter den ehemaligen Pferdeställen, oder er gehörte zu den Vorratsräumen. Da alte Anwesen dieser Größe traditionell über separate Vorratskeller verfügen und ich das Gefühl hatte, vollkommen isoliert zu sein, neigte ich zu der letzten Hypothese.

Meine Umhängetasche hatten sie mir gelassen, aber vorher scheinbar durchsucht. So fehlte mein Handy, obwohl eh kein Signal bis in dieses Kellerloch vordringen würde, und mein Leatherman-Multifunktionswerkzeug vermisste ich auch. Der Rest war da: Schal, Ohrenstöpsel, Metermaß, Lesebrille, und in der Reißverschlusstasche ein orangefarbenes Schreibheft und zwei Stifte für meine Gartenskizzen, ein Vierfarbenstift und ein Buch von Philippe Jaenada. Ich hatte es fast durch, nur noch zehn Seiten zu lesen. Statt es zu Ende zu lesen, fange ich lieber nochmal von vorn an. Doch mit stechenden Kopfschmerzen ist das kein Vergnügen. Normalerweise bringt dieser Autor mich immer zum Lachen, jetzt nicht, und das macht mich nur noch verzweifelter. Der Schmerz ist zu konstant, zu intensiv. Ich habe eine Beule am Hinterkopf und einen Wulst rund um die, wie ich vermute, inzwischen halb vernarbte

Wunde. Manchmal wünsche ich mir, wieder ohnmächtig zu werden, damit die Schmerzen aufhören. Ich frage mich, ob mein Schädel gebrochen ist und man ihn wie eine alte, kaputte Vase mehr schlecht als recht zusammengeklebt hat.

Ich hatte schon bald kein Zeitgefühl mehr. Manchmal denke ich, ich wäre seit Monaten hier und manchmal seit einem Tag, einem unendlich langen Tag. Am schlimmsten ist, dass ich in einen Eimer scheißen muss, das ist einfach nur eklig. Das hindert mich noch mehr am Schlafen als die armselige Sonne, die meine Nächte erhellt, die schwache Glühbirne, die ununterbrochen brennt. Ich kann sie nicht herausschrauben, sie ist eingeschlossen in ihre Milchglaskugel, eine Schiffsleuchte, die mit der Zeit und durch den Staub matt geworden ist. Ich könnte versuchen, sie mit einem Stein, den ich aus der Mauer löse, zu zerschlagen. Aber dann wäre es immer stockduster hier. Ich versuche die Augen so oft wie möglich zu schließen.

So oft wie möglich.

Wie ist das alles möglich?

Ich halte inne beim Schreiben, weil ich nicht mehr weiß, ob ich deliriere oder wann ich deliriere und wann nicht.

Wir leben in einer Atmosphäre des allgemeinen Misstrauens, man misstraut Informationen, und zwar allen Informationen, man misstraut den Regierenden, und zwar allen Regierenden, und dann misstraut man denen, die Informationen und Regierenden grundsätzlich misstrauen (Verschwörungstheoretiker, frustrierte Paranoiker, verrückte Sturköpfe).

Wenn man so langsam vor seinem Bildschirm verblödet, glaubt man irgendwann nicht mehr, dass es so etwas wie Realität überhaupt gibt. Klar, meine Basis war die mir bekannte Sphäre der Pflanzen, aber ich hatte zum Beispiel keine Ahnung von der Sphäre der Gewalt, die auf ihre Art genauso real ist. Nach meiner äußerst schmerzhaften Begegnung mit dieser Sphäre weiß ich nun also, dass sie sich so hart anfühlen kann wie ein Spatenstiel, ein Baseballschläger oder ein Golfschläger. Ich habe keine Ahnung, womit sie mich niedergeschlagen haben, auf jeden Fall tut es höllisch weh.

Als ich mein wenige Quadratmeter großes Verlies inspiziere, fällt mir auf, dass der Boden an einer Stelle weicher ist. Ich grabe. Warum? Keine Ahnung. Ich grabe so besessen wie ein Dachs, der einen neuen Zugang zu seinem durch einen Erdrutsch versperrten Bau sucht. Ich grabe, bis meine Fingernägel einreißen. In fünfzehn Zentimeter Tiefe stoße ich auf etwas Raues. Als ich die trockene Erde beiseiteschiebe, kommt ein großer, grauer Stoffsack zum Vorschein, aus dem etwas Undefinierbares hervorlugt.

Ich sehe es mir aus der Nähe an.

Knochen.

Vermutlich sind sie vollzählig bis auf einen Oberschenkelknochen. Knochen, umhüllt von Fetzen verdorrten organischen Gewebes, und das wiederum umhüllt von Fetzen halbzersetzter Kleidung. Ich ziehe mit angeekelter Miene vorsichtig an einem Stück, das hervorsteht. Es hat entfernte Ähnlichkeit mit einem Arm. Er mündet in eine Art Tintenfischkopf mit schwarzen Tentakeln: die Finger einer Hand. Ich erkenne ein Armband. Ein geflochtenes Lederarmband mit bunten Perlen. Solche Armbänder hat Claire früher selbst gemacht. Ich glaube, ich deliriere jetzt wirklich.

Aber nein.

Dieses ominöse Ding ist genauso real wie mein Schmerz

und lässt mich nicht mehr los. Armband. Claire. Sie hat mir mehrere solcher Armbänder geschenkt. Das könnte auch mein Arm sein. Die mumifizierte braune Haartolle auch. Ich weiche zurück, ohne den Blick abwenden zu können. Ich setze mich im Schneidersitz auf den Boden, rühre mich nicht von der Stelle, bin wie paralysiert. Von außen betrachtet könnte man meinen, ich nähme gerade an einem geheimen Initiationsritus für die Aufnahme in eine Freimaurerloge teil, mit einem Totenschädel à la Shakespeare als Deko. *To be or not to be?* Das ist leicht zu beantworten. Ich bin, und Jean-Luc ist nicht mehr. Das steht mal fest. Die Frage, die mich am meisten quält, ist, wie viel Zeit mir bleibt, bis auch ich in den Zustand des *not to be* übergehe. Ja, diese Frage stellen wir uns alle, aber hier bekommt sie eine ganz eigene Dringlichkeit.

Ich wünschte, Lebowski wäre da, hier neben mir, das wäre beruhigend.

~~Ich versuche, korrekt zu schreiben, aber auf einmal nervt mich das!~~

Ich konnte eine ganze Zeit lang nichts schreiben.

Wegen der Schmerzen.

Ich weiß nicht mehr, wer ich bin. Was bin ich anderes als dieser Schmerz?

Der Raum wird immer kleiner. Die Zeit dehnt sich. Ein schwarzes kosmisches Loch, das durch meinen kleinen elektrischen Himmelskörper unter seiner 40-Watt-Glocke erleuchtet wird.

Kein Horizont. Fern der großen Wälder, fern des Ozeans. Die Zeit ist lang, zugleich könnten meine Tage gezählt sein.

Alles ist eben relativ.

Ich muss an den Goldfisch denken, den ich mit Maëlle in einem Tümpel ausgesetzt habe. Für mich war das eine Art von Epiphanias. Ich war eine gute Viertelstunde lang der Heilige Franz von Assisi, ich hätte mal versuchen sollen, übers Wasser zu laufen. Der Fisch verharrte ein paar Sekunden auf der Stelle, dann bewegte er träge seine Flossen und schwamm zwanzig Zentimeter, die maximale Distanz, die er in seinem Aquarium zurücklegen konnte. Und dann tat sich diese unendliche Wasserfläche vor ihm auf. Er konnte so weit schwimmen, wie er wollte, zwischen den Algen hindurchgleiten, ein paar seiner Süßwasser-Kameraden begegnen, Schleien und Gründlingen. Der Beginn eines Lebens in Freiheit, er war schlicht so glücklich wie ein Fisch im Wasser. Maëlle sang ohrenbetäubend laut: »*Ich bin frei, endlich frei, und fühl mich wie neugeboren!*«, klatschte dabei in die Hände und lachte. In der ersten Zeit sind wir täglich zum Tümpel gegangen und haben beobachtet, wie er von Mal zu Mal lebhafter wurde. Er stach mit seiner roten Farbe deutlich zwischen seinen grauen Artgenossen heraus. Irgendwann sind wir dann nicht mehr hingegangen. Wie lange er wohl überlebt hat? Ich vermute, nicht besonders lange, aber entscheidend ist, dass er in dieser Zeit ein gutes Leben hatte. Wenn ich je aus diesem Loch hier herauskomme, fahre ich ins Finistère und schaue nach ihm. Mir ergeht es genau andersherum, ich war es gewöhnt, viel Raum um mich herum zu haben, und bin nun in einem Spinnenvivarium eingesperrt, bin ein Gefangener. Wobei man in diesem Land als Gefangener Recht auf einen täglichen Hofgang hat. Ich dagegen sitze in einem verfluchten mittelalterlichen Kerker, und die Loubets machen einen auf Medicis. Oder, um in Maëlles Welt zu bleiben, Laure Thibault de Dallembert kann Cersei Lannister das Wasser reichen.

Die Tage vergehen – aber sind es überhaupt Tage? – und ich reagiere darauf anders als gedacht. Ich gebe nicht auf. Fast könnte man sagen, »im Gegenteil«. Ich harre der Dinge, die da kommen. Ich ähnele einem dieser bedauernswerten Kerle, die förmlich darauf warten, dass irgendein Schicksalsschlag sie trifft und die große Leere in ihrem Leben ausfüllt. Ich verbringe viel Zeit damit, meine Reaktionen und Resilienzmechanismen zu analysieren. Das Räderwerk meines Gehirns arbeitet auf Hochtouren. Aber ich traue mir selbst nicht über den Weg, womöglich liege ich auch falsch mit meinen Analysen? Ich bin letztlich nicht der Richtige, um meine eigene Situation einzuschätzen. Fakt ist, dass sie ihr Verhalten mir gegenüber geändert haben.

Es ist jetzt das dritte Mal, dass Arnaud an einem Schloss hantiert, die Luke öffnet und mir eine Plastiktüte mit verknoteten Griffen herunterwirft (nicht gerade ökologisch, aber die Zeiten sind eh vorbei). Ich kann ihn im Halbdunkel nur schemenhaft erkennen, zumal das Licht der Glühlampe mich blendet. In der Tüte befinden sich zwei Flaschen Wasser, Müsliriegel und Bananen. Sie landet mit einem dumpfen Geräusch auf dem Stampflehmboden und die Bananen werden jedes Mal beim Aufprall zerquetscht. Es ist idiotisch, aber ich könnte heulen wegen der armen Bananen, als hätte ich nicht genug Grund, verzweifelt zu sein.

Immerhin flüstert Arnaud mir dieses Mal etwas zu, die ersten beiden Male hat er keinen Ton gesagt. Ich habe keine Ahnung, warum er flüstert. Hat er Angst, dass Cersei Lannister ihn hört und zur Strafe vierteilen lässt? Seltsam. Darum habe ich auch nicht alles verstanden, aber so viel habe ich mitbekommen: Er versicherte mir, Jean-Luc

Careilhac sei bei einem Unfall ums Leben gekommen, und behauptete, sie hätten seine Leiche erst kürzlich gefunden.

Klingt sehr unglaubwürdig. Aber warum behauptet er das?

Was führt er im Schilde? Will er mir das Gehirn waschen? Mit mir ins Gespräch kommen? Verhandeln? Worüber verhandeln?

Nachdem er verschwunden ist, gehen mir diese Fragen immer und immer wieder im Kopf herum. Wie eine Ladung Wäsche in der Trommel einer defekten Waschmaschine, die nicht aufhört sich zu drehen.

Das nächste Mal, das vierte Mal – am vierten Tag? Ist meine Vermutung richtig, dass er einmal am Tag kommt? – komme ich zu dem Schluss, dass Arnaud definitiv mehr einen an der Waffel hat als ich. Er erklärte mir ohne Scherz, dass meine »Separierung«, meine »Zwangsklausur« mich wieder auf den rechten Weg zurückbringen solle. Ich finde, er als ein Mann vom Fernsehen hätte wenigstens von »Lobbing« sprechen können, wie es sich einer Führungskraft geziemte: »Dieser Angestellte, der für die Grünflächen zuständig ist, ist ein Totalreinfall, aber leider unkündbar, Sie wissen ja, wie das ist, diese Gewerkschafter sind schlimmer als ein Furunkel. Tja, darum blieb uns nichts anderes übrig, als ihn ins Souterrain zu versetzen, da kann er zumindest nicht ganz so viel Schaden für das Unternehmen anrichten.« Er erklärte mir: »Das ist nur zu Ihrem Besten, denken Sie darüber nach, gestehen Sie Ihren Fehler ein.« Dann schwadronierte er etwas von »Verhaltensauffälligkeit«. Wovon redete er, verflucht nochmal? Mir fiel dazu nichts anderes ein, als zu sagen: »Bitte, stellen Sie die Leiter wieder hin, dann komme ich zu Ihnen hoch und wir können diese Unterhaltung auf normale Art und Weise fortführen. Ich verspreche Ihnen auch, dass ich den kleinen Scherz, den Sie sich mit mir erlaubt haben, nicht an die große Glocke hänge …« Doch ich hatte den Eindruck, er hörte mich nicht.

Dann kam er wieder mit seinem Lieblingsthema, den Migranten. Er erklärte mir, diese Erfahrung solle mir helfen, den Leidensweg der Geflüchteten besser zu verstehen. Wenn das so weiterging, sollte ich mich am Ende noch einer Selbstkritik unterziehen. Das war das reinste Umerziehungslager hier. Zum Teufel, meine Kerkermeister machten einen auf Pol Pot! Fehlte nur noch, dass ich den Vertrag von Maastricht auswendig lernen und einen Eid auf Europa schwören musste. Sie haben sich, wie's aussieht, in ihrer Freizeit ein kleines Höhlen-Guantanamo gebastelt, um dort radikalisierte Gelbwesten zur Vernunft zu bringen. Darunter echte Aktivisten, wie Jean-Luc – der war aus ihrer Sicht nicht mehr zu retten, musste eliminiert werden –, und bloße Sympathisanten, wie mich. (Ob ich als bloßer Sympathisant wohl Chancen hatte, mit dem Leben davonzukommen?) Die Behandlung, die man uns angedeihen ließ, sollte uns also entradikalisieren? Das war der Begriff, den er benutzte, glaube ich. Verstanden habe ich »ent-rattisieren«.

Ich überlegte, wie man mit Verrückten umging. Sollte ich so tun, als nähme ich ihn für voll, um ihn zu besänftigen? Ich fand einfach keine Lösung. Ich flehte ihn erneut an, mir Aspirin oder Paracetamol zu geben oder irgendein anderes Schmerzmittel, aber da schloss er die Luke schon wieder.

Ich schrie etwas halbherzig. Doch hier konnte mich so oder so niemand hören. Der einzige Effekt war, dass ich mich selbst erschreckte.

Ich schaute mir die verdammte Luke genauer an. Sie war offenbar von der anderen Seite mit einem Vorhängeschloss gesichert und so oder so unerreichbar für mich. Nichtsdestotrotz unternahm ich ein paar im Voraus zum Scheitern verurteilte lächerliche Versuche hochzuspringen, mit der Folge, dass meine Kopfschmerzen noch schlimmer wurden. Ich sprang in etwa so geschmeidig wie ein gemästetes Charolais-Rind kurz vor der Schlachtung und blieb weit vom anvisierten Ziel entfernt. Dann tüftelte ich an völlig absurden Lösungen. Wäre nur Lebowski da, dann wäre alles einfacher. Okay, Springen war auch nicht seine große Stärke, aber vielleicht hätte ich mich von seinem Rücken abstoßen können? Und dann? Mal angenommen, ich käme an die Luke, was dann? Gut wäre, wenn ich wie eine Spinne rückwärts über die mit Salpeterstaub bedeckte Steindecke kriechen könnte. So ein Quatsch!

Ich habe das Gefühl, mich seit einer halben Ewigkeit in einem Paralleluniversum zu befinden. Ich komme immer und immer wieder darauf zurück, diese Geschichte mit der Zeit lässt mich nicht mehr los. Hat Arnaud mir zwei oder drei Besuche abgestattet … oder waren es vier? Ich bin mir auf einmal nicht mehr sicher. Vier, ich habe es gerade noch mal nachgelesen. Da mein Bart noch ziemlich kurz ist und ich vielleicht zwei oder drei Mal auf dem peinlichen Eimer war, sind es höchstens vier Tage.

Genug, um mich zu vernichten.

Es stinkt. Ich stinke. Ich bin widerlich, abstoßend. Ich kann nicht mehr schreiben.

Ich nehme wieder meinen Vierfarbenstift zur Hand, der schwarze schreibt nicht mehr. Er hat den Geist aufgegeben, wie ein treuer Domestik bei einem Radrennen, der seine Führungsarbeit gemacht hat und nun an den nächsten übergibt. Kein Problem, ich bin der Coach meiner vier Farben, jetzt ist Blau an der Reihe. Die Frage ist, ist Blau der Kapitän? Kann er die nächste Etappe schaffen und als Erster über die Ziellinie fahren? Ich hoffe es. Ich vertraue ihm. Obwohl ich auch so meine Zweifel habe. Der blaue sieht mir mehr nach einem Edel-Domestiken aus, aber nicht nach einem Leader. Angesichts der Umstände setze ich eher auf Rot. Ob ich wohl die blaue Mine leergeschrieben habe, bevor das Schulheft vollgeschrieben ist? Unmöglich. Dafür gibt es nicht genug unbeschriebene Papierkilometer.

Ich höre jetzt auf. Ich schreibe mal wieder nur Quatsch, es wird immer schlimmer.

Ich habe das orangefarbene Spiralheft hervorgeholt. Ich verstecke es, wenn ich nicht schreibe, hinter dem losen Stein an der rückseitigen Mauer, hinter den Eisenregalen und den Flaschenregalen aus Holz. Ein paar leere, verstaubte Flaschen deuten darauf hin, dass dieser Ort mal als Weinkeller gedient hat. Wein gibt es hier keinen mehr. Dabei könnte ich jetzt gut einen Schluck gebrauchen. Arnaud verfügt vermutlich über einen hermetisch abgeschlossenen Weinkühlschrank mit exakt eingestellter Temperatur und Luftfeuchtigkeit. Da fallen mir ein paar Holzkisten mit Erde ins Auge. Verstehe. Es gab eine önologische Epoche und eine Champignon-Epoche. Die Kisten riechen sogar noch nach Pilzen. Aber das ist Vergangenheit. Keine Pilze mehr. Kein Wein mehr. Keine Tournedos mit Pfeffersauce. Nur Energieriegel mit Schokoladengeschmack. Irgendwann werde ich sie so satthaben, dass mir die Champignonerde lieber ist, sogar ohne Champignons.

Dazu kommt, dass man diese Glühbirne ebenso wenig ausknipsen kann wie ein Nachtlicht in einem Nachtzug.

Ist die Funzel nicht zu hell für Champignons? Kaum zu glauben, aber mit solchen Fragen beschäftige ich mich, und der blaue Stift muss ordentlich in die Pedale treten. Auf jeden Fall ist das Licht zu hell, um gut schlafen zu können, und nicht hell genug, um gut schreiben zu können. Ich werde mir noch die Augen ruinieren, wenn ich möchte, dass das Heft mir Gesellschaft leistet. Es ist mein Freund geworden. Es hört genauso gut zu wie Lebowski, aber reagiert noch weniger als dieser. Durch die Feuchtigkeit beginnt das Papier sich zu wellen. Ich trete immer hektischer in die Pedale. Wenn ich fertig bin, verstecke ich das Heft hinter dem losen, kalkigen Bruchstein, als handele es sich um ein kostbares Dokument. Es macht zwar nicht mehr besonders viel her, aber ich möchte es beschützen. Dieses Heft ist alles, was ich habe. Manchmal glaube ich, es ist wichtiger als ich selbst, hat für mein Kellerloch ungefähr die gleiche Bedeutung wie Platons Ideenwelt für eine Klärgrube.

In den letzten Stunden habe ich mich in wirren Tagträumen verloren, so als hätte ich schlechtes Opium geraucht. Immer wieder tauchten flüchtige Bilder vor meinem inneren Auge auf, so flüchtig, dass ich sie kaum zu fassen bekam. Wie superhochaufgelöste Fotografien. Ich sah mich an einem Sommermorgen im Juli, da muss ich ungefähr zehn gewesen sein. Ich kam mit meinem roten Fahrrad und meinem karierten Stoffbeutel, in dem ich etwas zu essen und meine Trinkflasche hatte, in die Ferienbetreuung. Alle anderen hatten Rucksäcke und Fahrräder mit mehreren Gängen, die Jungs Fahrräder mit Rennradlenker, wie man sie von der Tour de France kannte. Mein Fahrrad hatte keine Gangschaltung und mein Lenker sah aus wie bei einem Mädchenfahrrad. Ein Cousin hatte es mir geliehen (das zum Thema nützliche Cousins). Ich erlebte diesen Moment, als ich dort ankam, noch einmal genau nach, und zwar nicht in Form eines Rückblicks, sondern so, als fände er jetzt statt. Ich bremse. Ich sehe all diese blitzenden Fahrräder und diese spöttischen Blicke. Aber ich spüre weder Scham noch Neid. Ich mag das kleine rote Fahrrad meines Cousins.

Aber vor allem sehe ich Momente aus meinem Leben mit Claire vor mir.

Ich könnte mich an ihr künstlerisches Talent erinnern, an ihren Körper, daran, wie ich bestimmte Bereiche ihres Körpers gesehen habe, wenn meine Augen nur wenige Zentimeter von ihrer Haut entfernt waren, aber nein, ich erinnere mich an lauter blöde Dinge. Ich sehe vor mir, wie sie vom Einkaufen kommt und den Rabattbon von Carrefour Market unter die Untertasse mit den Schlüsseln im Flur klemmt, um ihn beim nächsten Mal einzulösen, wie jedes Mal, wie immer. Claire redete unentwegt über das Leben, den Sinn, den man in jedem Moment finden müsse, aber im Alltag kümmerte sie sich um jedes noch so unwichtige Detail, da es nun einmal sein musste. Ich sehe vor mir, wie sie den Rabattbon pflichtbewusst unter die Untertasse klemmt, so wie eine gute Schülerin ihre Hausaufgabe erledigt. Anschließend wird sie die Einkäufe verstauen und sich mit Sicherheit einen Tee machen. Sie wird den Tee langsam trinken und dabei etwas lesen. Und ich werde nie begreifen, woher sie diese Lebensklugheit nimmt, die mir abgeht.

Claire kam, so wie ich, aus bescheidenen Verhältnissen. Das war nicht weiter verwunderlich. So funktioniert unsere unverrückbare Kastengesellschaft nun einmal. Überall in der Welt paart man sich mit seinesgleichen. Von wenigen Ausnahmen abgesehen, die sich zunächst über diese eherne Regel hinwegsetzen und dann später dazu beitragen, dass die Anwälte noch mehr Kohle scheffeln. Wir waren wie die anderen. Wie die Mehrheit der anderen da drüben, in der Bretagne. Wie überall. Diese Leute, die leiden, aber nicht allzu sehr. Oder die es zumindest nicht sagen. Diese Leute, die immer rechnen müssen, weil sie keine andere Wahl haben. Diese Leute, die ihr altes Sofa auf Le Bon coin verkaufen, »besser, als es wegzuwerfen«, die jeden Monat eine kleine Summe auf ein Sparbuch einzahlen, um eines Tages ein Mobile home zu kaufen, »an der Küste«. Leute, die den gesetzlich festgelegten Mindestlohn auf den Cent genau kennen und genau wissen, wie viel das Kinderfahrrad bei Decathlon kostet und wie viel bei Go Sport. Und die, bis sie sich das leisten können, einander mit den Fahrrädern der größeren Cousins aushelfen.

Wie geht es Lebowski? Sicher schlecht. Ich mache mir da nicht allzu viele Illusionen, er wird bestimmt nicht wie Struppi hier auftauchen und einen Tunnel graben, um mich zu befreien. Er kann in die Küche, aber er kann den Wasserhahn nicht aufdrehen. Ein paar Tage nachdem er seinen Wassernapf geleert hat, wird er jämmerlich krepieren. Wird er, den ich eigentlich nie wirklich habe bellen hören, anfangen zu jaulen? Zu kläffen? Auf die eine oder andere Art auf sich aufmerksam machen? Kann er den Pyrenäenhund in sich wecken, dessen Blut vermutlich in seinen Adern fließt, und ein nächtliches Geheul anstimmen? Ich habe da so meine Zweifel. Auffallen war das letzte, was er wollte.

Lebowski, verdammt nochmal!

Hunde zu töten scheint eine echte Manie von denen zu sein! Aber wer weiß, vielleicht bringen sie mich zuerst um die Ecke, damit wäre meine ganze Statistik für die Katz.

Denn normalerweise stirbt man nicht vor seinem Hund. Was nützte es mir, dass ich bereits vor vielen Jahren das Rauchen aufgegeben hatte und mich gesund ernährte, von meinem eigenen Gemüse; ich würde, so wie es aussah, frühzeitig ins Gras beißen so wie die Typen aus der Generation davor. Aber die hatten sich auch ihr Leben lang in Tabakqualm räuchern und in Cognac marinieren lassen, um einen auf Hollywood-Schauspieler zu machen.

Da ich jedes Gefühl für Tag und Nacht verloren habe, gleicht das, was ich für die Nacht halte, einem Abstieg in eine Vorhölle, einer Vorstufe zum Nichts, einem Fegefeuer. Ich döse eher vor mich hin, als dass ich schlafe. Ab und zu träume ich, dass sich eine Tür öffnet und ich auf ein weißes, eisiges Paradies blicke, dann zittere ich und rolle mich in meiner Arbeitsjacke ein; ein paar Minuten später habe ich das Gefühl, dass der Boden in Flammen steht, dass er schmelzen und mich in ein Höllenmagma reißen wird. Ich glaube, ich habe Fieber. Und ich hatte eine Panikattacke. Ich sah mich selbst im Sterben liegen, meine Lungen blockierten, mein Herz war beim Messen mit dem Drehzahlmesser im roten Bereich. Ich schleppte mich zum Luftloch in der Wand, presste mein Gesicht daran. Ich hatte das Gefühl, ich ersticke, rang lange nach Luft, bis ich mich schließlich irgendwann wieder beruhigte.

Ich weiß, wenn man den Verstand verliert, muss der Körper alle zusammentrommeln. Stillgestanden! Dass mir keiner aus der Reihe schert! Disziplin! Also, klare Ansage, strammstehen, Seitenscheitel, die Stimme klingt wie eine Ohrfeige, so, als wenn man scherzhaft die Gerte gegen den gut gewichsten Stiefel knallen lässt. Es ist furchtbar, aber wenn gar nichts mehr geht, dann kann Disziplin die Rettung sein. Sie hat mich schon einmal gerettet. Am Ende dieser furchtbaren Tage, an denen ich mich selbst schon aufgegeben hatte. Eben zu dieser Zeit habe ich den kleinen Dumby gekauft, der zu Lebowski wurde. Er muss verstanden haben, dass ich ein Schmusetier brauchte, und stellte sich dieser Aufgabe in Vollzeit zur Verfügung.

Disziplin also. Ich muss mich bewegen, auch wenn ich dafür nur diese zehn Quadratmeter habe. Übungen machen. Liegestütze? Nochmal Jaenanda lesen, es auswendig lernen. Muss versuchen, Wach- und Schlafzeiten einzuhalten. Ein Held in einem Käfig werden. Ich begann mit dem Wesentlichen: Ich putzte mir die Zähne mit dem Finger, wie »Papillon« im Bagno von Cayenne, gespielt von Steve McQueen.

Wenn ich jemals wieder aus diesem Loch rauskomme, dann bringe ich sie um die Ecke.

Alle drei.

Einen nach dem anderen.

Ihn.

Sie.

Und am Ende die Kleine.

Das glaube ich ja selbst nicht.

Das letzte Mal habe ich mich im Alter von elf Jahren geprügelt, da hatte ich auf einmal Bärenkräfte und habe Didier Foulon die Nase gebrochen. Das tat mir genauso weh wie ihm. Danach habe ich mir geschworen, dass ich so etwas nie wieder erleben wollte.

Die entscheidende Frage, die ich mir stelle, ist, wie viel Hoffnung ich noch in mir habe.

Klar, es gibt ein paar wunderbare Menschen, irgendwo da draußen.

Da sind Claire, Maëlle, Jeanne und all die anderen.

Aber sie erscheinen mir so allein, so verloren in der großen, chaotischen Herde der hypnotisierten Primaten, die YouTube dem Leben vorziehen, die lieber mit einer App eine Blume entwerfen als eine Blume anzufassen, die, wenn der Himmel blau ist, ihn nicht anschauen, sondern ihm den Rücken zudrehen, um blöd in das kleine, schwarze Loch zu lachen im Gehäuse ihres Smartphones der neuesten Generation; der Himmel wird dahinter zu einem bloßen, digitalen Dekor; ihr Traum: Leben wie die Loubets.

Also tot sein.

Ich hätte diesen Gedanken gerne verdrängt.

Ich hätte mir gewünscht, dass ich mich täusche.

Werden sie mir das Gleiche antun wie Jean-Luc? Wer weiß, vielleicht haben sie noch mehr um die Ecke gebracht? Sind Serialkillers, die es auf Gärtner abgesehen haben? So im Sinne von: »Ich habe dich gewarnt, wenn du auch nur einen Salat schief pflanzt, dann wanderst du auf direktem Weg auf den Kompost.« Ich höre, wie die Tür des Vorratskellers geöffnet wird

Carole Tomasi
Der Prozess

Zwar brach das zweite Heft, das orangefarbene, mitten-
drin ab (Jim Carlos hatte noch nicht mal einen Punkt hinter den letzten Satz setzen können), aber da lagen sie,
deutlich sichtbar für alle, die beiden Hefte, das blaue und
das orangefarbene. Sie stachen aus den wenigen Beweis-
stücken heraus: Ein Plan des Prés-Poleux-Anwesens, eine
Fotografie des Kellers unter dem Vorratsraum und ein
dünner Metallring in der Größe eines Armbands in einer
versiegelten Schutzhülle aus Plastik. Diese Dinge lagen
auf einem Tisch in der Mitte des Gerichtssaals, in dem der
Prozess gegen Laure und Arnaud Loubet stattfand. Das
Paar war des zweifachen Mordes an Jean-Luc Careilhac
und Jim Toni Carlos angeklagt, allerdings fehlte von den
Leichen jede Spur. Darüber hinaus wurde dem Ehepaar
die gemeinschaftlich organisierte Freiheitsberaubung und
Misshandlung von Jim Toni Carlos vorgeworfen.
   Die Anklage fußte im Wesentlichen auf den beiden
Schreibheften, die der Staatsanwalt in seiner Anklageschrift als »erdrückende Indizien« bezeichnete. In den
Gängen des Justizpalastes machte diesbezüglich auch das
Schlagwort von »Omars Rache« die Runde. Damit spielte
man auf die Geschichte des gleichnamigen Gärtners an,
den man zu Unrecht, wie viele meinten, für den Mord an
seiner Auftraggeberin verurteilt hatte. Diese hatte, kurz
bevor sie den Löffel abgab, mit ihrem eigenen Blut vier
Worte niedergeschrieben: »Omar hat mich getöten«. In
dem aktuellen Fall hatte einer der Gärtner auf kariertem

Papier notiert: »Die Loubets haben uns getötet«, allerdings mit Tinte und ohne Rechtschreibfehler, und außer diesen fünf Worten hatte er ungefähr noch zehntausend weitere notiert.

Für die Sozialen Netzwerke war der Fall des teuflischen Paars ein gefundenes Fressen. Die Vertreter der Anklage waren sich ihrer Sache sicher. Aber vielleicht hätten sie es als Warnhinweis begreifen sollen, dass die Medien, insbesondere das Fernsehen, den allseits bekannten Fernsehjournalisten in Schutz nahmen. Mal abgesehen davon unterschätzten die Staatsanwälte das Talent des Verteidigers – eine Kapazität, die Ludovic Bowers dem Paar vermittelt hatte – und seine guten Beziehungen zur Presse. So wurde er bereits Wochen vor Prozessbeginn mit den Worten zitiert, diese Hefte seien »einfach zu schön, um wahr zu sein«, und der Bemerkung, es käme einem Offenbarungseid der Anklage gleich, dass es keine Leichen gebe.

Am ersten Prozesstag tat der Anwalt des Ehepaars Loubet die »Ergüsse in diesen Heften« dann als »Märchenerzählungen ohne jedes literarische Interesse« ab. Er las einige Abschnitte daraus laut vor, insbesondere jene über den Golden Retriever. »Hören Sie sich das an: ›Es gibt Leute, die keine Hunde mögen, aber nur wenige, die keine Kuscheltiere mögen. Es gibt keine Anti-Kuscheltier-Liga. Und dieses Tier hat unbestreitbar mehr Ähnlichkeit mit einem Kuscheltier als mit einem Hofhund.‹ Na, so was aber auch! Wir haben es hier, meine Damen und Herren, mit einer schlecht geschriebenen Geschichte für Kinder zu tun, die wir, so meine Überzeugung, allein der Tatsache zu verdanken haben, dass sich ihr Verfasser auf diese Art von seinen Schuldgefühlen befreien wollte. Er fühlte sich schuldig, weil er seinen Hund in seiner Wohnung dem sicheren Hungertod überlassen hat, um in irgendeinem Südseeparadies ein neues Leben anzufangen. Das tun die meisten hochverschuldeten Vermissten, ich kann Ihnen die Statistiken der Polizei zeigen. In der Regel erfreuen sich diese Herren nämlich bester Gesundheit, abgesehen davon, dass ihre Leber vielleicht ein wenig gelitten hat.« Es nützte nichts, dass der Generalstaatsanwalt bestritt, dass Jim Toni Carlos irgendwelche »Schulden« gehabt habe, der Verteidiger hatte einen Coup gelandet, den sechs Geschworenen ein Lächeln entlockt und die Axt an die tragende Säule gesetzt, auf der das gesamte Gebäude der Anklage ruhte.

»Ich denke, wir sollten uns stattdessen lieber mit der Frage beschäftigen, ob dieses Logbuch nicht von einem Psychopathen stammt«, fuhr der Staranwalt fort. »Sie haben den Bericht des Graphologen gehört. Ich zitiere: ›Wir haben es hier mit einer intelligenten, manipulativen […] undurchsichtigen Persönlichkeit zu tun […], einem zwiespältigen, zweigeteilten Charakter mit schizophrener Tendenz.‹ Ich übersetze Ihnen mal, was die Experten uns damit sagen wollen: Das ist der Text eines Kriminellen, der seine Schandtat hinter einer irren pseudo-poetisch-politischen Erzählung zu verbergen sucht. Ja, es gibt tatsächlich ein Verbrechen, über das wir hier zu Gericht sitzen sollten, ein leider alltägliches Verbrechen: Jim Toni Carlos hat Jean-Luc Careilhac getötet, nachdem dieser eine Affäre mit Claire Abgrall hatte. Claire Abgrall ist die frühere Lebensgefährtin unseres Märchenonkels, dies nur zur Erinnerung. Lassen wir also mal die Welt der Märchen hinter uns und kehren in die traurige Realität zurück, in der unsere Gerichtssäle täglich mit derartigen Fällen konfrontiert sind, und in unsere Gefängnisse, die deshalb aus allen Nähten platzen: Es ist das klassische Verbrechen aus

Eifersucht, das Verbrechen eines Gehörnten. Ja, meine Damen und Herren, das ist natürlich weniger romanesk, als wenn man hier das Porträt eines Paars zeichnet, das an die Thénardiers aus Victor Hugos *Elenden* erinnert, ein Paar, das angeblich aus purem Klassenhass sein Personal umbringt. Doch dieser Gerichtssaal ist keine Kulisse, wir befinden uns in der Realität, nicht in einem Groschenheft. Die von der Anklage geforderte mehrjährige Gefängnisstrafe ist kein bloßes Gekritzel in einem Heft, sondern betrifft ganz konkret zwei Personen, Laure und Arnaud. Ich bitte Sie, schauen Sie sich die beiden mal an: Sehen so etwa mehrfache Mörder aus? Und Folterknechte?!« Laure und Arnaud saßen ziemlich aufrecht da. Sie wirkten gelassen und konzentriert, die Unschuldslämmer in Person, die Gefahr liefen, Opfer eines furchtbaren Justizirrtums zu werden. Sie hatten beide etwas Foundation aufgelegt, um nicht ganz so blass zu wirken, und einige Geschworene kamen nicht umhin festzustellen, dass dieser Arnaud Loubet wirklich genauso gut aussah wie im Fernsehen.

Carole Tomasi verfolgte den Prozess aus der Ferne und wurde von Tag zu Tag nervöser. Dem Verteidiger der Loubets war offenbar nicht entgangen, dass die Anklage auf tönernen Füßen stand, also tat er alles, um sie zu erschüttern, in der Hoffnung, sie möge zerbrechen. Alles hing davon ab, als wie glaubwürdig der Text von Jim Carlos erachtet wurde. Sie dachte, dass er sich mit seinen pseudoliterarischen Höhenflügen, den an den Haaren herbeigezogenen Vergleichen und den bemüht komischen Formulierungen keinen Gefallen getan hatte.

Claire Abgrall trat in den Zeugenstand und sagte, Jim läge jegliche Form von Gewalt völlig fern, erst recht gegenüber einem alten Freund wie Jean-Luc. Als der Anwalt mit seiner Eifersuchtsthese kam, entgegnete sie ruhig, ja, natürlich habe Jim ihre kurze Beziehung zu Jean-Luc nicht gefallen. »Aber das war nur eine kurze Affäre, die hatte für keinen der drei Beteiligten eine tiefere Bedeutung. Es wird Sie vielleicht wundern, aber wir haben ganz offen darüber gesprochen. Schließlich leben wir nicht mehr in den 50er Jahren, das wissen Sie so gut wie ich.« Dann attackierte sie den Anwalt direkt: »Ich habe Ihre Kommentare über Jims Hefte in der Presse gelesen. Ganz ehrlich, ich bin zwar keine Literaturwissenschaftlerin, aber ich bin Lehrerin, und das Szenario, das Sie da entwerfen, das erinnert wirklich an einen extrem schlechten Groschenroman vom Bahnhofskiosk.«

Der Anwalt parierte diesen Angriff mit einem breiten Lächeln, als wenn ihm diese Spitze gelegen käme und er nur darauf gewartet hätte, seinen letzten Trumpf auszuspielen. Er hatte scheinbar damit gerechnet, dass Claire ihn attackieren würde, und den Gegenschlag bereits vorbereitet. Denn er rief direkt im Anschluss einen weiteren Zeugen aus der Bretagne auf. Ein gewisser Gilles Leroux aus Concarneau bestätigte, wenn auch nur widerwillig, dass Jim Carlos und er öfter auf seiner Acht-Meter-Slup zusammen gesegelt waren und Jim bei diesen Törns tatsächlich immer mal wieder darüber gesprochen habe, dass er davon träumte, »aufs Meer hinauszufahren« oder »mal richtig lange unterwegs zu sein« etc. »Et cetera, et cetera …«, wiederholte der Anwalt mit seinem tiefen Bariton und dehnte dabei jede Silbe bedeutungsvoll. Dann bedankte er sich bei Gilles Leroux für seine Aussage.

Der dritte Verhandlungstag hätte für die Anklage eigentlich zum Heimspiel werden sollen, doch leider kam es anders. Rechtsmediziner Régis Valin war so betrunken, dass er sich während der Aussage am Zeugenstand festhalten musste, um nicht zu wanken. Er wiederholte seine bisherige Aussage. Ja, er habe in der Tat festgestellt, dass es sich bei dem Knochenfragment, das sein Nachbar ihm gezeigt habe, um einen menschlichen Knochen handelte. Leider untergrub sein Lallen jegliche Glaubwürdigkeit. Der Anwalt zog daraufhin einen Knochen unter seinen Unterlagen hervor und hielt ihm diesen unter die Nase, verbunden mit der Frage, ob dieser Knochen seiner Einschätzung nach auch von einem Menschen stammen könne. Der Rechtsmediziner zog seine berühmten schrägstehenden Augenbrauen hoch und erklärte: »Ja, das wäre möglich.« Der Anwalt machte eine lange Kunstpause, als wäre er enttäuscht darüber, dass der Rechtsmediziner selbst betrunken nichts von seiner Urteilsfähigkeit eingebüßt habe, bevor er laut erklärte: »Das ist ein Schweineknochen, Monsieur! Jetzt verstehe ich, wieso die Justiz auf Ihre Dienste verzichtet hat.« Régis Valin, Spitzname Mephisto, machte eine weit ausholende Armbewegung, wie ein Theaterschauspieler des 19. Jahrhunderts, als wolle er so zum Ausdruck bringen, dass er sich in die grausame Unausweichlichkeit seines tragischen Schicksals füge. In diesem Moment hatte der Gerichtssaal wirklich etwas von einer Bühne, und die Geschworenen freuten sich über dieses komische Intermezzo.

Am Nachmittag ging es um Jeanne. Carole Tomasi hatte bis zuletzt darauf gehofft, dass die Polizei sie vor Eröffnung des Prozesses finden würde, vergeblich. Sie hatten eine vage Spur verfolgt, die bis nach Barcelona führte, aber die spanische Polizei hatte sich wenig kooperativ gezeigt.

Der Anwalt nahm diese Tatsache genüsslich auseinander.

»Und dann … gibt es da noch eine andere Abwesende, die hübsche, die reizende, die kreative, die schöne Jeanne! Wo ist sie nur geblieben? Man hat sie durch Interpol suchen lassen, vergeblich. Ist sie etwa auch verschwunden? Also in Prés Poleux scheinen sich regelmäßig Menschen in Luft aufzulösen! Tja, meine Damen und Herren, wo könnte sie nur sein? Ich sage Ihnen was: Es würde mich nicht wundern, wenn sie beide auf einmal wieder auftauchen … Ich weiß nicht, wie es Ihnen geht, aber ich verliere so langsam den Überblick bei diesen ganzen Vermissten! Wer ist denn nun mit wem zusammen verschwunden? Jean-Luc mit Jim? Jim mit Jeanne? Jules mit Jim? Alle drei zusammen? Man weiß es nicht. Im Übrigen schert es uns nicht, das ist ihre Privatangelegenheit, solange das nicht auf Kosten einer Familie geht, deren einziges Verbrechen darin besteht, einen konventionelleren Lebensstil zu pflegen als sie!«

Der Staatsanwalt baute auf die Gutachten zum Vorratskeller. Es gab »gesicherte Beweise«, wie es in der Juristensprache hieß. So hatte man auf dem Kellerboden und an den alten Champignonkisten DNA-Spuren von Jim Toni Carlos sichergestellt, für Carole Tomasi, wie sie im Fazit ihres Untersuchungsberichts ausführte, ein »unwiderlegbarer Beweis« dafür, dass man Jim Toni Carlos in diesem Verschlag gefangen gehalten hatte. Doch dieser »unwiderlegbare Beweis« wurde im Laufe der Verhandlung ziemlich zerfleddert, wie ein Drahtseil, das sich nach und nach in seine Einzelteile auflöst. Der letzte Draht riss, nachdem der Anwalt dargelegt hatte, dass diese Geschichte eigentlich ganz klar sei, wenn man sie als Racheakt eines enttäuschten Liebhabers interpretierte. Um seine zweifelhafte Hypothese zu untermauern, fügte er an, dass Jim in seiner Eigenschaft als Gärtner auch Geräte im Keller deponiert oder in den Champignonkisten Spargel angezogen haben könnte. Da nickte sogar der vorsitzende Richter leicht mit dem Kopf. Ein Desaster für den Staatsanwalt.

Die eigentlich nicht sehr risikofreudige Ermittlungsrichterin war in diesem Fall gegen ihre Gewohnheit ein Risiko eingegangen, und die Anklagekammer war ihr gefolgt. Sie hatte ganz darauf gesetzt, dass der Inhalt der Schreibhefte die Geschworenen ebenso überzeugen würde wie sie selbst. Sie wusste, dass die anderen Indizien nicht genug in die Waagschale der Justitia werfen würden, um das Zünglein zu einer Seite ausschlagen zu lassen. Der kleine Metallring, den die Polizei in der Asche des Heizkessels gefunden hatte, könnte zwar theoretisch zu einem Armband gehören, das Claire selbst gemacht hatte, er könnte aber ebenso gut ein beliebiges Verbindungsteil aus Kupfer sein und hatte insofern keinen Einfluss darauf, in welche Richtung die Waagschale sich absenkte.

In seinem Abschlussplädoyer führte der Anwalt vor den Geschworenen aus: »Diese beiden Schreibhefte eines selbst ernannten Feld-, Wald- und Wiesendichters – ich weiß nicht, wie ich ihn sonst nennen soll – sind in all ihrer Pennälerhaftigkeit nur ein Versuch, die Verantwortung auf andere abzuwälzen.« Sie hatten, so sagte er, nur ein Ziel: »Er wollte damit jeden Verdacht von sich ablenken, und diesen Leuten, die er beneidete, da besteht kein Zweifel, die Verantwortung für seine grauenvolle Tat zuschieben. Wo ist er? Das wüsste ich auch gern! Wenn er tot ist, wo ist dann seine Leiche? Ohne Leiche kein Verbrechen. Ich verrate Ihnen etwas: Der Mann lebt! Er ist irgendwo. Ich weiß es. Ich spüre es. Dieser Typ ist gerissen, der will mit uns Katz und Maus spielen. Ich sehe ihn direkt vor mir, wie er, mit einem Lächeln auf den Lippen, seinen Stift zückt und schreibt – ich zitiere: ›Wenn ich jemals wieder aus diesem Loch rauskomme, dann bringe ich sie um die Ecke. Alle drei. Einen nach dem anderen. Ihn. Sie. Und am Ende die Kleine.‹ Um mich nicht dem Vorwurf auszusetzen, ich würde das aus dem Kontext reißen, lese ich die Passage bis zum Ende: ›Das glaube ich ja selbst nicht. Das letzte Mal habe ich mich im Alter von elf Jahren geprügelt, da hatte ich auf einmal Bärenkräfte und habe Didier Foulon die Nase gebrochen. Das tat mir genauso weh wie ihm.‹ So, so! Hier haben wir also einen Mann, der in Bezug auf das vor uns auf der Anklagebank sitzende Paar im Ernst schreibt: Ich bringe sie um die Ecke! Äh … ach nee, doch nicht, war nur ein Scherz! Ich bitte Sie! Dieser Mann ist ganz offenbar gestört … gestört, aber kein Idiot! Er ist eine manipulative Persönlichkeit, das haben die Experten uns gesagt, und ich beschwöre Sie, ihm nicht auf den Leim zu gehen, so wie die Untersuchungsrichterin und das Gericht ihm auf den Leim gegangen sind. Ich bin im Übrigen sicher, dass er unseren Schlagabtausch aus der Ferne verfolgt, immer mit diesem kleinen Lächeln auf den Lippen, das so typisch ist für ihn. Er wird sich köstlich amüsieren, wenn Sie den furchtbaren Fehler begehen sollten, diese beiden Unschuldigen – denen man nichts vorwerfen kann, außer dass sie im Gegensatz zu ihm ihr Leben gemeistert haben – in eine finstere Zelle zu schicken.«

Der Rechtsanwalt hatte das Schlusswort – so war es Gesetz – und brach mit seinem Plädoyer dem Prozess das Genick. Das war Carole klar, als sie die Berichterstattung in der Presse las. Es war aus und vorbei, sie brauchte das Urteil gar nicht mehr abzuwarten. Da Arnaud und Laure keine direkte Tatbeteiligung nachgewiesen werden konnte, und die Devise galt, im Zweifel für den Angeklagten, kamen die Geschworenen zu dem Schluss, dass die beiden auf freien Fuß gesetzt werden mussten. Amandine war wenige Wochen zuvor vom Jugendstrafgericht von Bobigny ebenfalls vom Vorwurf der Beihilfe und der unterlassenen Hilfeleistung freigesprochen worden.

Carole Tomasi haderte mit sich. Ihre Anklageschrift war nicht solide genug gewesen. Aber eine Sache beunruhigte sie dann doch, die Überzeugungskraft dieses Anwalts.

Er hatte sogar sie überzeugt. Nicht von Jims Schuld, aber von der Tatsache, dass Jim vermutlich noch am Leben war.

Es sollte fünf weitere Jahre dauern, bis sie eine endgültige Antwort auf diese Frage erhalten sollte.

Das dritte Heft
(Ein kleines, gelbes Heft)

Ausschnitt aus einem *Le-Monde*-Artikel vom 14. Mai 2026.

»Die blutjunge Staatssekretärin Amandine Loubet (zweiundzwanzig Jahre), zuständig für Jugend und Schulbildung, wurde heute Morgen an ihrem Pariser Wohnsitz verhaftet und im Kommissariat des VII. Pariser Arrondissements in Gewahrsam genommen.

Amandine Loubet steht unter Verdacht, den Mord an ihrer Schwester, der Künstlerin Jeanne Mills-Bowers, in Auftrag gegeben zu haben. Diese lebte auf einer schottischen Insel, der Isle of Eigg. Einer polizeilichen Quelle zufolge soll Amandine Loubet tschetschenische Auftragskiller dafür bezahlt haben, ihre Schwester zu beseitigen.

Das Motiv ist unklar: Eine alte Rivalität zwischen Schwestern, die wieder aufgeflammt ist? Die Aussicht auf ein üppiges Erbe? Der Fall ist jedenfalls ein erneuter Schlag für den Präsidenten der Republik, der sich zum Ziel gesetzt hatte, die französische Politik zu verjüngen. Amandine Loubet war die jüngste Staatssekretärin in der Geschichte der Fünften Republik.«

Ich bin kein Held, so viel ist sicher. Ich weiß nur noch nicht, ob ich ein Feigling bin.

Wann werden diese Leute endlich aufhören, alle verschwinden zu lassen, die sie stören, so wie man einen überflüssigen Bleistiftstrich wegradiert?

Hier nenne ich mich Lucas Ricco, aber mein wahrer Name ist Jim Toni Carlos, und ich bin immer noch am Leben.

Tatsächlich haben sie mich weder getötet noch dem Hungertod überlassen. Zwei Gärtner auf dem Gewissen zu haben, wäre vielleicht selbst für Leute wie die Loubets eine zu schwere Hypothek gewesen. Also haben sie gezahlt, und zwar eine Menge Schotter, damit ich die Klappe halte und verschwinde. Ich habe das Angebot angenommen, so wie ich damals ihren Auftrag und ihre Kaffee- und Luncheinladungen angenommen habe.

Jedenfalls reichte das Geld für ein Häuschen in einem winzigen Dorf auf dem letzten Finger der Hand der Peloponnes. Ich habe zwei Hektar Land, ein kleines Boot und genug Geld, um davon bis ans Ende meiner Tage leben zu können, ohne mich krumm machen zu müssen. Ich baue Oliven, Zitronen und Orangen an, lebe seit fast vier Jahren an einem Ort, an dem immerzu die Sonne scheint, es ist wie in einem Traum. Ich habe alles hinter mir gelassen, ein neues Kapitel aufgeschlagen, fern der so brutal gewordenen Welt, in der für Tagträumer wie mich kein Platz mehr ist und Sanftmütige wie Lebowski getötet werden.

Die meiste Zeit verbringe ich auf dem Wasser und im Wasser. Zusammen mit einem lustigen Hund, einem kleinen schwarz-weißen Mischlingshund. Er ist ein geborener Seemann und ein Energiebündel. Er kann sogar fischen, springt vom Boot aus ins Wasser und schnappt sich, wie ein Kormoran, einfach einen Fisch! Dieser kleine Hund ist wirklich unglaublich. Er schwimmt wie ein Fischotter, im Gegensatz zu Lebowski, der mehr Ähnlichkeit mit einer Rundschwanzseekuh hatte. Seine kleinen gewitzten Augen erinnern ebenfalls an einen Otter. Doch ich werde niemals die großen Augen, den flehentlichen Blick des

Seehunds Lebowski vergessen können, des größten Philosophen, den es mir vergönnt war kennenzulernen.

Am 31. Dezember holten sie mich aus meinem Loch. Das heißt, ich habe fünf Tage dort verbracht. Sie gaben mir etwas zu essen und zu trinken, ließen mich duschen und gaben mir saubere Kleidung. Dann musste ich mich auf die Rückbank eines Wagens setzen, meine Hände waren die meiste Zeit gefesselt. Es war wie in einer dieser Polizeiserien, eine von der langatmigen Art, so im Stil von *Derrick*. Am Steuer saß dieser Typ, der Seelöwe aus dem Pool, ihr Anwaltfreund Bowers. Doch dieses Mal drehte er nicht so auf. Er fuhr also, und zwar ohne dabei ohrenbetäubend laut *Born to Be Alive* zu singen wie im Sommer.

Arnaud setzte sich neben mich, und wir fuhren stundenlang in einer großen Audi-Limousine durch die Nacht, auf der Autobahn Richtung Süden. Das Auto glitt bei konstant knapp hundertdreißig km/h fast lautlos dahin. Ich habe sie tausend Mal angefleht, Lebowski abholen zu dürfen, doch das lehnten sie ab. Sie sagten mir, er sei tot. Ich sollte nie erfahren, ob das stimmte.

Arnaud wiederholte gebetsmühlenartig, ich müsse unbedingt das Land verlassen, und zwar für immer, und dürfe auf keinen Fall jemandem davon erzählen. Er behauptete, ich würde wegen des Mordes an Jean-Luc gesucht. Sein Leichnam sei immer noch in Prés Poleux, mit meinen DNA-Spuren darauf.

Ich schwieg die meiste Zeit. Ich war ziemlich mitgenommen von meiner erzwungenen Auszeit als Eremit in ihrem makabren Kellerloch. Ich fragte mich die ganze Zeit, ob ich ihm sagen sollte, dass ich hinter dem losen Stein in der Mauer ein Heft versteckt hatte, in dem die ganze Geschichte offengelegt wurde. Vielleicht hätte ich es gemacht, wenn sie mir ein letztes Wiedersehen mit Lebowski zugestanden hätten, selbst wenn er wirklich tot war.

Wir fuhren zum Hafen von Toulon. Dort ging ich an Bord einer 17,45 m langen Daycruiser, die von einem Volvo-Penta-D13-900 PS Dieselmotor angetrieben wurde. Ich erhielt einen italienischen Ausweis, eine Tasche mit Bargeld und zwei Kreditkarten von unbekannten Banken auf den Namen Lucas Ricco. Die beiden Typen auf dem Boot sprachen Italienisch. Wir waren drei Tage auf See. In Reggio Calabria tankten sie voll und füllten Wasser nach. Hundert Mal bat ich sie, mir ihr Handy zu geben. Da lachten sie mir jedes Mal nur ins Gesicht. Sie bereiteten mir Pasta mit allen nur erdenklichen Saucen zu, und mit jedem neuen Teller schloss ich sie ein wenig mehr ins Herz. Ich wurde zu Lebowski.

Also scherte ich mich nicht weiter um die Hefte und dachte mir, was soll's, mal schauen, was passiert.

Tja, und es passierte nichts. Meine Hefte wurden ins Lächerliche gezogen, die Schuldigen freigesprochen, und ich blieb im Exil.

Ein Geflüchteter entgegen der allgemeinen Fluchtrichtung, ein Luxusmigrant.

Aber ich habe andere im Stich gelassen. An erster Stelle Lebowski. Den habe ich krepieren lassen wie einen Hund, anders kann man es nicht sagen. Ich hätte darauf bestehen müssen, ihn sehen zu dürfen, und sei es tot, schließlich hatte ich das sogar mal einem Goldfisch versprochen!

Als ich in Griechenland ankam, war das Erste, was ich tat, trotz gegenteiliger Anweisung, mir ein Kartentelefon zu kaufen und eine anonyme und sibyllinische Botschaft an meine alte Nachbarin in meinem Weiler zu schicken, eine Aufforderung, Lebowski aus dem Haus zu holen. Aber sie kam zu spät, er war bereits tot. Seit wann? Das ist unklar. War er bereits tot, als sie mich aus meinem Loch herausgeholt haben? Ich hoffe es. Ich hoffe, dass ich ihn nicht mehr hätte retten können.

Claire ist die Einzige, die weiß, dass ich noch am Leben bin. Wir schreiben uns einmal im Jahr, am Geburtstag von Maëlle. Ich schreibe ihr auch ein- oder zweimal im Jahr richtige Briefe und gebe sie bei der Post auf. Die Post von Kalakanos besteht aus einem Tisch, einem Stuhl und einem Stempel in der Ecke des Lebensmittelladens von Georgios, dem Bruder des Fischers, der das einzige Geschäft des Dorfes betreibt, und zwar in seinem eigenen Wohnzimmer. Dort gibt es Konservendosen, Mehl und seltsamerweise eine Menge ausgestopfter Tiere an der Wand. Es gibt auch schlafende Katzen, die sich nicht von den Gesprächen in dieser so sanft und rund klingenden Sprache aus dem Schlaf reißen lassen. Dort ist es kühl und ruhig, das hätte Lebowski sicher gefallen.

Claire schrieb mir, sie wüsste nichts über die Todesumstände von Lebowski. Sie hat ein paar Sachen von mir abgeholt, insbesondere meine Fotos, das ist das Einzige, an dem ich wirklich hänge. Wenn ich nach Lebowski auch noch meine Fotos verloren hätte … Ohne sie wäre ich mir selbst ein Fremder geworden, hätte ich kein eigenes Leben mehr gehabt. Claire sagte mir immer wieder, dass sie nicht länger lügen kann, diese Last nicht mit sich herumtragen kann. Schließlich habe ich ihr erlaubt, es Maëlle zu erzählen, aber sonst niemandem. Ich habe ihr gesagt, dass sie mich eines Tages vielleicht besuchen könnte. Aber dafür ist es noch zu früh. Je länger ich hier bin, in desto weitere Ferne scheint das zu rücken. Was ich auch versuche, meine Schuldgefühle kleben an mir wie ein Stückchen Kuhfladen an einem Mistkäfer.

Denn ich habe ja nicht nur das Pummelchen Lebowski verraten, sondern auch das Andenken von Jean-Luc, und zwar nicht nur ein kleines bisschen.

Ich weiß nicht, was ich schlimmer fand. Jedenfalls bin ich ein Feigling, daran gibt es glaube ich kaum noch irgendwelche Zweifel. Ich versuche mich zu trösten, sage mir: Was kann ich dafür? So bin ich nun mal. Kann ich vielleicht etwas dafür, wie ich bin? Aber diesen Gedanken vertiefe ich lieber nicht, denn sonst käme ich wohl zu dem Schluss: Ja, irgendwie schon.

Als ich heute Morgen diesen Artikel in *Le Monde* gelesen habe, habe ich mich gefragt, ob ich mein Pensionärsdasein nicht beenden und dieses letzte Heft an Carole Tomasi schicken sollte. Ich habe ihr Foto im Internet gesehen, eine hübsche Frau, ganz nebenbei.

Postskriptum:

Heute, am vierten Juni, habe ich einen Entschluss gefasst.

Ludovic Bowers hat mich angerufen.

Er hat meine Nummer von Claire bekommen. Er wusste, dass ich am Leben bin und wo ich mich befinde. Das hat sie überzeugt.

Tja, da habe ich interessante Neuigkeiten erfahren.

Seine Stimme versagte ihm fast, im ersten Moment dachte ich, sie hätten ihn auch ins Kellerloch gesteckt. Vorbei die Zeiten, als er den Schönling in Anwaltsrobe gab, den tollen Hecht im coolen Pool. Zunächst erklärte er mir, er sei durch Jeannes Tod am Boden zerstört. Sie seien seit langer Zeit ein Liebespaar gewesen. Als ich das hörte, versagte mir die Stimme. In *Le Monde* stand tatsächlich »Jeanne Mills-Bowers«. Ich habe das in dem Moment nur überhaupt nicht kapiert, das alles ist so weit weg von mir. Er erklärte mir, sie seien bereits zusammen gewesen, als ich Arnaud das erste Mal traf.

»Aber ...«, sagte ich, »wenn ich mich richtig erinnere, lebte sie doch mit einer Frau zusammen in der Charentes?«

»Jeanne liebte Frauen und Männer. Aber unsere Beziehung hat am längsten von allen gehalten.«

Er erklärte mir, dass Jeanne damals in Schottland lebte, in Eigg, auf der Insel, von der ihr Vater stammte. Er wusste, dass Amandine hinter dem Mord steckte. Er erklärte mir, die drei Loubets seien eine Bande von Serienmördern, denen man dringend das Handwerk legen müsse. Die Polizei habe Amandine aus Mangel an Beweisen wieder auf freien Fuß gesetzt. »Das kann nicht wahr sein, das kann einfach nicht wahr sein.« Das wiederholte er mehrere Male. Dann legte er eine neue Platte auf: »Der Knochen. Wo ist der Knochen? Wo ist der Knochen?«

Er wiederholte diese Frage immer wieder, wie ein Besessener. Er schien nur noch über ein sehr eingeschränktes Vokabular zu verfügen, wie ein Kind oder ein Fernsehjournalist.

Ich dachte fieberhaft nach. Mein Hirn war nicht mehr daran gewöhnt, sich mit komplexen menschlichen Beziehungen auseinanderzusetzen. Ich hatte nur noch die Flugkünste der Basstölpel und meine Fortschritte bei den griechischen Vokabeln im Kopf. Ich sagte:

»Moment, Moment, Moment ...«

Ich wusste, wo der Knochen war, und ich wusste auch, dass er in der Sekunde, wo ich es ihm verraten würde, auflegen oder zumindest das Gespräch schnell beenden würde. Er hielt übers Telefon ein Plädoyer wie vor Gericht und erklärte mir, die höchste Aufgabe der Justiz sei es, für Wahrheit und Gerechtigkeit zu sorgen. Zu dem Zeitpunkt, als Régis Valin den DNA-Code übermittelte, sei Jean-Lucs DNA-Code noch nicht in der Datenbank registriert gewesen, inzwischen sei das aber der Fall. Doch die Gendarmerie habe die Meldung des Arztes nicht konserviert. Während er redete, versuchte ich, meine Gedanken zu ordnen so wie in meinem früheren Leben meine Werkzeuge, und in meinem heutigen meine Drahtkäfige fürs Fischen.

»Wer hat mich niedergeschlagen?«

Da schwieg er mit einem Mal. In meinem linken Ohr herrschte lange Stille, während an meinem rechten Ohr Möwen vorbeiflogen und laut lachten.

»Ich war's.«

Das hatte ich mir doch fast gedacht. Das Schwein. Der Kerl hatte seine ganze Triathlon-Ironman-Kraft in diesen Schlag gelegt und mich leiden lassen wie ein Hund. Mistkerl.

»Ich hatte bei den Loubets übernachtet, das war Pech für Sie«, fügte er hinzu.

Pech. Mein Blick schweifte in die Ferne, inmitten des strahlend blauen Meers erkannte ich die Umrisse von Kythira. Pech war definitiv etwas anderes. Jean-Luc, der hatte Pech. Hätte dieser Ex-Clown mich nicht niedergeschlagen, hätten die anderen beiden mich womöglich ebenfalls für immer zum Schweigen gebracht.

»Sagen Sie mir, wo der Knochen ist.«

Lebowski hatte ebenfalls keinen Dusel.

»Warum haben sie meinen Hund krepieren lassen?«

»Da hat niemand dran gedacht.«

»Ach ja? Das ist aber dumm. Denn er hatte den Knochen, es war seiner.«

»Nein, als wir Ihr Auto zurückgebracht haben, haben wir alles durchsucht, wir hatten ja Ihre Schlüssel.«

»Und Sie haben ihn nicht gerettet?«

»Er war bereits tot. Wo ist er?«

»Wer?«

»Der Knochen.«

Ich dachte an den Moment zurück, als sie mir im Auto sagten, Lebowski sei bereits tot. Das ließ mir einfach keine Ruhe.

»Wann ist er gestorben?«

»Keine Ahnung, auf jeden Fall war er tot, als wir Sie aus dem Kellerloch geholt haben.«

Diese Aussage deckte sich mit den Aussagen der Loubets, das heißt, entweder das war die Wahrheit, oder aber es ging ihm einzig und allein darum, an Informationen zu kommen, und er log konsequent. Schließlich war er Anwalt. Ich brauchte einen Moment, bis ich fragen konnte:

»Und Jean-Luc, haben sie den auch in ihrem Kellerloch verrecken lassen?«

»Nein, der ist ertrunken.«

»Bitte?«

»Im Pool.«

»Aber wozu dann … der ganze Zirkus?«

»Er wollte die Kleine retten, Amandine.«

Er zögerte erneut, dann fuhr er fort:

»Amandine ist total durchtrieben. Sie tat so, als würde sie ertrinken, also sprang er ins Wasser, um sie zu retten. Sie hat weiter die Ertrinkende gespielt. Dann hat er … man weiß nicht genau, was die Ursache war, ein Herzinfarkt oder ein Kaltwasserschock, es war sehr heiß an diesem Tag …«

»Warum haben sie dann nicht gesagt, dass es ein Unfall war?«

»Er hatte Kratzspuren von der Kleinen. Außerdem haben sie eine Überwachungskamera und hätten das Video löschen müssen. Sie wollten nicht, dass ihre zukünftige Finanzinspektorin auch nur den geringsten Fleck auf ihrer weißen Weste hat. Also haben sie den Leichnam verbuddelt, wie im Film, eine dumme Idee. Dabei habe ich ihnen noch gesagt, sie sollten ihn verbrennen, aber sie hörten nicht auf mich. Dann buddelte Ihr Hund an dieser Stelle herum, also haben sie ihn wieder aus der Erde geholt und vorübergehend im Keller deponiert. Nur fehlte leider ein Knochen. Wo ist er?«

Ich dachte an Jean-Luc. Jean-Luc war immer kerngesund, ließ sich nie unterkriegen. Aber er konnte tatsächlich nicht schwimmen. Wie so viele hatte er als Kind ein traumatisches Erlebnis, irgendein bescheuerter Onkel hatte ihn ins Wasser geworfen und ihm zugerufen: »Na los, schwimm, es bleibt dir eh nichts anderes übrig!« Wenn wir mit dem Boot rausgefahren sind, habe ich ihn ständig damit aufgezogen. Dann sagte er immer: »Alle echten Seeleute können nicht schwimmen.« Ich weiß noch, wie er einmal zu früh vom Boot gesprungen ist, als wir anlegen wollten, da war er kreidebleich. Ludovic redete immer noch. Als ich ihn so reden hörte, musste ich an eine Bemerkung denken, die er an dem Tag der großen Pool-Planscherei in Prés Poleux gemacht hatte: »Und denken Sie daran, immer erst den Nacken benetzen, bevor man reingeht!« Dabei hatte er Arnaud und Laure zugezwinkert. Den Spruch habe ich sogar in meinem ersten Heft zitiert. Jetzt bekam er auf einmal eine ganz neue Bedeutung. Mistkerl.

»Sie hängen da mit drin.«

»Ja.«

Und Jeanne! Wie konnte dieses freiheitsliebende Mädchen, diese widerspenstige Künstlerin, sich mit diesem skrupellosen Geschäftemacher in sündhaft teuren englischen Schuhen zusammentun?

»Jeanne hat mir erzählt, sie hätten ihren kleinen Hund ertränkt, das ist also alles Blödsinn?«

»Ja, diese Geschichte hat sie erfunden, damit Sie das Anwesen verlassen, in Ihrem eigenen Interesse.«

»Warum hat sie nichts gesagt? Warum hat sie dieses ganze Grauen gedeckt?«

»Das waren schließlich ihre Eltern, ihre Schwester. Sie hat es vorgezogen, wegzugehen, ihr Elternhaus zu verlassen.«

»Und Sie?«

»Das war der Moment, als ich Jeanne kennengelernt habe. Sie ist wirklich ein außergewöhnliches Mädchen. Sie war ... Ich habe ihr gesagt, dass man aus diesem Geheimnis eine Menge Profit schlagen und sie ihnen das Geld aus der Tasche ziehen könnte. Sie war damit einverstanden. So bin ich zum Staranwalt geworden, durch das Fernsehen. Ja, das ist ekelhaft. Ich bin ein Mistkerl.«

»Ja, genau das lag mir auf der Zunge.«

Ich dachte erneut an jenen Tag im Juli, als dieser Idiot im Pool von Prés Poleux den tollen Hecht spielte, auf plumpe Art Laure anbaggerte und zeitgleich mit ihrer Tochter schäkerte, ein Pseudoüberflieger, der versuchte, bei einer durchgeknallten Mrs Robinson zu landen. Ich erinnerte ihn daran und fragte ihn, wie ich bitte einem solch »windigen Typen« vertrauen solle. Er verwahrte sich nicht gegen diese Bezeichnung und sagte traurig:

»Ich habe eine Rolle gespielt, eine sehr lukrative. Jeanne habe ich erzählt, ich würde das System implodieren lassen, das war damals nur die halbe Wahrheit, doch jetzt ist es mir ernst. Das Spiel ist aus. Ich bin nicht mehr der, der ich war. Ich bin fett geworden, wiege zwölf Kilo mehr als früher und bin klüger geworden. Sie müssen zahlen, das steht mal fest. Dieses Mal moralisch. Und auch ich zahle dafür, und zwar bis ans Ende meiner Tage, denn Jeanne war mein Ein und Alles.«

Ich blickte einem Kormoran nach, der an der Wasseroberfläche Atem holte und wieder ins Wasser glitt, wie dahingetupft mit einem Kalligraphie-Pinselstrich.

»Haben Sie meine Flucht organisiert?«

»Ja. Sagen Sie mir, wo dieser Knochen ist.«

»Und wo sind die übrigen Knochen?«

»Die haben wir verbrannt. Dieses Mal habe ich mich gemeinsam mit ihnen darum gekümmert. In ihrem Pellet-Heizkessel. Darum haben sie dort auch die Reste des Armbands gefunden.«

»Hm.«

»Wo ist der Knochen?«

»Lebowskis Knochen?«

»Ja.«

»Sagen Sie: ›Wo ist Lebowskis Knochen?‹ Sprechen Sie seinen Namen aus.«

»Wo ist Lebowskis Knochen?«

Armer Lebowski. Es heißt, wenn man verdurstet, leidet man Höllenqualen, bevor man das Bewusstsein verliert. Mein Hund ist der eigentliche Held. Er hat den Knochen ausgegraben, durch den die ganze Geschichte erst ans Licht gekommen ist. Ich bin es ihm schuldig, sie restlos aufzuklären, dafür zu sorgen, dass dieses ganze Kuddelmuddel aufgelöst wird und die Schuldigen bestraft werden. Letztlich war mein Hund also doch eine echte Spürnase. Einer von der lässigen Sorte, ein echter *Columbowski,* ein Columbo in Hundegestalt, der seinen gelben

Trenchcoat gegen einen gelben Pelzmantel getauscht hat. Chapeau, Lebo!

»Bei Mephisto.«

»Bitte?«

»Dem Rechtsmediziner. Dem Nachbarn. 12, Chemin des Aubettes.«

Ich hörte, wie er vor Erleichterung laut aufseufzte.

Ich fragte ihn, was nun passieren würde. Er antwortete, er würde alles dem Gericht übergeben. Ich fragte: »Und ich?« Er sagte, ich hätte nicht viel zu erwarten. Höchstens eine milde Strafe für Bestechlichkeit und Behinderung der Justiz. So oder so sei ich gut beraten, und jetzt klang er wieder wie der Anwalt, mich bei der französischen Polizei zu melden, um meine Zeugenaussage zu machen.

Mal schauen. Ich habe genug Geld, um noch eine Weile durchzuhalten. Wenn ich zurückkehren sollte, dann freue ich mich darauf, Claire wiederzusehen, Madame Carole Tomasi zu treffen und im Gericht auf der Anklagebank meinen Auftraggebern und Peinigern in die Augen zu schauen, meiner kleinen französischen Addams Family. Alle drei werden am eigenen Leib erleben, wie es ist, im Kerker zu sitzen. Ludovic wird wegen Beihilfe sicherlich ebenfalls im Knast landen. Sollte ich keinen Freispruch oder keine Bewährungsstrafe bekommen, werde ich ihnen für einen kurzen Moment dort Gesellschaft leisten. Dann sind wir schon fünf und können zwischendurch eine kleine Runde Tarot spielen.

Ich schaue aufs Meer, auf die riesige, glitzernde Fläche, ich habe es nicht eilig.

Den letzten Satz schreibe ich mit der blauen Mine, dann bringe ich das zu Georgios, zur Post.

Danksagungen

Mein Dank gilt Philippe Rey für seinen Mut und seine ansteckende Begeisterung und für seine Gabe, für jede Schwachstelle sogleich eine Lösung parat zu haben.

Mein Dank gilt außerdem Mélanie Leblanc, Cécile Magné und Thérèse-Marie Mahé für ihre aufmerksame Lektüre und ihre so kostbaren Vorschläge.

Und mein Dank gilt Jeena – meiner Muse, die das Vorbild für Lebowski war, meiner Hündin.